Brave
Optimists

담대한
낙관주의자

LG전자
사람들

LG전자 브랜드북 제작소

LG전자 사람들의 이야기를
책으로 써내며

"LG전자를 모르는 사람은 없다.
얼마나 가까이에 있는지를 잊고 사는 사람은 있어도."

이것은 LG전자가 이루어낸 성과이자 풀어야 할 숙제다. 대한민국은 물론이고 전 세계 사람들이 LG전자를 알고 있으니까. 지금 이 순간에도 일상 속 다양한 지점에서 LG전자의 제품들은 우리의 삶을 움직이고 있다. 누군가의 상쾌한 아침, 충만한 휴식, 몰입의 순간, 포근한 밤, 더 나은 내일…. 그 모든 곳에 LG전자가 있는 셈이다.

'삶의 모든 지점에 닿아있다.'라는 사실이 브랜드로서 완결의 상태에 이르렀다는 걸 뜻하진 않는다. 앞서 말했듯 이것은 LG전자가 이뤄낸 성과이자 풀어야 할 숙제다. 친숙하다 못해 너무 익숙해진 LG전자를 사람들이 다시 제대로 알아보고, 제대로 경험하며, 제대로 사랑할 수 있도록 LG전자 사람들은 오늘도 다방면으로 노력하고 있다. 이 책 또한 같은 뜻을 품고 세상에 나왔다.

LG전자 사람들은 다양한 본부에 소속되어, 각기 다른 제품

과 서비스를 기획하고 만들고 관리하며 고객들과 커뮤니케이션
한다. 1980년대에 LG전자에 입사해 하나의 업에 35년을 바친
사람도 있고, 여러 회사에서 전문성을 쌓은 뒤에 LG전자에 경
력 입사한 사람들도 있다. LG전자 사람들의 배경이 다채로운
만큼, 그들이 알고 있는 LG전자의 이야기도 다양하다. '옛날에
는 이런 일도 있었대.', '그때 그 결정이 진짜 신의 한 수였잖아.'
우리끼리만 알고 있기는 아까운 LG전자 사람들의 '진짜' 이야
기를 책으로 만들어 보자는 아이디어를 가진 사람들이 생겨났
고, 이들이 모여 'LG전자 브랜드북 제작소'를 꾸렸다.

LG전자 브랜드북 제작소 사람들은 자신이 알고 있는 것 외에
도, 더 재미있는 이야기를 전해줄 선후배들을 찾아 나섰다. 특
히 LG전자에 이제 막 합류한 경력 사원인 나는, 다양한 경로로
듣게 된 비하인드 스토리들을 한 권의 책으로 집필하는 역할을
맡았다. 덕분에 제법 객관적인 입장에서 이야기를 글로 옮기기
시작했는데, 시대를 넘나드는 비하인드 스토리를 통해 다양한
LG전자 사람들을 접하게 되며 이들에게 점점 애정이 생겼다.

내가 보기에 LG전자 사람들은 맡은 바 의심의 여지 없이 잘

해내고, 문화적 소양이 높고, 인간에 대한 이해가 깊으며, 지금이 시대에도 따뜻한 온정을 잃지 않은 이들이다. 한마디로 신뢰가 가는 사람들이다. 어떻게 하면 모두가 좋은 삶을 살 수 있을지를 누구보다 치열하게 고민하는 이들. 더 나은 삶을 위해서라면 뭐든 해 왔고, 뭐든 하고 있고, 뭐든 해낼 각오가 되어 있는 이들.

LG전자 사람들의 이야기를 본격적으로 소개하기 전에 힌트를 주자면, LG전자 사람들은 '담대한 낙관주의자'다. 이 책의 제목 그대로다. LG전자 사람들은 모두의 삶이 지금보다 더 나아질 수 있다고 굳게 믿으며 여기까지 걸어왔다. 대외적으로 알려진 것처럼 이들이 그저 좋은 사람들이라서가 아니다. 더 나은 삶에 대한 신념을 실체로 만들기 위해 이들은 의지로 낙관하고 끈기로 도전한다. 이유는 단 하나. 삶이 좋다고 믿는 사람만이 실제로 더 나은 삶을 만들 수 있기 때문이다.

2024년 6월
LG전자 브랜드북 제작소

차례

2 삶으로부터 아이디어를 얻는 사람들

3 모든 일에 따뜻한 미소를 담는 사람들

4 더 나은 삶을 만드는 사람들

절대 타협하지
않는 사람들

1

Uncompromising
Customer Experience

보래이,
하나가 불량이면
다 불량인기라

모두의 마음속에 살아 숨 쉬는
회초리 하나

LG전자에 떠도는 말이 하나 있다. "벼룩 한 마리 잡으려고 초가삼간 다 태워라." 한때 LG전자 내부에서 공식 슬로건으로 쓰이기도 했던 이 말은 곱씹을수록 무시무시하다. 회사원들에게 '벼룩'이라 함은, 있어서는 안 될 오류, 불량, 이슈, 사건사고일 것이다. '초가삼간'이란 이미 꽤 진척을 보이며 진행해온 일들을 일컬을 테고. 다시 말해, 중간 보고도 여러 번 이루어졌고, 여기저기 계약된 내용도 있고, 약속된 공식 발표일은 다가오고 있는 그런 상황에 벼룩 한 마리가 튀어 올랐다면? 여태 쌓아 올린 것을 다 태워서라도 그 벼룩을 잡으라는 소리다. 티끌만 한 이슈라도 있는 것은 세상에 내놓지 않겠다는 LG전자 사람들의 각오가 어느 정도인지 가늠할 수 있다.

LG전자의 제품 퀄리티가 얼마나 뛰어난지에 대해서는 긴 설명이 필요하지 않다. 대부분의 사람들이 '가전은 역시 LG', 'LG

전자 제품은 고장이 안 난다.'라는 말을 들어본 적이 있을 테니까. 20년 전 신혼살림으로 마련한 LG전자 '카오스통돌이' 세탁기가 한 번도 고장 나지 않는 바람에 요즘 나온 세탁기를 새로 구매해볼 기회가 없다고 농담 삼아 호소하는 사람도 있다. 1983년에 출시된 전자레인지와 1984년에 나온 김치냉장고, 1991년 국내 최초로 생산된 의류 건조기 등 최소 20년에서 30년 이상 멀쩡하게 사용된 제품들이 허다하다. 이런 수준에 오르기까지 LG전자 사람들은 얼마나 많은 초가삼간을 태우며 벼룩을 잡았을까? 그 원동력은 무엇일까?

보래이라는 따끔한 회초리

퀄리티에 있어서는 절대 타협하지 않는 문화가 자리 잡은 건, LG전자 사람들 눈에만 보이는 회초리의 공이 크다. 일명, '보래이'라는 회초리인데 그 역사를 알아보려면 시간을 더 거슬러 올라가야 한다.

1947년, LG그룹 창업주이자 초대 회장이 설립한 락희화학공업사에서 '럭키 크림'을 출시했다. LG그룹의 첫 제품으로 해방 직후 우울했던 사회 분위기를 바꾸기 위해 기획된 화장품이었다. 세련된 디자인 덕분에 '외국에서 들어온 제품'이라는 입소문을 타고 전국적으로 팔려나갔다.

치솟는 인기에 따라 생산량을 늘리다 보니, 더러 불량품도 생산되었다. 회장은 불량 크림통을 잡아내기 위해 공상 생산 라인에 서서 직접 선별 작업에 나섰다. 보다 못한 동생들은 형을 말렸다.

"물건이 없어서 못 판다는데 뭐가 걱정이고. 불량품 좀 나와도 괜찮다. 형님은 도매상이나 한 바퀴 돌아보고 온나."

그들 말은 틀리지 않았다. 워낙 물자가 귀한 시대인데도 좋은 원료를 사용한 크림이었기 때문에 당시 물가로 12개에 천 원, 즉 다른 회사 제품보다 두 배나 비싼 가격에도 날개 돋친 듯 팔렸다. 하지만 회장은 뜻을 굽히지 않았다. 동생들에게 오히려 호통쳤다.

"보래이. 100개 중에 1개만 불량품이어도 다른 99개까지 다 불량품이나 마찬가진 기라. 아무거나 많이 판다고 장땡이 아니라, 한 통을 팔아도 좋은 걸 팔아서 신용을 쌓는 게 중요한 것을 느그들은 와 모르나?"

이때 등장한 '보래이'라는 회초리는 거의 80년이 지난 지금까지도 LG그룹 계열사 모든 곳에서 살아 숨쉰다. 실제로 LG전자 회의실 곳곳에는 이 '보래이' 글귀가 적혀있다. 사회생활을 해본 사람이라면 이 글귀가 얼마나 무서운지도, 또 얼마나 수고로운 것을 요구하는지도 알 것이다. '다들 힘든 상황이니까 이 정도 실수는 눈감아 주자'라든지, '잘해 놓은 것이 이렇게 많으니 하나 정도는 그냥 넘어가도 괜찮다'라든지 눙치고 넘어가도 좋을 상황이 우리 주변에 의외로 많기 때문이다.

하지만 좋은 가르침이 제대로 뿌리를 내리면 거스를 수 없는 힘이 발휘된다. 이어서 소개할 다양한 LG전자 사람들 이야기를 통해 이들이 불태운 초가삼간과 잡아낸 벼룩을 많이 마주할 텐데 그때마다 '보래이'라는 회초리의 위력을 느끼게 될 것이다. 지금 이 순간에도 LG전자 사람들은 이 회초리를 떠올리며 여기저기 메일을 쓰고 전화를 돌리고 머리를 맞댄다. 벼룩을 숨기거나 못 본 체하지 않고 기꺼이 초가삼간을 태우고 다시 짓기 위해.

02

가치는 스스로
지켜내는 것

프로덕트 리더십을 찾아서

LG전자 CEO는 세상에서 가장 헤아려야 할 것이 많은 CEO인지도 모른다. LG전자가 다루는 분야가 워낙 다양하기 때문이다. 각 본부에 소속된 실무진들이야, 자신이 맡은 제품이나 서비스에만 전문적인 견해와 노하우를 갖고 집중하면 된다. 하지만 각 본부의 모든 상황과 비전을 고려해 앞으로의 사업 결단을 내려야 하는 CEO와 경영진은 그 모든 일을 총체적으로 헤아려야 한다. 세탁기, 냉장고 박사이면서도 모빌리티의 선구자여야 하고, TV와 스크린 전문가인 동시에 컴퓨터와 로봇 마스터여야 하는 것이다.

비슷한 이유에서 LG전자를 단 하나의 가치로 설명하는 것은 만만치 않게 어려운 일이다. 가전을 사용하는 고객부터, 모빌리티 기술을 협업하는 파트너사까지. 전 세계 사람들이 공통으로 LG전자라는 브랜드를 통해 얻고 있는 가치는 무엇일까? 그걸 한마디로 어떻게 정리할 수 있을까?

가성비는 장점이 아닌 단점

2024년을 살아가는 LG전자 사람으로서는 믿을 수 없겠지만, LG전자의 가치가 한마디로 '가성비'였던 시절이 있었다. 1984년 당시 LG전자는 글로벌 기업으로 자리 잡기 위해 50:50 전략을 쓰고 있었다. 사업 비중을 국내 시장 50, 해외 시장 50으로 한다는 것인데 국내시장에서는 이미 프리미엄 브랜드로 알려졌지만, 해외시장에서는 OEM이[1] 큰 부분을 차지했다. 국내와 해외의 사업 비중은 같았지만, 브랜드 격에는 큰 차이가 있었던 셈이다.

글로벌 시장에서의 사업 역시 50:50으로 나뉘는데, 절반은 전자레인지와 같은 저가 소형 제품 사업이었고 절반은 OEM이었다. 즉, 글로벌 시장에서 LG전자의 가치는 한마디로 '가성비 좋은 OEM 회사'였다. 이러한 상황에, LG전자 사람들이 큰 결단을 내리게 되는 사건이 하나 있었다. 당시 미국 현지에서 전자제품 유통을 꽉 잡고 있었던, 실세 중의 실세인 바이어가 더 이상 LG전자와 오버더레인지(Over-the-range)[2] 사업을 하지 않겠노라고 이별 선언을 한 것이다.

LG전자 사람들에게는 큰 충격이었다. 빨리

[1] '주문자위탁생산' 또는 '주문자상표부착생산'이라 한다. 유통망을 구축하고 있는 주문업체에서 생산성을 가진 제조업체에 자사에서 요구하는 상품을 제조하도록 위탁하여 완성된 상품을 주문자의 브랜드로 판매하는 방식을 취한다.

[2] 오버더레인지: 미국, 유럽에서 주로 쓰는 키친 상부 장에 설치하는 전자레인지

달라고 할 때는 빨리, 더 싸게 달라고 할 때는 더 싸게 납품하며 가성비 좋은 파트너로서의 역할을 잘 해내고 있었는데 무엇이 문제인지 알 수 없는 노릇이었다. 이유가 무엇이냐는 질문에 바이어는 따끔한 꿀밤 같은 대답을 들려줬다.

"LG전자 사람들은 부지런하고, 제품도 가성비가 좋은 편인데, 프로덕트 리더십이 없어요. 그래서 희망이 안 보여요."

LG전자 사람들은 그제야 깨달았다. 그들의 가치인 가성비는 장점이 아니라 단점이었다는 것을. 이 이야기를 들려준 당시 시카고 어카운트 매니저는 '대오각성'이라고 표현했다. 말 그대로 부처가 도를 깨우친 정도의 큰 깨달음을 얻은 LG전자 사람들은 '프로덕트 리더십'이라는 단어부터 탐구하기 시작했다.

프로덕트 리더십. 도대체 이게 무슨 뜻인지부터 전 사 차원에서 논의했다. 이게 무엇이길래 우리에겐 없다는 것인지를 알아야 앞으로의 발전 방향을 모색할 터였다. 다각도로 진단한 결과, 그 말인즉슨 당장 글로벌 1위 브랜드가 아니라 해도, 적어도 하나의 제품군에서는 그 다음 시장을 선도할 잠재력이 있어야 하는데 LG전자는 그러지 못하다는 뜻이었다.

LG전자 사람들은 겸허하게 인정했다. 당시 미국 시장에서 더 먼 미래를 내다보며 사업을 키워나갈 시스템 자체가 없었다는 걸 스스로도 알았다. OEM 위주로 더 싸게, 더 빨리 제조품을 만들어내는 것으로 이익을 내고 있었으니까.

이들은 '가성비'라는 가치와 인연을 끊기로 결심했다. 보다 나은 가치를 주는 브랜드로 글로벌 시장에서 인정받기 위한 새로

운 여정을 시작했다. 그 위대한 여정을 이끌 첫 주자는 바로 프
리미엄 드럼세탁기였다. 우선 미국 시장에서부터 제대로 프리미
엄 브랜딩을 하기 위해, 미국형 제품을 새로 개발해야 했다. 기
존에 유럽이나 한국 시장에 맞게 개발된 24인치 드럼이 아닌,
27인치 대형 드럼세탁기 개발을 본사에 의뢰했다.

한국 본사는 개발을 주저했다. 제품 하나를 새로 개발하는
데 보통 200억이 든다. 그 큰돈을 들여 미국 시장에서만 파는
프리미엄 제품을 개발한다는 것은 당시로서는 엄두도 못 낼 일
이었다. 내부 결정을 기다렸던 실무진 중 한 명은 그날 세탁기
회의실의 적막한 공기를 또렷이 기억한다고 전했다.

제품 개발을 가장 적극적으로 주장했던 당시 실무진은 강력
한 확신이 있었다고 한다. 미국에서 프리미엄 브랜딩을 제대로
시작하려면, 현지인들이 납득할 만한 프리미엄 제품부터 만들
어야 한다는 확신이. 그리고 미국 현지에 꼭 맞게 개발된 프리미
엄 세탁기는 LG전자에 반드시 좋은 성과를 가져다주리라는 믿
음도 있었다. 물론 그 확신만 믿고 선뜻 200억을 투자할 순 없
는 본사 나름의 입장도 견고했다. 투자는 냉정한 판단과 검토를
바탕으로 해야 하니까. 이렇게 열정과 냉정이 첨예
하게 대립하던 때, 실무진은 뜨거운 가슴을 열어
보이며 독기 어린 약속을 내놓았다. 미국형 제품을
개발만 해준다면 출시 첫해에 5만 페어[3]를 판매해
내겠다고.

그 순간 회의실이 웅성웅성하더니 개발에 착수하라는 결정

3
미국 현지에서 세탁기는
건조기와 함께 세트로
판매하며, 이 세트를 일컫는
'페어(Pair)'라는 단위로
판매량을 산출한다.

이 내려졌다. 실무진도 나중에 전해 들은 이야기지만, 누군가 나서서 2만 페어만 보장해도 개발에 착수할 셈이었다고 한다. 그런데 이렇게 담대하게 5만 페어를 반드시 팔아내겠다고 장담하니 이건 무조건 되는 사업이라고 본사도 확신했다는 것이다.

그때 개발된 미국형 프리미엄 드럼 세탁기의 코드 네임은 '콜럼버스'다. LG전자 사람들이 당시 어떤 각오로 이 제품을 개발했는지 이름에서도 여실히 느껴진다. 신대륙을 발견하고 거기에 배를 정박한 콜럼버스의 마음으로, LG전자 사람들 역시 '글로벌 프리미엄 브랜드'라는 목표에 마음의 닻을 내리고 미국 시장을 개척해나간 것이다.

앞서 5만 페어 판매를 약속했던 세탁기는 출시 첫해 10만 페어 판매를 달성했다. 대성공이었다. 이때 LG전자 사람들은 절실히 깨달았다. 우리의 가치는 우리 스스로 지켜내야 하는 것임을.

가치를 타협하지 말 것

코드네임 콜럼버스 프로젝트는 이후 '메이플라워', '허드슨', '디스커버리'와 같은 이름으로 이어졌고, 미국을 넘어 글로벌 시장 전체에서 LG전자의 브랜드 가치는 더욱 높아졌다. 덕분에 각 현지 법인의 규모도 확장했고, 새로운 인재들을 더 많이 영입해나가기 시작했다.

당시 미국 시장에서 경쟁력을 갖추고 있던 인재들을 많이 영입했는데, 이때 새로운 시각으로 제안된 신규 전략들이 쏟아졌다. 이들은 새로운 제품군을 현지 시장에 소개할 방안으로 심심치 않게 '저가 전략'을 제안했다. 미국 시장에서 LG전자 브랜드의 가치가 날로 상승하고는 있지만, 여전히 가격 경쟁력으로 우리의 장점을 어필하는 것이 브랜딩에 도움된다는 것이었다.

하지만 LG전자 사람들은 더 이상 그런 전략을 택하지 않았다. 자기 자신의 가치를 깎아 내리는 상황에 절대로 타협해서는 안 된다는 것을 뼈저리게 배운 경험이 있기 때문이다. 가성비는 장점이 아닌 단점이라는 반성과 더불어, 한국 사업부와 창원 생산 라인에서 앞으로도 프로덕트 리더십에 걸맞은 제품을 지속적으로 개발할 거라는 믿음이 더욱 굳건해졌다. 덕분에 LG전자 사람들은 지금까지도 그 어떤 타협 없이 스스로의 가치를 지켜 내고 있다. 세탁기, 냉장고, 에어컨, TV, 노트북, 모니터, 모빌리티, 로봇… LG전자의 제품과 기술을 경험한 사람들이 누린 가치가 '더 나은 삶'을 만들 수 있도록.

980g으로 발표합시다
가장 무거운 무게로

타협 없는 원칙이 이룬 세계 기록

'그램'은 말 그대로 그램 단위의 노트북이다. 1kg도 되지 않는 무게 덕분에 어디든 들고 다니며 작업할 수 있다는 것이 특장점이다. 2014년 초에 그램이 세상에 처음 나왔을 당시, 노트북이 1kg도 안 나간다는 사실은 놀라움 그 자체였다. 당시만 해도 일반 경량 노트북은 1kg대 초중반으로 어댑터와 마우스까지 포함하면 2kg에 육박해 말만 경량이지, 결코 휴대하기 쉽지 않았기 때문이다.

그러다 보니 대부분의 노트북 사용자는 가벼움에 대한 갈증이 있었다. 당시 국내 노트북 제조사들은 다운사이징이라는 공통 과제를 떠안고 있었지만, 누구도 쉽게 도전장을 내밀지는 못했다. 성능을 기존처럼 유지하면서 무게를 대폭 줄인다는 건 쉽지 않은 일이었기 때문이다.

개발진 중 한 명은 그램을 설계하던 당시의 마음가짐을 이렇게 전했다.

"1kg 언더, 오로시 그 목표뿐이었어요."

당시 시장에서 가장 가벼운 노트북이 1.25kg이었던 것을 감안하면 기존 대비 20%의 무게를 줄여야 했다. 개발팀에 있던 모두에게 전자저울이 한 대씩 지급되었고, 1g이라도 더 줄여 보려고 별의별 아이디어를 다 냈다.

고강도 플라스틱에서 마그네슘합금으로 소재를 변경하고, 베젤[1] 사이즈도 줄여야 했다. 그뿐만이 아니었다. 무게를 획기적으로 감량하기 위해서는 있는 게 당연하다고 여겼던 모든 것을 다시 한번 의문의 눈초리로 살펴봐야 했다.

[1] 전자기기에서 스크린 주변을 두르고 있는 부분

'이게 왜 여기 박혀있지? 빼면 어떻게 될까? 빼면 성능에 영향을 줄까? 얼마나 뺄 수 있을까? 여기서 더 뺄 순 없을까?'

키보드를 본체에 부착할 때 쓰는 스크류도 다이어트 대상이었다. 통상 50개 정도의 작은 스크류가 박히는데, 거기에서 단 5개라도 줄일 수 있는지 점검했다. 그래 봐야 겨우 0.1g이었지만 그것이라도 줄이는 데 성공한 날이면 다들 환호했다.

뼈를 깎듯 무게를 깎는 노력을 기울인 끝에 마침내 그램은 13.3인치에도 980g, 즉 테이크아웃 커피 두 잔에 불과한 무게로 세상에 나왔다.

무엇과도 타협해선 안 된다는 원칙

980g이라는 무게 자체로도 놀랍지만, 이 숫자 안에는 LG전자 사람들의 철저한 면모가 숨어있다. 그램이 공식적으로 출시된 후, 제품을 사용해본 사람들이 재미 삼아 무게를 재었더니 980g보다 훨씬 적은 무게가 나왔기 때문이다. '제품 잘 만들어 놓고는 실제보다 더 무겁게 발표한 바보 LG'라는 별명이 순식간에 붙었다.

그런데 말이다. LG전자 사람들이 정말로 무게를 잘못 쟀을까? 0.1g이라도 줄이려고 갖은 노력을 했던 당사자들인데? 당연히 아니다. 980g은 LG전자 사람들의 타협 없는 치밀함을 보여주는 상징적인 숫자다.

앞서 소개하였듯, 무게를 줄이기 위해 노트북 소재를 마그네슘으로 변경했기 때문에 기존의 도료를 칠할 수 없는 상황이었다. 그래서 제품별 색상에 따라 에어브러시[2]로 컬러를 분사해야 했는데, 분사된 양에 따라 무게가 미세하게 차이가 날 수밖에 없었다. LG전자 사람들은 수십만 대의 제품 무게를 측정해 표준분포도를 그려 보았다. 그래프가 보여주듯 대다수의 제품은 평균값인 960g으로 측정되었다.

상식적으로 판단했을 때, 제품의 공식 무게를 발표해야 한다면 바로 이 중간값을 골랐을 것이다. 대부분의 사람이 경험하게 될 무게이니까. 하지만 LG전자 사람들은 역대 가장 가벼운 노트북을 세상에 내놓는다는 신념 아래, 그들의 성과를 이 중간값

2
CMF 디자인 공법 중 스프레이 공법

으로 타협할 생각이 추호도 없었다. 그건 LG전자 사람들이 일
하는 방식과는 거리가 멀었다. 매우 적은 확률이지만 누군가는
경험하게 될 가장 무거운 무게, 980g으로 공식 발표했다. LG전
자 사람들이 그램이라는 제품에 얼마나 자신감이 있었는지, 더
나아가 얼마나 완전무결하고자 했는지를 알 수 있는 대목이다.

　세상에서 가장 가벼운 노트북을 만들기 위해 모든 걸 바친
사람들. 그런데도 가장 무거운 숫자로 발표하겠노라 결정한 사

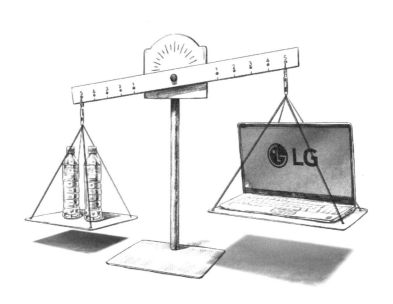

람들. 그들 모두가 LG전자 사람들이다. 세상을 놀라게 하는 기술을 선보이는 데 진심인 동시에 고객을 절대로 속여서는 안 된다는 원칙에도 똑같이 진심인 사람들.

세상을 또 한번 놀라게 하기로 마음먹은 그들은 화면 사이즈와 성능을 더 키우고도 여전히 980g인 또 다른 그램을 만들어냈다. 이후로도 LG전자 사람들은 끊임없이 뛰어넘을 벽을 찾고, 그 벽을 부술 때까지 부딪혀가며 기록 행진을 이어가고 있다. 그램 14, 그램 15, 그램 16을 넘어, 그램 17까지. 그램 17은 세계에서 가장 가벼운 17인치 노트북으로 월드 기네스북에 등재됐다. 미국, 영국 등 7개국에서 판매 중인 약 150종의 17인치 노트북 무게를 측정한 결과, 그램 17이 가장 가볍다고 인증되었기 때문이다. 이로써 LG전자는 14인치, 15.6인치에 이어 17인치 노트북까지 모두 3개의 기네스 월드 레코드를 보유하게 됐다. 그램을 처음 세상에 내놓았을 당시, 무게를 셈하는 법에 있어서조차 타협하지 않던 이들이기에 얻어낼 수 있었던 성과다.

04
—

조금만 틀려도
세탁기가
막 걸어 다닐 걸요?

대한민국 가전 역사의 시작

우리나라 세탁기 역사에 대해 알아보려면 1969년, LG전자의 전신인 금성사가 내놓은 국내 최초 세탁기, '백조'부터 살펴봐야 한다. 당시 빨래는 집안일 중 가장 힘든 일로 손꼽혔는데 그런 일을 기계가 대신해 준다니 LG전자가 내놓은 세탁기는 그야말로 누구나 혹할 만한 발명품이었다. 다만, 세탁기는 부잣집에서나 쓰는 거라는 인식 때문에 첫 판매량은 기대보다 저조했다. 1970년대 들어서며 사람들은 세탁기가 편리한 가전이라는 생각을 하게 되었고, 금성사는 이에 맞춰 세탁과 헹굼이 자동으로 되는 국내 최초의 2조식 자동세탁기를 차례로 출시했다.

 LG전자 세탁기는 계속 진화했다. 1980년에는 세탁과 헹굼, 탈수까지 모든 과정을 자동으로 척척 해냈고, 1993년에는 세계 최초로 카오스 이론을 적용해 옷이 엉키면 알아서 풀어내는 세탁 기술을 선보였다.

그 무렵부터 세탁기 업계에 있어서는 LG전자가 주인공이었다.
업계 사람들조차 당대 가장 진보한 세탁기는 '다음번에 LG전자
가 내놓을 세탁기'라고 믿을 정도였으니까. 1996년에는 국내 최
초로 세탁통이 통째로 회전하며 더 강력하게 세탁하는 '통돌이
세탁기'를 선보였다.

2002년, LG전자는 드럼 세탁기 '트롬TROMM'으로 또 한번
무대를 압도하는 주인공이 되었다. 다이렉트 드라이브 시스템,

즉 DD모터를 적용해 드럼 세탁기의 문제점으로 꼽히던 소음과 진동을 획기적으로 줄였기 때문이다. 출시 첫해에 국내 시장 점유율 70%를 기록하며 '가전은 역시 LG'의 시대를 열었다.

이후로도 LG전자 사람들은 더 나은 세탁기를 만들기 위해 여러 방면으로 매진했다. 그럴 수 있었던 저력은 무엇일까? 누군가와의 경쟁에서 이기기 위해서는 아닐 것이다. 그랬다면 진작에 승부가 났고, 레이스도 멈췄을 테니까.

LG전자 사람들의 목표는 그게 아니었다. '사람들이 빨래하는 데 드는 시간과 에너지를, 삶을 즐기고 누리는 데 쓰게 해주고 싶다.'라는 고민에서 출발한 여정이었기에 과정 하나하나가 까다롭고 험난해도 멈출 수 없었던 것이다.

이러한 각오 덕분에, 트롬으로 대성공을 거둔 이후에도 이들은 세탁기 2대를 위아래로 결합한 '트윈워시'에 도전했다. 쉬운 일은 아니었다. 트윈워시는 드럼세탁기 아래에 작은 통돌이 세탁기가 수직으로 결합한 제품이다. 드럼 세탁기의 모터는 수직 방향으로, 미니 통돌이는 수평 방향으로 회전하기 때문에 둘을 동시에 가동하면 상당히 큰 진동이 발생한다. 당시 어떠한 회사에서도 두 개의 모터를 직각으로 함께 돌리며 진동까지 잡아내는 일에 성공하지 못했다.

"이거 조금만 계산이 틀려도 진동이 생겨요. 그럼 세탁기가 떨리는 정도가 아니라 막 걸어 다닌다고."

모두가 입을 모아 걱정했다. 이토록 안 되는 이유는 강력했지만, 해내야 하는 이유는 더 강력했다. 2007년, LG전자가 실시

한 설문에서 응답자의 60%가 세탁기를 사용할 때 가장 불편한 짐으로 여러 번 나눠서 세탁하는 걸 꼽았다. 아기가 입는 옷만이라도 어른들의 일상복과 따로 분리해 세탁하고 싶다는 사람들의 열망. LG전자 사람들은 그 열망을 무시할 수 없었던 것이다. 결국 8년 동안 150명에 달하는 사람들이 '트윈워시' 개발에 나섰다. 사전 검토에만 4년이 걸렸다. 개발팀은 가전 업계가 아닌 자동차 업계에서 문제 해결의 실마리를 찾았다. 충격을 흡수하는 기능과 타이어를 노면에 확실하게 접지시키는 서스펜션 기술을 응용해 진동 저감 장치 개발에 착수했다.

마침내 2015년, LG전자 사람들은 두 개의 세탁기를 하나로 결합한 트윈워시를 선보였다. 트윈워시 아래에 와인잔을 둔 채 동시 탈수하는 실험도 선보였다. 잔은 깨지지 않았고 업계는 감탄했다. 누구도 쉽게 덤벼들지 못했던 문제를 집요하게 파고들어 정답을 찾아낸 것이다.

제품의 모든 디테일이
사랑받을 때까지 검증 또 검증

트윈워시 개발진 중 한 명은 '두 개의 세탁기를 하나로 결합하자'라는 아이디어, 또는 '업계 최초로 결합에 성공했다'는 사실, 그것만 성과로 주목받기 쉽다고 말한다. 하지만 그는 덧붙였다. 아무리 번뜩이는 아이디어와 기술이라 한들, 치밀한 계산과 꼼꼼한 검증이 이어지지 않는다면 진정한 성과를 얻을 수 없다고.

따라서 '이렇게 신기한 제품이 세상에 나왔답니다.'라고 서둘러 축포를 터뜨려서는 안 될 일이다. 고객들이 실생활에서 얼마나 편리하게 쓸 수 있을지 하나하나 따져보고 제품의 모든 디테일이 사랑받을 수 있도록 점검하는 시간이 필수적으로 쌓여야 한다.

실제로 트윈워시 제품 출시일이 가까워졌을 무렵, 사용자 테스트 중 미니 통돌이 세탁기 서랍 여닫이 부분에서 물이 샌다는 것을 발견했다. 극히 일부 제품에서만 보이는 현상이었기 때문에 문제의 원인을 찾기가 더욱 어려웠다고 한다. 10만 대에 1대꼴로 발생하는 이슈, 즉 확률로 치자면 0.001% 정도였다. 앞서 언급한 것처럼 초가삼간을 다 지어놓았는데, 벼룩 한 마리가 뛰어 오른 난감한 상황이 펼쳐진 거다.

그럼에도 LG전자 사람들은 단호하게 결정했다. 초가삼간을 다 태워서라도 벼룩을 잡고야 말겠다고. 이를 해결하는 과정에서 4개월이 추가로 소요됐다. 하지만 크건 작건 벼룩은 벼룩. 발견한 이상 잡아야만 했다.

더구나 "조바심 내지 말고 완성도 있는 명품을 만드는 데만 집중하라"는 당시 사장의 조언까지 이들의 결정에 힘을 보탰다. 이런 걸 운명이라고 하는 걸까. 당시 CEO는 고등학교 졸업 후 바로 금성사 세탁기 설계실에 입사해 사장의 자리까지 오른 인물이었다. 일본 세탁기를 베껴 제품을 만들 수밖에 없었던 한국의 실정을 보고 오기가 생긴 그는 36년간 세탁기 한 길만을 걸었고, 세탁기 기술 독립을 위해 공장에서 살다시피 하며 연구하던 인물로 유명하다.

1998년 세탁조에 직접 연결된 모터로 작동되는 '다이렉트드라이브(DD) 시스템'을 세계 최초로 개발한 인물. 그가 마침 트윈워시가 개발되던 해에 LG전자의 최고 리더였으니, 트윈워시는 세상에 나올 수밖에 없었던 운명이었던 걸까. 아니, LG전자는 트윈워시를 개발해내고야 말 숙명을 따랐다고 해야 정확하겠다.

덕분에 트윈워시 개발팀은 출시일을 미루면서까지 제품 완성도를 높이는 데 주력했다. 누구보다 치열하게 무엇과도 타협 없이. 그리고 2015년 1월, 트윈워시는 세계 최대 가전·IT 전시회(Consumer Electronics Show, 이하 CES)에서 성공적으로 첫선을 보였다.

대한민국 세탁기의 역사는 곧 LG전자 사람들의 역사이기도 하다. 역사의 중요한 지점마다, 이에 걸맞은 세탁기를 세상에 내놓으며 모두의 삶을 더 나은 방향으로 이끌어냈다. LG전자 사람들이 지치지도 않고 더 치밀하게, 더 끈질기게, 더 나은 세탁기 개발에 매진할 수 있었던 이유는 바로 그 끝에 '모두의 더 나은 삶'이 달려 있었기 때문이다.

05

가장 완벽하게
사라지도록

최초로 만들어낸 새로운 TV 경험

1966년 LG전자가 한국 최초의 흑백 텔레비전을 선보였던 시절부터 TV는 사람들의 '마법의 상자'가 되었다. 그간 상상만 해왔던 먼 세상의 이야기가 화면을 통해 눈앞에 펼쳐지는, 그야말로 마법 그 자체였으니까. 70, 80년대에 접어들며 TV는 점점 보편화되었고, 최고의 홈 엔터테인먼트로 자리 잡았다. 한자리에 모인 가족을 놀라운 세상으로 데려가 주는 TV는 거실 한자리를 위풍당당하게 차지했다. 그 위상에 걸맞게 TV는 화면이 선명하고 클수록 더 인정받았다. 1999년 LG전자 디지털 TV를 선보이며 프리미엄 TV 브랜드로서 산업을 선도해나갔다.

이후 시대가 급속하게 바뀌며, 모바일이나 태블릿과 같은 개인 스크린이 발달했다. 덕분에 우리에게는 시도 때도 없이 나만의 세계로 입장할 수 있는 통로가 많아졌다. 획일화된 집안 풍경도 변하기 시작했다. 라이프 스타일에 대한 안목이 높아지며 각자의 취향에 맞게 일상 공간을 디자인하는 사람들도 늘어났다. 그 무렵 TV에 별명이 하나 붙었으니, 이는 바로 '블랙몬스터'다. 말 그대로 시커먼 괴물이라는 뜻이다. 거실의 큰 공간을 잡아먹는 이 시커먼 녀석은 적어도 꺼져 있는 동안만큼은 나의 아름다운 공간을 차지하는 괴물과 다름없었다.

LG전자 사람들은 이 '블랙몬스터'라는 오명을 벗길 방법을 찾아 나섰다. 고객의 일상 공간을 해치지 않고 있다가, 필요할 때에는 최고의 몰입감을 선보이며 홈 엔터테인먼트로서의 역할을 훌륭히 해낼 방법을 찾아야 했다.

스크린을 돌돌 만다고?!

2019년, 세계 최초이자 유일한 롤러블 TV로 세상에 등장한 LG 시그니처 올레드 TV R이 그 해답이다. 커피테이블 사이즈의 스테인리스 박스 안으로 65인치 패널이 스르륵 말려 사라지고, 또다시 롤링하며 펴지는 것은 혁신 그 자체였다. 이 위대한 등장과 위대한 사라짐을 동시에 구현하기 위해 LG전자 사람들은 아주 오랜 기간 실험을 거듭해야 했다. 통상적인 신제품 TV 개발 기간에 비해 서너 배 넘는 시간을 투자해 완성한 작품이다.

평택에 위치한 LG전자 디지털파크가 롤러블 스크린의 실험 기지였다. 개발진들에게 최초로 롤러블 스크린이라는 과제가 주어졌을 때, 그들은 그야말로 학교 과제처럼 순수하게 받아들였다고 한다. 당시로서는 전 세계 어떤 회사도 구현할 엄두를 내시 못했던 기술이었기 때문에, 오히려 시간을 갖고 실험해보겠다는 순수한 마음으로 접근한 것이다.

우선, 65인치 패널이 말릴 수 있으려면 그만큼 얇아야 했다. 돌돌 말아 보관하는 카펫처럼 말이다. 당연히 쉽지 않은 일이었

LG SIGNATURE
OLEDR

다. 당시 개발진 중 공정 엔지니어링을 맡고 있던 실무자는 프로젝트 초기 단계에는 종이로 아이디어를 짰다고 한다. A4용지를 스크린이라고 생각하고 어떻게 말아야 가장 효과적일지를 실험했다. 한 장으로도 말아보고, 두 장을 덧대어도 말아보고, 타이트하게 뭉쳐서도 말아보고, 최대한 느슨하게 말아보기도 했다. 말았을 때는 가장 작은 부피로 보관할 수 있고, 펼쳤을 때는 현존하는 스크린 화면의 퀄리티 그 이상을 보여줄 수 있는 방법을 찾아야 했기 때문이다.

어떤 방식으로 스크린을 롤링할 것인지도 문제였다. 개발자들은 다름 아닌 김밥에서 실마리를 얻었다. 김밥을 말 때 사용하는 대나무 김발처럼 스크린 뒤를 아주 가늘게 쪼개어 놓고 스테인리스 박스 안으로 말려 들어가게 하는 아이디어를 생각해낸 것이다. 다만 그 과정에서 87개의 부품을 재배치해야 했는데, 여기서부터가 난관이었다. 스크린을 롤링하는 과정을 최대한 매끄럽게 하고, 작동 소음도 나지 않게 하려면 TV를 구성하는 필수 부품의 위치를 반드시 재배치해야만 했다.

LG전자 사람들은 롤링 그 자체를 성공시켰다는 사실로 소음이나 매끄럽지 않은 동작과 같은 작은 흠결들을 용서받을 생각이 없었다. 하드웨어 연구원과 소프트웨어 연구원이 함께 머리를 맞대고 부품의 설계를 새로 짰다. 서로 연구하는 분야가 구분되어 있던 이전과는 전혀 다른 방식이었다. 그렇게 스무 명이 함께 씨름한 지 5년. LG전자 사람들은 가장 완벽하게 사라지고, 또 가장 완벽하게 등장하는 롤러블 TV를 세상에 내놓았다. TV가 가진 한계라고 여겼던 영역을 깨부수되, 어떤 것과도 타협하지 않는 최상의 퀄리티를 선보이면서.

롤러블 스크린으로 세상을 놀라게 했던 LG전자 사람들의 도전은 여기서 그치지 않았다. 사람들이 일상을 더 풍성하게 누릴 수 있도록, 블랙 몬스터가 필요없는 순간에 '가장 완벽하게 사라지게' 할 방법은 없을지 고민한 것이다. '사라진다'는 동작도 필요하지 않은, 공간을 한 점도 차지하지 않는, 존재하되 존재하지 않는 디스플레이를 만들 순 없을까?

물리 법칙에 역행하는 듯한 과제 앞에, LG전자 사람들은 용기 있게 도전장을 내밀었다. 바로, 투명 스크린이다. 투명한 스크린을 세상에 내놓기 위해 LG전자 사람들은 또 한번 끝없는 실험과 검증의 기간을 견뎌내야 했다. 그리고 마침내 2023년, 그들은 스스로 빛을 내는 OLED의 특징에 집중하되, 그 형태를 궁극적으로 변형한 대화면 투명 스크린을 만들어냈다. 평상시에는 스크린 너머의 풍경을 오롯이 보여주고, 영상을 디스플레이할 때는 사용자가 콘텐츠에 온전히 몰입할 수 있게 해 주는 것이다.

지난 몇십 년간 TV를 만들어온 LG전자 사람들은 이제 TV를 완벽히 사라지게 할 궁리를 하고 있다. TV가 타고난 한계를 핑계 삼아 타협하지 않고, 그것을 뛰어 넘을 솔루션을 찾을 수 있었던 원동력은 바로, '더, 더, 더 나은 삶'을 만든다는 엄중한 미션 덕분이다.

06

LG전자의
로고를 달기까지

시련을 딛고 거머쥔
최고의 기술력

제품 하나가 LG전자의 로고를 달고 공식적으로 시장에 출시되는 것은 결코 쉬운 일이 아니다. 하나의 번뜩이는 아이디어가 나오고, 그것이 제품으로 실체화되기까지. 여러 번의 실패와 도전, 치열한 토론과 검토 끝에 획기적인 제품으로 탄생하기까지. 상상 이상의 검증과 검수 과정이 동반되기 때문이다.

단순히 많이 팔릴 것 같아서, 다른 회사는 시도하지 않던 제품이라서, 역사에 길이 남을 획기적인 제품이라서 세상에 나오는 것도 아니다. 그 모든 의의를 지니면서도 고객들의 삶을 더 편리하게 하고, 그 증거로 시장 판매량도 보장이 되고, 장기적으로 업계를 더 나은 방향으로 선도할 수 있어야 한다. 그리고 무엇보다 중요한 건 사람들이 사용할 때 안전한 제품이어야 한다.

삼박자, 아니 백 박자가 맞아 들어가는 제품인지를 점검하는 최후의 관문에는 LG전자 품질경영센터가 있다. 이곳 품질경영

센터에서 35년간 '품질' 한 길만을 파 온 이는 이렇게 말하기도 했다.

"품질 검수를 한다고 하면, 한결같이 고고한 잣대로 이건 된다, 저건 안 된다를 통보하는 조직이라고 생각하는데요. 정반대입니다. 품질에도 트렌드가 있어서 사람들도 많이 만나보며 유연한 자세로 배워야 하거든요."

1980년대에는 일본이 우리의 멘토였기 때문에 품질을 시험하는 방법, 검증하는 기법, 심지어 품질 경영 마인드 셋까지도 일본 기업을 보고 배웠다. 이후 1990년대에는 다시 미국이 세계 경제를 선도하기 시작하며 글로벌 기업들이 품질 경영에 힘쓰기 시작했다. 일찍이 1987년에 모토로라가 선언했던 '식스 시그마'[1]를 하나둘 도입하기 시작했고, LG전자 역시 '식스 시그마'로 품질의 기준을 바꾸었다.

2010년에는 NPI(신제품 도입) 품질 관리가 키워드였다. 새로운 제품 하나가 세상에 나오기까지 100~130가지의 시험과 액티비티를 필수적으로 거치도록, 역대 가장 촘촘한 프로세스를 갖춘 것이다. 품질에 있어서는 한 치의 오차도 없도록 철두철미한 프로세스를 운영한 덕분에 '제품력에 있어서는 LG전자가 단연 일등이다.'라는 신뢰가 단단하게 쌓여가던 시기다.

> [1]
> 기업이 최고의 품질 수준을 달성할 수 있도록 유도하는 고객에 초점을 맞추고 데이터에 기반을 둔 경영 혁신 방법론.

실패에서 배운 악착같은 품질 철학

물론 이러한 프로세스를 통과하는 것만으로 완전무결한 제품
이 자동으로 세상에 등장하는 것은 아니다. 허심탄회하게 그간
의 일을 돌아보면, 미처 살피지 못했던 부족한 점들이 제품을
소비자에게 선보이기 직전까지도 발견되곤 했다. 그럴 때마다
LG전자 사람들은 초가삼간을 다 태우는 심정으로 품질을 지켜
내기 위해 애쓴다. 그러는 과정에서 몇 년을 투자해 런칭을 코앞
에 둔 신제품을, 눈물을 머금고 무효화 하기도 했다. 그러고도
마음이 놓이지 않아 소비자들에게 일일이 전화를 걸어 불편한
점은 없는지를 살피고 또 살핀 때도 있었다.

치밀하고 탄탄한 검수 프로세스 위에, 작은 부분 하나도 놓쳐선 안 된다는 교훈까지 더해져 치밀하고 탄탄한 검수 프로세스 위에, 작은 부분 하나도 놓쳐선 안 된다는 교훈까지 더해져 LG전자 사람들의 품질 경영 수준은 이제 타의 추종을 불허한다. 이날의 뼈아픈 경험으로부터 철저하게 스스로를 돌아보며 품질을 지켜온 결과다. 2023년, LG전자 사람들은 여러 글로벌 기업들을 제치고 미국 소비자 신뢰도에서 종합가전 회사 1위에 올랐다. 특히 전기·가스레인지, 쿡탑, 세탁기, 건조기 등 4종의 가전제품군 신뢰성에서 최고점수를 받았다. 동시에 세탁기와 건조기의 심장인 인버터 DD(Direct Drive)모터, 냉장고의 인버터 리니어 컴프레서에 있어서는 한 세대 앞선 기술이라 평가받고 있다.

LG전자의 로고를 달고 있는 제품은 사람들의 삶의 한편에서 절대적으로 믿고 맡길 수 있는 무언가를 해내야 한다. 음식을 신선하게 보관하고, 옷을 깨끗하게 관리하고, 공기를 책임지고 정화하고, 콘텐츠를 생생하게 전달하는 등. 다양한 사람들의 삶의 어느 한 구간에서 맡은 바를 확실히 책임지는 것이야말로 LG전자 사람들이 지키고 있는 기본 중의 기본이다. 그래서 하나의 제품이 LG전자의 로고를 달고 세상에 나오는 일은 이렇게 까다롭고 복잡해야만 한다.

07

반드시, 훌륭하게,
고쳐 놓는다

실행하는 리더십의 표본

1987년 금성사 입사 당시, 동기들에게 "나는 우리 회사 CEO (Chief Executive Officer, 최고 경영 책임자)가 될 거다."라고 당당히 포부를 밝힌 인물이 있다. 그는 정확히 34년 뒤, LG전자 CEO 자리에 올랐다. 신입사원 시절의 꿈을 실제로 이루게 된 비결을 물었더니 그는 의외의 이야기를 전했다. 실은 CEO의 자리를 꿈꿨던 것이 아니라, 회사의 잘못된 점들을 고쳐 놓는 역할을 맡고 싶었다는 것이다. 잘못된 것을 보면 반드시 고쳐 놓는 기질을 타고난 그의 눈에 CEO라는 직책이야말로 개선이 필요한 사항들을 제대로 바꿔놓을 수 있는 자리처럼 보였기 때문이다.

1987년부터 지금까지, 그는 '잘못된 것은 반드시, 훌륭하게, 고쳐 놓는다.'는 사명감으로 눈앞에 놓인 일들을 하나씩 고쳐왔다. 그의 직책이 혁신 부서 일원에서, 독일 법인의 프로덕트 매니저, 가전 본부 해외사업전략 그룹장, 캐나다 법인장, 호주 법인 장, 미국 법인장 그리고 CSO(Chief Strategy Officer, 최고 전략 책임자)에서 마침내 CEO로 바뀌었을 뿐이다. 그가 LG전자에서 한결같이 해온 일들의 본질을 한마디로 요약하면 '반드시, 훌륭하게, 고쳐 놓는' 것이었다.

1990년, 그가 금성사 4년 차 사원이었을 당시, '혁신'에 박차를 가하던 회사 기조에 따라 '혁신 부서'가 신설되었다. 재무 혁신, 경영 혁신, 사업구조 혁신, 의식구조 혁신 총 4개의 세부 조직으로 구성된 부서였다. 의식구조 혁신부서로 발령이 난 그는 타고난 혁신가 기질에 젊은 패기까지 더해, 'SPEAK UP'이라는 새로운 제도를 회사에 건의했다. SPEAK UP이란, 임직원이라면 누구든지 회사에 의견을 개진할 수 있고, 3일 안에 회사가 그에 대한 대답을 내놓아야 한다는 제도였다. 당시에 발제한 문서가 〈LG전자 50년사〉에 기록되어 있을 만큼, SPEAK UP이라는 제도는 혁신 그 자체였다. 그는 이 문화가 잘 자리 잡기를 바라는 마음으로 사업장을 일일이 방문해 구성원들 손이 잘 닿는 곳에 의견서를 배치했고, 의견서들을 수합할 상자도 손수 만들어 설치했다.

그가 열정을 다해 뛰어다닐 수 있었던 이유는, 평소에도 '회사는 왜 속시원하게 답을 안 해줄까?', '내 의견이 회사에 반영되고는 있나?' 하는 문제 의식을 갖고 있었기 때문이다. 당시 금성사 회장도 SPEAK UP이라는 제도를 반갑게 맞아주며, 매주 수합된 질문과 본사에서 내놓은 해답을 회사 소식지에 싣도록 힘을 보탰다. 구성원들의 호응이 점점 높아지며 새로운 의견과 질문이 전국의 사업장에서 쏟아지기 시작했다. 원칙상 3일 안에 회사가 답을 주어야 했으니, 그는 질문에 답을 해줄 부서와 책임자를 찾아다니느라 종횡무진했다.

그러다 달갑지 않은 사건 하나가 발생했다. 당시만 해도 생산라인에서 일하는 사람들 사이에는 끈끈한 도제 관계가 형성되어 있었고, 후배가 실수라도 하면 선배는 매섭게 꾸짖어가며 일을 가르치곤 했다. 한국 산업 현장 전체가 그러하던 시절이라, 때론 욕설을 해가며 일을 가르치는 것이 당연하다고 여겨지곤 했는데, 이걸 좀 개선해 보자는 목소리가 나온 것이다. 이 의견은, 선진 업무 환경을 만들기 위해 다각도로 조치를 취하겠다는 회사의 입장과 함께 소식지에 올랐다. 하지만 사례를 소개하는 과정에서 거친 언행을 한 인물을 묘사한 것 때문에 논란이 되었다. 인사/노무 담당 임원이 직접 찾아와 "니가 요즘 회사에 새로운 제도도 만들고 잘나간다고 이래도 되는 거냐!"라며 호통을 쳤다.

그는 훗날, 임원이 으름장을 놓으며 나무라자 겁이 나기도 했고, 의식구조 혁신을 위해 있는 힘을 다해 뛰어다닌 노고를 몰라주는 것만 같아 상처를 받았다고 회고했다. 어린 마음에, 회사를 떠날 결심을 할 정도로 낙망했지만 단 하나 절대로 꺾지 않았던 것이 있다. 바로, '그럼에도 불구하고 잘못된 것은 반드시, 훌륭하게 고쳐 놓아야 한다.'라는 철학이었다. 나아가, 그간 금성사 사람들이 소통에 목말라 있었기 때문에 이렇게 솔직한 이야기들이 터져 나오는 것이라는 소신이 있었다.

이러한 역사를 바탕으로 캐나다, 호주, 미국 법인장, 에어컨 사업부장에까지 오른 그에게 'Mr. Execution(실행하는 사람)'이라는 별명이 붙었다. '실행하는 사람'이란, 보고서에 적힌 전략을 반드시 실체로 구현해내는 사람을 뜻한다. 그가 실행한 여러 일 중에 하나로 Business Operation Planning(사업 운영 계획)이라는 핵심 업무 체계를 꼽을 수 있다. 본사로부터 새 제품을 들여와 유통사에 판매하고 나아가 소비자에게 실판매하는 과정을 9단계로 나누고, 단계마다 달성해야 할 목표와 실행 과제들을 정리한 것이다. 구성원들은 물론 법인장까지도 체계와 순서에 따라 세부 요소들을 빠뜨림 없이 실행 및 점검해 나가도록 루틴을 만들어낸 셈이다.

이는 변화를 실행한 후에는 그것을 반드시 루틴으로 만들어, 일상 속에서 자연스레 혁신을 수행해 나가도록 철저히 조치해 두는 그의 습관에서 비롯되었다. 혁신 이전과 이후를 구분하는 선을 그을 때는 순간적으로 발휘되는 폭발적인 결단력이 필요하다면, 그 혁신으로 말미암아 실제 변화를 이끌어내려면 지속적인 끈기가 필요하다는 것이 그의 설명이다.

일례로 그는 에어컨 사업부장으로 재임하던 시절, '6 PACK'이라는 업무 체계를 손수 만들었다. 제품 경쟁력 및 지불가치 평가, 경쟁 시나리오별 대비 계획, 영업 및 마케팅 전략, 이익 관리 등 여섯 가지 영역에서 반드시 살펴봐야 할 내용들을 구체화했다. 인체의 코어를 탄탄하게 지탱해 주는 식스팩 근육처럼, 사업을 건강하게 키우기 위해 6 PACK이라는 프로세스를 자연스럽게 마스터해 나갈 수 있도록 조직 내 체계로 확립한 것이다. 덕분에 사업의 주요 이벤트를 운영할 때마다 여섯 가지 주요 영역의 프로세스만큼은 철저하게 점검하고, 실행해 나가며 일관된 방향으로 성장해 나갈 수 있었다.

이렇듯 한 명의 LG전자 사람으로서, 나아가 한 조직의 리더로서, 더 나은 제도와 체계를 수립해 나가던 그는 이제 LG전자 사람들 모두에게서 크고 작은 혁신을 이끌어내는 총 지휘관이 되었다. 좋은 리더의 덕목이 무엇이냐는 질문에 그는 'Mr. Execution'다운 답을 들려주었다. LG전자 사람들 모두가 각자의 자리에서 리더로 활동할 때야말로, 가장 올바른 리더십이 실행되고 있는 상태라고 말이다. 비단 막내 사원일지라도 스스로 아이디어를 내고, 그것을 실행할 방법을 찾아 성과를 낸다면, 그게 바로 조직을 리드하는 사람이라는 것이다. LG전자 사람이라면 누구나, 맞다고 생각하는 방향이 있다면 그것을 실행할 근거와 방안을 마련해 책임지고 실행해내는 리더가 되는 것. 그것이 가능하도록 LG전자 안에 건강한 루틴과 환경을 만드는 것이 지금 그가 하는 일이라고 덧붙였다.

세상에 혁신을 외치는 리더는 많다. 하지만 혁신이 구성원 개개인의 삶 속에 스며들어, 뿌리 깊은 문화로 정착할 수 있는 방법을 고민하는 리더는 흔치 않다. 이러한 점에서, 앞으로 LG전자 사람들 스스로 리더가 되어 바꾸어나갈 많은 일들이, 세상에 어떠한 변화를 일으킬지 기대해 봐도 좋겠다.

58

Uncompromising Customer Experience

그 변화에 대해 미리 소개하자면 2024년, 고성과 조직으로 전환하자는 목표 아래 LG전자의 CEO는 조직 내의 다양한 리더들에게 중요한 당부를 전했다. 바로, 리더들부터 에이스(A.C.E)가 되어 달라는 것이었다. 일반적인 뜻의 에이스, 즉 기량이 뛰어난 주전 선수가 되어달라는 것이 아니라 목표를 명확히 세우고(Aim for Clarity), 신속하게 실행하며(Conduct with Agility), 과정까지 완벽한(Excellence in Process) 업무 문화를 만드는 데 기여해 달라는 뜻이었다. 최고 리더부터, 크고 작은 조직의 책임자, 나아가 구성원 모두가 명확한 목표를 갖고, 신속하게 업무를 운영하며, 결과는 물론 과정 하나하나에 완벽을 기하는 에이스로 활동한다면 LG전자는 반드시, 전에 없던 성과를 선보일 것이다.

삶으로부터
아이디어를 얻는
사람들

2

Human-centered
Innovation

01
—

그게 우리랑
무슨 상관이야?

삶을 꽉 끌어안을 때 보이는 것들

LG전자 사람들은 세계 각지에 흩어져 있다. 자신이 파견된 곳에서 현지 사람들과 함께 어울려 살며 그들 생활 방식을 깊이 들여다보고 그 면면에 숨겨진 문제나 불만 사항들을 살피는 것이 그들의 임무다. 사우디아라비아 법인에 재직했던 한 임원은, 현지에 나가 있던 시절을 회상하며 날짜 하나를 또렷이 읊었다.

한 번도 잊은 적 없다는 그날은 2006년 3월 10일이다. 그가 사우디아라비아 가정집에서 홈 비짓(Home Visit)을 시작한 날이다. 홈 비짓이란 현지 고객의 집에서 일정 기간 머물며 그들의 삶을 면밀히 관찰하는 시장 조사의 한 형태이다. '인홈 에스노 그라피(In-Home Ethnography)'라고도 불리는데, 고객의 삶으로 깊이 들어가 인사이트를 포착할 수 있어 신제품 개발에 중요한 단서를 제공한다.

그는 이 홈 비짓을 통해 중요한 실마리를 하나 얻었다. 어마어마한 TV 스크린을 설치할 만큼 부유한 집에서도, 냉장고와 세탁기는 저렴한 제품을 쓴다는 것. 특히 세탁기는 가족 수에 비해 턱없이 적은 5kg 용량을 쓰고 있었다.

왜 그런가 하니, 지역 특성상 부유층 가정에는 힘든 집안일을 모두 맡아서 해결해 주는 가사도우미가 상주하고 있었기 때문이다. 가사 노동을 전담해 주는 인력이 있으니, 굳이 프리미엄 가전제품을 구입해 가사 부담을 줄일 필요가 없었다. 하루에 몇 번이고 기꺼이 세탁기를 돌리고, 매일같이 신선한 재료를 사다가 그때 그때 요리를 하는 것은 오롯이 가사도우미들의 몫이었으니 말이다.

그러나 LG전자 사람들은 '여기서는 다 그러고 사나보다.'라고 생각하지 않았다. LG전자 사람답게 기지를 발휘해 아이디어 하나를 꺼내 들었다. 가사 일을 하는 사람은 본인이 아닐지라도 냉장고에서 나온 음식을 먹는 사람, 세탁기에서 나온 옷을 입는 사람은 본인이라는 것을 일깨워 주기로 한 것이다.

그는 현지 소비자가 정말 잘 먹고 잘사는 것이 무엇인지 생각해볼 수 있는 메시지를 고민했다. 그리고 기존의 프리미엄 제품을 '헬스 케어 콜렉션(Health Care Collection)'이라는 라인업으로 들며 바로 그 메시지를 마케팅 활동에 담았다.

"당신이 먹은 음식이 어떤 냉장고에 보관되는지, 당신이 입는 옷이 어떤 세탁기에서 관리되고 있는지가 바로 당신 삶의 퀄리티를 결정합니다."

그는 단호하게 덧붙였다. 이러한 프로젝트가 반드시 당해연도의 높은 매출로 이어지는 것은 아니라고. 현재 진행형으로 어느 징도 판매되는 제품을 두고 프리미엄 마케팅을 한다고 해서 즉각적으로 판매량이 변화하지는 않기 때문이다. 깊이 뿌리 내린 소비자 인식이 바뀌기 시작하고, 그것이 매출로 이어지기까지는 시간이 걸린다. 그러나 브랜드를 더 나은 방향으로 키우고, 나아가 고객의 삶을 더 나은 방향으로 발전시키기 위해서는 반드시 프리미엄 제품으로 프리미엄 브랜딩을 해야만 한다는 것이 그의 설명이다. 이렇듯 직접 현지에 나가 함께 어울려 살며, 그들의 생활과 문화를 가슴 깊이 끌어안아야만 보이는 것들이 있다.

삶을 꽉 끌어안아야만 보이는 것

여기 현지에 직접 나가 일하면서 LG전자의 결정적인 발전을 이끈 또 다른 인물이 한 명 더 있다. 그는 바로, 에어컨에 있어서는 베테랑으로 통하는 열정적인 실무진 중 한 명이었다. 인버터에 가까운 초절전 에어컨, 조류독감 에어컨으로 이미 히트 제품을 개발했던 그가 인도네시아에서 근무했던 시절, 뎅기열 사망자가 급증했다. 지역 뉴스를 보던 그는 스스로 무언가 해야만 한다는 생각에 사로잡혔다.

'에어컨 업무를 맡고 있는 내가 지금 인도네시아에 와 있는 데는 분명 이유가 있을 텐데.', '가전 1위인 LG전자가, 그리고 LG전자 사람인 내가 뭐라도 해야 하는 거 아닐까?'

소명의식을 갖고 인도네시아 사람들의 일상을 더욱 깊이 들여다 보았더니, 실마리가 잡히기 시작했다. 잠깐! 지금 이 페이지를 읽는 모든 사람에게 퀴즈 하나를 내보겠다. 우리는 모기를 잡기 위해 살충제를 뿌리거나 모기향을 놓는다. 그때 국가, 문화, 지역, 인종을 불문하고 공통된 행동을 한다. 그게 무엇일까?

바로, 문을 닫는다는 것이다. 모기가 싫어하는 향과 모기를 죽이는 성분이 공기 중에 날아가버리면 안 되니까 문을 닫아 공기의 흐름을 차단하는 것이다. 놀라운 발견은 그다음부터다. 이 행동은 우리가 에어컨을 켤 때 하는 행동과도 똑같다. 시원한 공기가 밖으로 빠져나가면 안 되니까 보통은 문을 닫고 에어컨을 켠다.

이를 발견한 개발자는 모기에 관련된 논문들을 뒤지며 연구에 돌입했다. 암컷 모기만 흡혈을 하는데, 알을 품은 암컷 모기는 알을 낳을 때까지 수컷을 피해 다닌다고 한다. 수컷 모기가 날아다니며 내뿜는 주파수는 2만-10만 kHz이므로 이 주파수를 변주파적으로 송출하면 암컷 모기는 그 장소를 피해 달아날 가능성이 높다.

그는 우선 가까이 위치한 중국에서 모기 퇴치 주파수를 분출하는 모듈을 구입해 창원 공장의 연구소로 보냈다. 그의 아이디어를 열정적으로 피력하며 에어컨에 해당 모듈을 탑재할 수 있는지를 검증해 달라고 요청했다.

안타깝게도 당시 창원의 반응은 냉담했다. 왜 LG전자가 에어컨에 주파 송출 모듈을 달면서까지 모기를 잡아야 하는지 이해할 수 없었기 때문이다. 하지만 개발자의 요청은 한결같았다.

"모기약을 뿌릴 때 문을 닫으니까. 그런데 에어컨을 켤 때도 문을 닫으니까. 에어컨은 LG전자가 1위니까. 그리고 LG전자 사람들은 더 나은 삶을 위해 일하고 있으니까."

그는 창원 공장을 설득해 협업을 이어나가며 전 세계의 주파수 모듈을 사들여 검증을 거듭했다. 인도네시아 국립농림대학

교(IPB)와도 어마어마한 양의 메일을 주고받으며 가능성을 타진했다. 개발실과 치열한 토론 끝에 지치는 날도 많았다. '그래 이만하면 나도 최선을 다했다. 이렇게까지 안 풀리는 일이라면, 그냥 다시 에어컨 판매나 신경 쓰는 게 낫지 않을까?'

누구라도 했을 법한 핑계가 스멀스멀 올라올 때쯤, 인도네시아 측에서 그를 붙잡았다.

"Mr. LG, please don't give up. I'm begging you.(LG전자 선생님, 저를 위해서라도 제발 포기하지 마세요. 부탁할게요.)"

가족과 함께 인도네시아에 살며 현지 사정을 더욱 깊이 알고 있었던 터라 이들의 절실한 목소리를 차마 모른 체 할 수 없었다. 특히, 딸아이를 뎅기열 때문에 먼저 하늘나라로 보내고, 모기를 없애기 위해 온몸 바쳐 일하는 뎅기열 퇴치 위원회의 대사 얼굴을 떠올리면 포기할 수 없었다.

끝까지 모듈 개발에 몰두한 결과, 최적의 주파수를 송출하는 에어컨 개발에 성공했다. 인도네시아 전역에서 반응을 보였고, 제품은 메가 히트 판매를 기록했다. 그는 뎅기열 퇴치 위원회 대사와 부둥켜안고 울었다. 이런 제품이 조금만 더 빨리 개발되었더라면 내 딸은 살아있을지도 모른다는 생각에 눈물이 난다는 대사의 말에 그 역시 눈물을 흘리며 말했다. 늦었지만, 덕분에 우리가 살려낸 수많은 아이를 생각하며 힘을 내자고.

제품의 주요 개발자였던 그는 당시의 성공담을 돌이켜보며 성취감을 말하기보다는, 개발실과 팽팽하게 대립했던 것에 대해 아직도 미안하고, 또 감사한 마음이 남아 있다고 털어놓았다. 본인이야 현지 사정을 직접 보고 겪으며 가슴이 뜨거워져 반드시 해내야만 한다고 울부짖었는데, 그들은 냉정하게 가능성을 타진하며 균형을 잡아 주었다는 것이다. 감성이 이끄는 대로 막 달려 나가는 자신을 붙잡아주며 기술적으로 가능한지, 양산 판매가 가능한지, 위험 요소는 없는지를 냉정하게 판단해준 당시 개발 연구원분들께 지금도 감사하다고 말했다.

이러한 후기를 전해 들으며 나는 생각했다. LG전자 사람들은 과거의 성공을 돌아보는 방식도 참 이들답다고 말이다. 커다란 성공의 그림자 아래 놓인 자잘한 에피소드들을 대충 덮어버리지 않고, 하나하나 기억하며 성찰해보는 것. 이들이 사람을 얼마나 소중히 생각하는지를 알 수 있는 대목이다.

이들은 말한다. LG전자 안에서는 참 불가사의한 일이 많다고. 처음엔 절대로 불가능해 보였는데, 지나 보니 가능한 일들이 무수히 많았다는 것이다. LG전자 사람들에 대한 책을 쓰기 위해, 다양한 LG전자 사람들을 만나 깊은 이야기를 주고받은 나는 그 답을 알 것 같다. 그건 바로 이들이 다른 먼 곳을 보는 것이 아니라 사람들의 삶을 살펴보고 있기 때문이다. 그것도 현장에서.

현지에 직접 나가 그들과 어울려 살아야만 알 수 있는 것들이 있다. 바로 '진짜'다. LG전자 사람들은 이 '진짜'를 발견한 이상 가만히 있을 수가 없다. 현지인들의 진짜 생활상을 보며 가슴이 뜨거워진 이상, 솔루션을 내놓아야 직성이 풀리기 때문이다. 그러니 LG전자 사람들이 현지인들의 가려운 곳을 시원하게 긁어주는 제품을 출시해낸 것은 결코 우연이 아니다. 상주 가사 노동자들의 문맹률이 높은 인도 시장에서는 음성 안내 세탁기를 선보이고, 매일 시간 맞춰 기도를 올리는 것이 무엇보다 중요한 무슬림 시장에서는 정해진 시각마다 자동으로 쿠란 방송이 송출되는 TV를 출시했다.

제품 하나가 새롭게 개발되려면 수많은 설득과 의사 결정, 실험과 기다림의 시간이 필요한데, 이 모든 과정을 버티게 해 준 원동력은 바로, 사람에 대한 사랑이다. 현지 고객의 삶을 깊이 들여다보고, 그들의 삶에 무엇이 가장 중요한지를 진심으로 헤아린 덕분에 가능했던 일들이다. 지금 이 순간에도 LG전자 사람들은 세계 각지에서, 현지인들의 삶을 뜨겁게 끌어안고, 더 나은 라이프 솔루션을 만들고 있다.

02

여보,
욕조에 뜨거운 물을 받고
셔츠를 걸어 봐요

생활 속에서 발견한
혁신의 단서

LG 스타일러는 청년들이 독립을 앞두고, 혹은 신혼 가전으로 반드시 구입하고 싶다고 꼽는 의류 관리기다. 2022년 기준, 앞으로 구매하고 싶은 가전제품이 무엇이냐는 질문에 25.1%의 응답자가 의류 관리기를 꼽았다. 또한, 국내 의류 관리기 시장에서 LG전자의 스타일러가 상당한 점유율을 차지하고 있다.

이미 사용해본 사람들 역시 입을 모아 삶의 질이 확실히 좋아졌다는 후기를 들려주는 스타일러는 어떻게 세상에 나오게 되었을까?

이에 대해 알아보려면 1976년 세탁기 보급률이 매우 낮던 시절의 이야기부터 하나씩 짚어보아야 한다. 까마득한 그 시절부터도 세탁기 개발 실무진들은 의류를 세탁하고 관리하는 가전제품들이 반드시 대중화되고 고도화될 것이라는 확신이 있었다. 그중에서도 2012년까지 36년간 세탁 기술 개발에 매진했던 한 인물은 긴 세월 동안 '세탁기의 다음'에 대한 씨앗을 마음 깊이 담아 두고 있었는데, 그가 세탁기연구실장으로 중남미 출장을 갔을 때 이 씨앗은 드디어 움을 텄다.

장시간 비행을 하다 보니 짐 가방 안에 넣어 뒀던 셔츠가 눅눅해지고 구겨져 있었다고 한다. 다음날 미팅에 도저히 입고 갈 수 없어 방법을 찾던 그는 급히 한국으로 전화를 걸어 부인에게 SOS를 청했다. 그리고 부인은 LG전자 가전의 역사, 아니 사람들의 삶의 질을 바꾸어 놓을 결정적인 힌트 하나를 건넸다.

"여보, 욕조에 뜨거운 물을 받고 그 위에 셔츠를 걸어놔 봐요."

욕조 밑에서 올라온 수증기를 옷이 흡수하고, 다시 마르는 과정에서 옷이 다시 뽀송해지고, 주름도 펴지는 원리를 이용해 보라는 것이다. 당시 주부들이라면 알고 있을 법한 생활의 지혜였는데, 이를 전해 들은 LG전자 사람은 당장 내일 일을 해결할 솔루션으로만 받아들이지 않았다.

언제나 머리 한구석에 '세탁기의 다음'을 고민하고 있었던 그에게, 아내의 한마디는 그야말로 위대한 사업의 기회였다. 밑에서 수증기가 올라오는 욕실 전체를 하나의 의류 관리 제품으로 만든다면? 옷을 다시 세탁하고, 건조할 시간이 없을 때, 혹은 망가지기 쉬워 섬세하게 다뤄야 하는 의류를 집에서도 손쉽게 관리하고 싶을 때, 솔루션이 될 수 있다면?

이 모든 물음 앞에 아내가 전달한 생활의 지혜는 밝은 빛과도 같았다. 그는 출장에서 돌아와 바로 제품 개발에 착수했다. 물론 쉽지 않았다. 더 나은 세탁기, 더 나은 냉장고가 아니라 아예 세상에 없던 카테고리를 만드는 일이었기 때문이다. 세계 어떤 기업도 유사한 제품을 내놓은 사례가 없으니 모든 과정이 말 그대로 맨 땅에 헤딩이었다.

답은 이미 우리 안에

어떤 크기로? 어떤 형태로? 어떻게 사용하도록? 모든 것이 물음표 투성이었으니, 그에 대한 정답을 내놓기 위해 우리만의 기준을 세워야 했다. 우선, 개발팀은 '일반 주택에 설치할 수 있어야 한다'는 원칙을 기준점으로 삼았다. 그리고 계절별로 사람들이 즐겨 입는 옷의 사이즈, 무게, 재질 등을 전부 검토해 나갔다.

개발팀은 어쩐지 자신이 있었다. 가전제품에 있어서는 누구보다 탄탄한 노하우가 있었기 때문이다. 실제로 스타일러에는 세탁기의 스팀 기술, 냉장고의 온도관리 기술, 에어컨의 기류 제어 기술 등 LG전자 사람들이 그동안 쌓아온 핵심 기술들이 모두 적용되었다. 특히 LG전자가 글로벌 시장에서 LG전자만의 고유한 프리미엄 기술을 선보이기 위해 마음먹고 개발한 스팀 기술은 스타일러의 핵심 기술로 활용되었다.

미세한 스팀 입자를 옷감에 입힌 뒤 열풍을 가해 수분을 증발시키면서 구김을 없애고, 냄새 성분까지 제거하는 형태로 적용한 것이다. 덕분에 물빨래할 수 없는 의류까지 집에서 관리할 수 있게 되었고, '세탁'의 영역을 한 단계 넓히며 삶의 질을 즉각적으로 높여주었다.

　냄새를 제거하는 기술을 개발하기 위해 세상의 모든 옷을 다 테스트해본다는 심정으로 실험했다. 의상 준비에만 쓴 비용이 수억 원에 이른다는 후문이다. 명품 의류에 많이 쓰이는 고급 소재도 철저하게 분석해야 했기 때문이다. 냄새 제거 실험을 위해 일부러 고깃집에서 회식한 후 옷을 모아오거나, 흡연자가 많

은 당구장에 머물다가 오기도 하고, 연구실에서 삼겹살을 몰래 굽기도 했다.

효과적으로 냄새 제거에 성공하자, 이제는 다림질한 것처럼 주름을 눌러 펴는 기술 개발에 착수했다. 이번에도 주부들에게서 전해 들은 생활의 지혜에서 실마리를 얻었다. 빨래를 널기 전에 한 번 털고 널어 말리면 주름이 덜 진다는 것이다.

기기 안에 놓인 의류를 짧은 시간 안에 최대한 많이 털면 주름을 빠르게 펼 수 있다는 가정을 세우고, 끝없는 실험에 돌입했다. 집에 두고 쓰는 제품이므로 소음이 적어야 하고, 오래 사용해도 끄떡없어야 했다. 뿐만 아니라, 터는 동작에서 발생하는 마찰로 옷감이 손상되면 안 되고, 너무 오래 걸려서도 안 된다는 까다로운 조건들이 따라붙었다.

이 모든 조건을 충족하는 솔루션을 찾는 데 1년 반이라는 시간이 걸렸다. 세상에 없던 완전한 새로운 카테고리를 선보이는 일이기에 하나도 허투루 할 수가 없었다. 그렇게 되면 카테고리 자체가 불완전해 보일 수 있고, 이는 시장 전체의 개발 방향과 속도를 바꾸기 때문이다. 지금 내가 하는 일 하나가 산업 전체의 방향, 더 나아가 사람들이 누릴 삶의 질을 좌지우지한다는 생각으로 가능성을 하나하나 짚어가며 솔루션을 찾아갔다.

마침내 개발팀은 분당 200회의 지속적인 진동으로, 옷감 손상 없이, 소음도 없이, 빠르게 주름을 제거하는 무빙 행어를 만들어 냈다. 이것은 앞서 소개한 '스팀'과 더불어 스타일러의 주축을 이루는 핵심 기술이다.

'이렇게 모두가 행복해졌답니다.'라고 얼른 결말을 내려도 좋으련만, 페러다임을 바꿀 만큼 획기적인 제품은 그리 순순히 세상에 나와 주지 않았다. 이러한 과정을 거친 후에도 여전히 해결해야 할 문제가 남았다. 옷감을 건조할 때 필요한 열풍을 만들어 줄 동력을 고도화해야 하는데, LG전자 사람들이 주력해서 만들어오던 세탁기 모터와는 달리 열을 활용하는 영역이었기 때문에 시간이 오래 걸렸다.

한 번도 해본 적 없던 '열'과의 싸움. 하지만 이전에도 그랬듯 방법은 우리 안에 이미 있었다. 냉장고와 에어컨 사이클 전문가를 영입해 연합팀을 만들고 머리를 맞댄 것이다. 다시 1년이 넘도록 실험을 반복하며 스타일러에 꼭 맞는 최적의 히트펌프 사이클을 찾아냈다. 그 이후의 결말은 모두가 알 것이다. 스타일러가 얼마나 많은 사랑을 받는 제품이 되었는지. 얼마나 우리의 삶을 한결 편하고 쾌적하게 만들어 주었는지를 말이다. 총 9년이라는 세월을 바쳐 이뤄낸 성과다.

책은 이렇게 쉬이 스타일러의 행복한 결말에 도달했지만, LG전자 사람이라면 모두가 안다. 여기가 결말이 아니라는 것을. 이미 누군가는 '스타일러, 그 다음'에 대한 씨앗을 키우고 있을 것이다. 사람들의 삶은 지속되니까, 삶이 지속되는 한 더 나은 삶을 바라게 되니까. '스타일러'를 세상에 내놓은 LG전자 사람들이 해야 할 일은 당연히 '스타일러, 그 다음'을 선보이는 것이다.

03

사람 사는 모양처럼
다 다른 스크린

삶을 읽어내는 위대한 기술

모두가 한 가지 모양의 성공을 향해 달려가던 시절이 있었다. 1980년대부터 2000년대까지는 모두가 더 빠르고, 더 크고, 더 비싼 것에 열광했다. 소비자들도 각자의 라이프스타일에 맞는 제품을 고르기보다는 가장 높은 사양의 제품을 구매하는 것을 자랑으로 여겼다. LG전자가 세상에 내놓는 스크린도 시대와 맥을 같이 하며 발전했다. '더 크게, 더 선명하게, 더 얇게'라는 시대의 주문에 부응하며 시장을 평정해 나가기 시작했으니까. 스크린은 우리네 삶과 밀접한 제품이니만큼, 삶을 대하는 시각 변화에 따라 스크린 개발 방향도 달라진다. 책의 후반에서 그 신화에 대해 더 자세히 다루겠지만, LG전자의 OLED TV는 당대의 시대 요구에 발맞춰 발전하며 TV 산업 전체를 이끄는 리더로 성장했다.

　하지만 이제는 또 다른 시대의 국면에 들어섰다. '성공'이라는 말 자체를 해석하는 방향이 여러 갈래로 나뉘었고, 각자의 라이프스타일을 존중하기 시작하며 다양한 삶의 콘셉트가 등장했다. 미니멀리즘을 추구하는 사람이 있는가 하면, 맥시멀리즘에 환호하는 사람도 있고, 집에만 머물기 보다는 자연을 찾아 캠핑을 떠나는 이들도 많아졌다.

LG전자의 TV 개발 방향도 바뀌기 시작했다. 특히 '라이프 스타일 스크린' 제품군의 개발을 맡은 실무진들은 고민했다. 세상은 끝없이 변하고 우리가 사는 모양도 이렇게 달라지고 있는데, 스크린이 뒤처지지 않으려면 우리는 무엇을 해야 할까?

"기존에 보지 못했던 제품을 만들어보자고 다짐하며, 도전적인 아이디어를 많이 내려고 노력했어요. TV를 사용하면서 겪는 불편함에 대해 먼저 고민했죠. 세상에 없던 제품을 만들어 보고자 다양한 조직에서 엔지니어, 상품기획자, 디자이너 등이 머리를 맞댔습니다."

당시 개발진의 말처럼 다양한 분야의 사람들이 함께 머리 맞대고 고민한 결과가 바로 스탠바이미와 스탠바이미 Go라는 제품이다.

이동형 퍼스널 스크린이라는 새로운 콘셉트로 세상에 나온 스탠바이미. 고정된 TV를 시청하는 전통적인 사용 방식에서 벗어나, 일상 공간 어디에서나, 어떠한 자세로도 편하게 화면을 볼 수 있는 터치 디스플레이로서, 모바일 경험에 익숙한 사람들이 꼭 맞게 활용할 수 있다는 것이 특징이다. 공간에 오브제처럼 놓아둘 수 있는 심플한 디자인 덕분에 소위 실내 인테리어의 정

점으로 불리며 세계 3대 디자인상으로 꼽히는 레드닷 디자인
어워드(Red Dot Design Award)와 iF디자인 어워드(iF Design
Award), IDEA(International Design Excellence Awards)를 모두
수상했다.

가장 위대한 기술은 삶을 읽는 기술

출시하자마자 완판을 기록하며, 엄청난 사랑을 받은 스탠바이
미. 사실, 스탠바이미의 콘셉트는 꽤 단순하다. 26.7인치 스크
린에 높낮이와 방향 전환이 가능한 스탠드를 장착하고, 바퀴
를 달아 여기저기 이동할 수 있도록 했다.

기술 하나하나를 놓고 보면 놀라운 것은 없지만, 이 모든 것을
하나로 조합하며 사람들이 좋아하는 형태로 만들어냈고 이는
스탠바이미라는 놀라운 결과물로 세상에 선보여졌다. 개발진
중 한 인물은 이렇게 회상한다. 이제와 돌아보니 사람들은 이미
이동형 스크린을 사랑할 준비가 되어 있었던 것 같다고. 대단한
위용을 자랑하는 대형 스크린을 집집마다 한두 대씩 보유하고
있지만, 개인 용도로 따로 사용할 대안 스크린은 아직 세상에
나오지 않았던 상황이었다는 것이다.

거실의 공용TV 영역은 침범하지 않으면서도 서재에서 공부
할 때, 테라스에서 홀로 힐링할 때, 부엌에서 콘텐츠를 참고할
때, 조용히 소셜 콘텐츠를 생산할 때 여기저기 옮겨서 쓸 수 있

는 이동형 스크린에 대한 필요가 대두되고 있었다. 이를 정확히 간파해 가장 적정한 형태로 세상에 나와 준 스탠바이미를 통해 LG전자 사람들은 깨달았다. 세상과 삶을 정확히 읽어내는 기술이야말로 가장 위대한 기술이라는 것을.

LG전자 사람들은 여기서 멈추지 않고 스탠바이미 Go를 출시했다. 스탠바이미가 집 안에서 여기저기 이동할 수 있는 스크린이었다면, 스탠바이미 Go는 공간의 제약없이 어디서나 자유롭게 사용할 수 있는 스크린이다. 당시 기하급수적으로 늘어나던 캠핑족이나 서핑족을 공략한 것이다. 1편보다 훌륭한 속편은 없다는 말이 무색할 정도로, 스탠바이미 Go는 전작 이상의 관심과 사랑을 받았다.

"이전에 개발한 스탠바이미에 대한 애정이 정말 컸고, 또 이미 훌륭한 제품을 만들어냈다는 생각 때문에, 새로운 아이디어를 떠올리는 것 자체가 쉽지 않았어요. 그래서 고객이 제품을 어떻게 사용하는지 관찰했죠. 많은 고객이 스탠바이미를 야외에 가지고 다니면서 사용하시는 것을 봤어요. 우리가 생각했던 것보다 더 제약 없이, 더 다양한 장소에서 사용하고 있다는 걸 확인했죠. 스탠바이미를 이불로 감싸서 야외로 가지고 나가는 분도 있었어요. 스크린이 손상될 걱정 없이 더 편리하게 들고 다닐 방법은 없을지 고민하다, 스탠바이미 전용 보호 커버나 캐리백을 만드는 것도 좋겠다는 생각이 들었어요. 하지만 여러 고민 끝에 이동성이 뛰어난 새로운 '제품' 자체를 개발하는데 집중하기로 했습니다."

스탠바이미 Go 개발진의 말처럼, LG전자 사람들은 기존의 스탠바이미 제품이 사랑받았던 본질인 '이동성'과 '사용성'을 극대화할 방법을 생각했다. 몇 달간의 고민 끝에 '핸디백'이라는 콘셉트에 확신을 가졌고, 400명 이상의 사람으로부터 의견을 물어보며 제품의 윤곽을 잡아 나갈 수 있었다.

다 다른 삶, 다 다른 솔루션

고객은 앞으로 어떤 제품을 갖고 싶다고 LG전자에 구체적으로 말해주지는 않는다. 그들 스스로도 정확히 무엇을 원하는지 잘 모르는 경우가 많다. 하지만 그 속마음을 아는 방법이 딱 하나 있다. 자꾸 만나서, 자꾸 물어보고, 자꾸 살펴보는 것이다. LG전자 사람들은 혁신을 위한 혁신이 아닌, 인간 중심의 혁신을 한다. 그래서 이들이 하는 혁신의 방법도 결국 하나다. 세상과 사람을 무엇보다 깊이 들여다보고 탐구하는 것. 그러다 보면 솔루션이 보인다. 스탠바이미와 스탠바이미 Go라는 놀라운 솔루션처럼 말이다.

누군가는 사랑하는 이와 함께 가장 큰 스크린 앞에서 영화를 즐기기를 원하고, 누군가는 안락한 나만의 공간에서 스크린을 독점하길 원한다. 또 누군가는 멀리 떠나간 곳에서도 나만의 콘텐츠를 이어서 감상하길 원한다. 당연한 거다. 우리의 생김새가 저마다 다른 것처럼, 모두 다른 삶을 살고 있으니까.

LG전자 사람들이 다양한 스크린을 세상에 선보이고, 지금 이 순간에도 또 다른 누군가의 행복을 책임져줄 전용 스크린을 개발하고 있는 것도 당연한 일이다. LG전자의 제품과 서비스를 통해, 더 나은 삶을 경험해야 할 대상은 불특정 다수가 아니라 고객 한 사람 한 사람이어야 하니까.

04

냉장고 속을 볼 수 있다면
얼마나 좋을까?

깊이 보면 보이는 기술의 변곡점

LG전자는 매 순간 점진적으로 변화해온 것 같지만, 그 변화를 무한히 확대해 들여다보면 거기에는 대단한 변곡점 하나가 찍혀 있다. 냉장고에 있어서 그 변곡점은 단연 '문을 열지 않고도 속을 들여다보는' 기능이다.

2016년 1월, 세계 최대 가전·IT 전시회(Consumer Electronics Show, 이하 CES)에서 선보인 LG시그니처(LG SIGNATURE) 냉장고에 탑재된 '노크온' 기술. 가볍게 똑똑 노크만 하면 냉장고 속 숨은 공간인 매직스페이스를 비추는 조명이 켜지고, 투명 창을 통해서 속을 훤히 들여다볼 수 있다.

노크온 기능 덕분에 매번 습관처럼 문을 여닫는 수고도 덜고, 냉기 유출도 줄일 수 있다. 노크온을 처음 접한 관람객들은 일제히 감탄했다. 그 순간, 냉장고 기술의 역사는 변곡점을 지나 새로운 방향으로 발전해 나간 것이나 다름없다. LG전자는 이

기능을 최고 프리미엄 라인인 시그니처에 적용한 이후, 점차 여러 라인으로 범위를 넓혀갔다.

이 기능은 해외에서는 '인스타뷰(InstaView Door-In-Door TM)'라는 이름으로 소개되었다. 문을 열지 않고도 냉장고 안을 바로 볼 수 있다는 뜻의 'instantly view'에서 따온 말로, 거래선이 기능을 호평하며 직접 제안한 제품명이다. 북미에 출시된 인스타뷰 냉장고는 프리미엄 냉장고의 새로운 차원을 열었다는 평가를 받으며 큰 인기를 끌었다. 이 화려한 영광 뒤에는 개발팀이 겪어온 질곡의 시간이 있다. 노크 두 번에 반응하도록 문을 투명하게 만들면 냉기가 쉽게 샐 거라는 원초적인 반대 의견부터 하나하나 극복해 나가야 했다.

그럼에도 LG전자 사람들이 노크온 기능 개발을 포기할 수 없었던 이유는 단 하나였다. 지금 이 순간에도 수없이 냉장고 문을 여닫으며 시간과 에너지를 소비하는 사람들이 있기 때문이다. LG전자 사람들은 한결같이 이러한 방식으로 혁신을 이어왔다. 현실적으로, 기술적으로, 사업 상황상 안 되는 이유야 늘 있었다. 그럼에도 불구하고 반드시 해내야 하는 이유는 언제나 단 하나다. 사람들이 전보다 더 나은 삶을 살 수 있으니까.

다행히 과제를 해결할 열쇠는 내부에 있었다. 모바일 사업을 통해 얻은 노하우가 있었기 때문이다. 바로 'G2' 모델부터 적용했던, 꺼져 있는 스마트폰의 화면을 두 번 두드리면 화면이 켜지는 기술이다. 이 기술의 핵심은 저전력 터치 패널인데, 화면이 꺼져 있을 때 터치패널에 저전류를 흘려내 노크를 감지할 수 있게 한 것이다.

이미 좋은 기술을 갖고 있어도, 전혀 다른 영역의 제품을 개발할 때 '아, 우리에게 이 기술이 있었지. 이걸 한번 적용해 볼까?'라고 아이디어를 확장하기란 절대 쉽지 않다. LG전자라는 회사의 규모를 생각하면 더더욱. 세탁기, 냉장고, TV, 노트북, 모빌리티 등 하나의 제품군을 기획하고, 개발하고, 각 지역에 영업하고, 마케팅하는 조직 하나하나가 모두 어마어마한 규모를 자랑한다. 이러한 큰 몸집에도 불구하고 '고객의 더 나은 삶' 이라는 공통의 목표로 움직인 덕분에, 우리가 모바일 화면에서 구현해낸 기술을 냉장고에도 충분히 활용할 수 있다는 생각의 전환이 가능했다.

터치 두 번으로 잠자던 핸드폰을 깨우는 기능이 모바일 역사의 변곡점이 되었듯, 터치 두 번으로 냉장고 속을 들여다볼 수 있는 기능 역시 가전 역사의 변곡점이 되었다.

깊이 들여다보면 변곡점이 보인다

노크온 기능을 탑재한 냉장고의 성공을 넘어 LG전자가 만든 새로운 변곡점이 있으니, 바로 '무드업 냉장고'이다. 냉장고 외관을 하나의 디스플레이 개념으로 바꾸어, 무드에 따라 자유자재로 컬러를 바꿀 수 있는 것이 특징이다. 냉장고를 고를 때 '컬러'도 중요한 결정 요인인데 인테리어 포인트 요소가 될 수 있도록 통

89

통 튀는 컬러를 고르고 싶다가도, 혹시 질리진 않을까 싶어 무난한 컬러를 고르는 소비자들의 심리를 간파한 것이다.

　무드업 냉장고가 세상에 나오기까지, 역시나 개발진들의 노고가 있었다. 그중에서도 무드업이라는 아이디어를 있게 한 인물들의 결정적 순간에 주목해보자.

데이터를 활용해 고객 라이프스타일과 경험을 연구하고 분석하는 LSR(Life Soft Research) 연구소 사람들이 바로 그 주인공이다. 이들은 'Lifegraphy(라이프그라피)'라는 고객경험 데이터 기반 연구·분석 시스템을 활용해 고객들의 라이프스타일을 탐구한다. 사람들의 라이프스타일, 가치관, 관심사가 반영된 데이터를 바탕으로 새로운 제품, 서비스, 콘텐츠, 경험 혹은 아예 새로운 카테고리를 기획하고, 디자인하는 것이다. LSR 연구소는 단순히 무엇을 얼마나 사용하고, 얼마나 소비하는지에 대한 1차적인 데이터뿐만 아니라, 개인의 숨겨진 욕망이나 축적된 경험에서 오는 만족감, 기분, 감정과 같은 추상적인 개념도 데이터로 바꾼다. 이 데이터는 LG전자 사람이라면 누구나 접속해 인사이트를 얻을 수 있다. 업무는 다 달라도 LG전자 사람 모두가 궁극적으로는 고객의 삶을 더 낫게 하는 경험을 만드는 일을 하고 있기 때문이다.

이렇게 고객의 라이프 인사이트를 자세히 들여다보고 만들어낸 작품 중 하나가 바로 무드업 냉장고다. 고객을 크게 6개 유형으로 분류하는 것이 첫 시작이었다. 마치 MBTI처럼 고객도 유형별로 세부적으로 접근해 분석했다. 그중에서도 일상도 예술 활동처럼 즐기고, 감각적인 공간을 가꾸는 걸 좋아하는 '취향품격가'와 재미와 스토리가 있는 차별화된 경험에 과감히 돈을 지출하는 '생활혁신가' 유형에 집중했다. 취향품격가와 생활혁신가들은 빠른 트렌드 변화를 만들어가는 장본인들로, 한 가지에 쉽게 질리고 시시각각 변화를 추구하며, 실시간으로 자신의 무드에 맞게 커스텀하는 경험을 선호한다는 것을 발견했다.

이 '커스텀 경험'을 제품에 적용하기 위해 냉장고 개발팀은 물론이고, 실시간으로 바꿀 수 있는 컬러를 표현할 디스플레이 팀, 모바일로 컬러 변경을 지원하는 ThinQ팀과도 시시각각 의견을 나누었다. 눈으로 봐야만 이해할 수 있는 제품 콘셉트이다 보니, 시제품을 만들어 여러 사업장으로 이동해야 하는 고충도 따랐다. 게다가 이 모든 과정을 철저히 비밀에 부치는 수고도 덤으로.

LG전자 사람들은, 대중이 미처 인식하지 못한 동작이나 순간까지도 깊이 들여다보고 더 낫게 해 주며 보람을 느낀다. LG전자 사람들이 삶의 미묘한 감정과 순간까지도 껴안으며, 이를 해결하기 위해 고민을 멈추지 않는 한, 앞으로도 우리는 수많은 역사의 변곡점을 보게 될 것이다.

05

얼음 하나에 담긴
백 번의 헤아림

가장 완벽한 얼음을 가장 보편적으로

'좋은 냉장고를 만든다.'

　이 단순한 말 한마디에 얼마나 많은 고민과 도전이 포함되었는지 사람들은 모를 거다. 하지만 LG전자 사람들은 안다. 단순히 크고, 냉각이 잘되는 방법만 찾아서는 안 될 일이라는 걸. 우리 삶에서 냉장고란 음식 저장고 그 이상의 의미를 가지기 때문이다.

　우리는 냉장고를 열며 하루를 시작한다. 거기에는 오늘 하루 나를 움직일 에너지가 되어줄 음식들이 보관되어 있기 때문이다. 끼니마다 무엇을 마시고 무엇을 먹느냐에 따라 하루의 흐름과 분위기가 바뀌기도 한다. 큰마음 먹고 근사한 요리를 하는 날에도 냉장고는 큰 역할을 한다. 신선한 재료를 냉장고에서 꺼내는 동작이야말로 요리의 시작이 되기 때문이다.

　이렇듯 냉장고 하나를 개발하려면 그 제품을 사용할 사람이 어떤 삶을 살고 있는지, 혹은 어떤 삶을 누리고 싶어 하는지를 파악해야 한다. 냉장 기술이 아니라 삶에 대한 본질적인 질문부터 시작하는 것이다. LG전자 사람들이 굳이 '동그란 얼음'을 크래프트하는 기능을 냉장고에 탑재하기로 결심한 것도 그러한 본질에서 도출된 결과다. 단순히 '얼음물이 나오는 냉장고를 만들어야지.' 혹은 '어떤 얼음 정수기 냉장고를 만들어야 업계가 깜짝 놀랄까?'라는 질문이 아니라, '사람들에게 얼음은 어떤 의미일까?'에서 출발했기 때문이다.

당시 얼음 정수기 냉장고 개발팀은 근본적인 아이디어를 얻기 위해, 국가별로 얼음이 어떤 의미를 갖는지 헤아리는 일부터 시작했다. 독일 사람들에게 얼음이란, 저녁에 소파에 앉아 여유롭게 즐기는 위스키 잔 안에서 나는 '우아한 얼음 소리'라는 상징을 지닌다. 반면 미국 사람들에게 얼음이란, 파티할 때 바스켓에 한가득 쌓아 놓고 즐기는 '끝없는 기쁨'이다.

한국 사람들에게는? '대화하는 시간'이다. 일 대 일로 속 깊은 이야기를 나눌 때 마주 놓아두는 아이스아메리카노 두 잔은 한국인의 사회생활에 매우 중요한 역할을 하기 때문이다. 겸연쩍은 두 사람이 속내를 꺼내 놓으려면 대화 촉발제인 커피가 있어야 하는데, 얼음이 다 녹아 커피 맛이 밍밍해질 때쯤 대화도 종료된다. 그래서 한국인이 가장 선호하는 얼음은? 바로 천천히 녹는 얼음이다.

그럼 자연스럽게 다음 고민으로 넘어가게 된다. '어떤 얼음이 가장 천천히 녹지?' 이 질문의 답은 간단했다. 바로 음료와 닿는 표면적이 상대로 작은 동그란 형태의 얼음이다. 하지만 이 답을 실체로 만드는 것은 쉽지 않았다. 구 형태 얼음을 얼리려면 별도의 얼음 틀에 물을 부어 얼려야 하고, 그러다 보면 얼음 모양도 일정치 않기 때문이다.

투명한 원형 얼음을 만들기 위해서는 물을 얼리는 방식 자체를 바꿔야 했다. 위에서 아래로 물을 공급하며 얼음이 천천히 얼 수 있는 제빙 시스템 개발에 착수했다. 다양한 시도 끝에 제빙기 안에 히터를 설치해 물 안의 기포 등이 쉽게 아래로 이동하게 하는 환경을 구현했고, 마침내 투명한 원형의 얼음을 제작할 수 있었다. 한 방울 한 방울 떨어지며 얼음이 된, 투명한 고드름처럼.

가장 완벽한 원형을 찾아서

"얼음을 원형으로, 심지어 투명하게 만드는 건 어려운 일이에요. 마치 장인이 얼음을 손수 깎아 완성한 것처럼, 가장 완벽한 구 형태의 얼음이라는 의미를 담고 싶었습니다. 그래서 크래프트 아이스라고 이름 지었어요."

하루에 몇 개의 얼음을 만들어야 할지도 논쟁거리였다. 투명한 얼음을 만드는 비결은 물을 천천히 흘려보내며 얼리는 것이었기 때문에 한 번에 많은 얼음을 만들 수가 없었다. 긴 논의 끝에, 사람들이 원하는 것은 집에서는 감히 상상도 못하던 '질 좋은 둥근 얼음'이라는 점에 집중하기로 했다. 그렇게 하루 3개, 가장 완벽한 형태의 동그란 얼음을 만드는 냉장고로 방향을 잡았다.

가장 완벽한 얼음을 가장 보편적으로 누리도록

LG전자 사람들의 고민은 여기에서 끝나지 않았다. 얼음의 크기도 가장 완벽해야 했으니까. 북미 시장 진출을 준비할 때는 미국에 있는 모든 컵과 텀블러 입구의 직경부터 용량까지 일일이

분석했다. 그 결과, 얼음은 최적의 사이즈인 지름 5cm로 정해졌고, 미국 소비자들은 '퍼펙트'한 크기의 얼음이라고 칭찬했다. 완벽하게 크래프트된 얼음을 가장 보편적으로 누릴 수 있게 한 것이다.

얼음 하나를 만들기 위해, 이토록 근본적인 질문에서 출발해 가능한 모든 디테일을 다듬어가는 LG전자 사람들. 이들이 '좋은 냉장고를 만든다' 함은, 하물며 냉장고 안을 비추는 조명은 어떨 것이며, 여닫는 문의 무게, 수납칸 모서리의 각도, 일반 가정의 형광등 아래에 놓였을 때 냉장고의 컬러는 어떻게 보일지 등, 모든 것을 근본적으로 고민한다는 뜻이다.

심지어 LG전자 사람들은 냉장고만 만드는 것이 아니다. 세탁기, 에어컨, TV, 노트북, 헤드폰, 전광판, 키오스크, 모빌리티, 로봇 등 모든 영역에서 수억 가지의 고민을 하고 있다니 놀라울 따름이다.

누군가 일상 속에서 LG전자의 제품을 사용하며 '그래, 산다는 게 참 좋은 거야.'라고 느꼈다면, 그건 LG전자 사람들이 수억 번 고민한 끝에 정답을 찾아낸 덕분일 것이다. '더 나은 삶의 경험'은 LG전자 사람들이 일하는 방식이자 이유, 그리고 원동력이다.

06

관심도 무관심도
배려를 담아

100명의 고객에게
100가지 다른 서비스를

지금까지 LG전자 안에서의 결정적 순간에 대해 알아봤다면, 이번에는 고객과 맞닿는 접점에서 일어나는 일들을 살펴보자. LG전자가 고객과 처음 만나는 장소인 '매장'에 대한 이야기다. 지금은 온라인 쇼핑이 대세지만 LG전자의 감성을 피부로 느끼며 경험할 수 있는 곳은 단연, 오프라인 매장이다.

국내 고객들이 익히 알고 있듯, LG전자는 공식 전문 매장인 'LG 베스트샵'을 운영하고 있다. 2024년 6월을 기준으로 국내에 474개의 지점을 운영하며 브랜드를 알리고 있다.

'제품을 판매하고 있다'가 아니라 '브랜드를 알린다'라고 표현한 데는 이유가 있다. 이제 매장은 판매 공간이 아닌 경험 공간으로 바뀌었다. 매장을 찾은 고객에게 제품을 설명하고 판매하는 일에만 몰두하던 LG전자 사람들도 역할을 점점 확장해 나가는 중이다.

매장에서는 어르신을 위한 최신 기기 사용법 강좌가 열리기도 했고, 어린이들을 위한 안전 교육 교실도 열린다. 클래식 공연을 하는 문화 공간으로 탈바꿈도 하고, 지역 주민들의 커뮤니티 공간으로 활용되는 날도 있다.

이렇게 늘, 함께 어우러지며, 먼저 다가가는 LG전자 브랜드와 매장을 좋아하는 사람이 있는가 하면 정반대의 성향도 있다. 말 걸어주고, 눈 마주치고, 인사해주는 것이 오히려 부담스러운 사람들도 분명히 있기 때문이다. 그저 조용히 내키는 대로 LG전자를 경험하고자 하는 사람에게는 어쩌면 맞아주는 이가 없는 공간이야말로 최고의 매장일지도 모른다는 획기적인 아이디어로, 2021년 LG전자는 가전 업계 최초로 무인 매장을 열었다.

직원들이 퇴근한 이후인 오후 8시 30분부터 자정까지, 야간 시간대에 운영되는 무인매장을 방문한 고객들 가운데 MZ 세대인 20대와 30대가 약 70%를 차지했다. 따라서 무인 매장은, 부담 없이 자유롭게 제품을 체험하고 싶었던 세대의 욕구를 잘 충족한 공간이었던 셈이다.

100명의 고객에게는 100가지 서비스가 필요하다

단순히 제품을 구입하는 공간에서, 다양한 경험을 할 수 있는 곳으로. 더 나아가 내가 가장 편한 방식으로 즐길 수 있는 공간으로 매장의 성격을 점차 확장하며, LG전자 사람들은 혹시 남

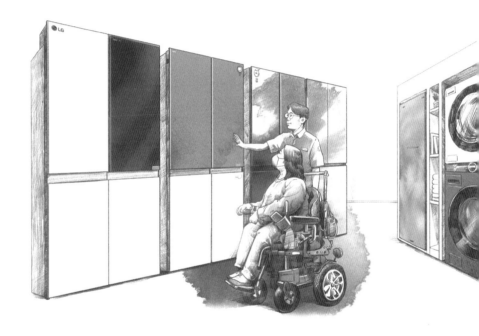

겨진 사각지대는 없을지를 점검했다. 그러다 보니 매장에 '오는' 일 자체가 힘든 사람들은 이 다채로운 경험의 영역에서 원천적으로 소외된다는 것을 발견했다.

'거동이 불편한 사람이라도, 매장만큼은 편하게 방문할 수 없을까?'

물론 가능하다. 누군가 동행해준다면 말이다. 그래서 LG전자는 2023년 6월 16일부터, 신체적 제약이 있는 고객도 편리하게 매장을 방문할 수 있도록 매니저가 1:1로 도와주는 '동행 케어 서비스'를 시작했다.

매장 주차장에 도착하면 차량에서부터 매장까지 전담 매니저가 모든 이동을 돕는다. 휠체어를 이용하는 지체장애인뿐만 아니라 장애가 없더라도 현재 거동이 불편하다면 누구나 이용할 수 있다. 매장에 도착하자마자 보이는 키오스크에는 디지털 휴먼이 있는데, 수어 서비스를 선택하면 눈앞에서 필요한 내용을 수어로 물어보고, 수어로 답변을 들을 수도 있다.

그래도 매장에 오는 것이 힘들다면, 영상 통화로 제품에 대해 물어볼 수도 있다. 물론 수어로도 가능하다. LG전자의 수어 컨설턴트는 수어를 잘하는 것도 매우 중요하지만, LG전자의 제품에 대해 잘 아는, 그야말로 기본을 지키는 것이 더 중요하다고 말한다. 또한 소통의 장애를 겪는 고객의 이야기를 끝까지 들어줄 수 있는 차분함과 여유도 필수라고 한다.

"모든 언어가 그런 것처럼, 수어는 손으로만 이야기하는 언어가 아니기 때문에 고객이 제 표정을 잘 살펴야 해요. 저도 표정에 더 신경 써야 하고요. 제 표정을 통해 제가 고객을 어떻게 대하고 있는지를 다 파악하시거든요."

긴 대화를 나눈 끝에 고객이 종종 "시원하다, 상쾌하다."라고 수어로 표현해 줄 때 LG전자 사람들은 더없는 기쁨을 느낀다. 언어는 달라도, 방식은 달라도, 고객의 고충을 시원하게 해결해 주는 것이 그들의 역할이다.

LG전자 사람들이 고객을 만나는 접점에서, 이렇게까지 만반의 준비를 하는 데는 다 이유가 있다. LG전자가 애초에 '누구나 경험할 수 있는' 공간을 모색했을 때, 그 '누구나'라는 테두리 밖에 누군가를 소외시키고 있진 않은지를 거듭 살피려고 했기 때문이다.

만 명이면 만 명, 사람은 다 다르게 생겼다. 고객이라고 다를 리 없다. 누군가 매장을 방문했다면 어떤 이유로 왔는지, 아쉬운 점은 없었는지를 살펴야 한다. 반대로 누군가 매장을 찾지 않는다면 그건 또 어떤 이유에서인지, 무엇이 불편해서인지를 헤아려야 한다. 이것이 바로 LG전자가 고객을 대하는 방식이다.

07

오래 남길 것은
사람과 브랜드

회사를 안팎에서 든든하게
지탱하는 힘

LG전자의 리더 중 한 명은 LG전자에 있는 동안 반드시 남겨야 할 두 가지로 '사람'과 '브랜드'를 꼽았다. LG전자 사람들은 알고 있을 것이다. 그가 중요한 자산으로 사람과 브랜드를 선택했을 때, 이 두 요소를 동떨어진 별개의 자산이 아니라 긴밀하게 연결되어 서로 영향을 주고받는 역할로 두 요소를 바라보았다는 것을.

LG전자가 제품과 서비스를 통해 전 세계 고객들에게 더 나은 삶의 경험을 제공하겠다고 약속한 이상, 그것을 각자의 자리에서 직접 실행해나갈 '사람'이 내부에 있어야 한다. 나아가 LG전자의 비전을 지지하고 사랑해줄 외부 동력, 즉 열렬한 팬이 되어줄 고객들이 필요한데, '브랜드'는 고객과 회사를 긴밀하게 연결하는 접점이 되어준다. 그가 LG전자에 오래 남길 자산으로 '사람'과 '브랜드'를 꼽은 것은, 앞으로도 오랜 기간 LG전자를 지탱해 줄 안과 밖의 동력이 무엇일지를 깊이 헤아린 결과일 것이다.

이러한 철학을 바탕으로, 그는 구성원들이 자신의 역량을 최대치로 꽃 피울 수 있는 터전을 만들기 위해 심혈을 기울여왔다. 실제로 그가 캐나다 법인장으로 부임했을 당시, 다양한 배경과 역량을 보유한 약 300명의 직원을 채용했다. 그가 부임하기 전, 캐나다 법인 전체 구성원이 약 280명이었던 것을 고려하면 대대적인 변화였다. 이는, 혁신을 추구하는 회사일수록 개방성, 다양성, 포용성을 추구하는 사람들을 충원하여, '생각과 의견을 자유롭게 주고받는' 문화가 자연스럽게 생겨나야 한다는 그의 신념 덕분이었다. 물론, 회사의 단점을 보완해줄 역량을 갖춘 새로운 인물을 대거 채용하는 과정에서, 한 사람 한 사람이 자리에 걸맞는 인물인지를 끝없이 검증했다. 일례로, LG전자 캐나다가 펼쳐나갈 마케팅 활동에 있어서 쾌도난마의 역할을 해줄 단한 사람을 찾을 당시, 다섯 번이나 후보를 새로 검증하며 고심했다.

그 덕분일까. 2007년, 캐나다 법인에서 LG전자 브랜드가 가진 잠재력을 펼쳐나가기 위해 시도한 현지 마케팅 프로젝트들은 아직까지도 혁신 사례로 회자된다. 그중에 하나를 소개하자면, 기업의 이익을 사회에 환원하는 CSR(Corporate Social Responsibility, 기업의 사회적 책임) 활동을 마케팅 활동과 접목하던 사례이다. LG전자 캐나다 법인은 끼니를 해결하지 못하는 지역 빈곤 아동을 위해 기부 활동을 계획하고 있었다.

이왕 하는 좋은 일이니, 지역 사회 구성원 모두가 즐겁게 참여

할 수 있는 프로젝트로 발전 시킬 방법은 없을지 고민했다.

당시, LG전자 캐나다는 PGA(Professional Golf Association, 미국 프로 골프 협회) 선수들의 후원 활동도 하고 있었는데, 이를 CSR 활동과 접목해 보자는 아이디어가 나왔다. 몬트리올 중심가에 위치한 캐나다 플레이스 공원에 70야드 규모의 골프장을 짓고, 골프 선수들을 초빙해 일일 골프 클래스를 연 것이다.

캐나다 사람들은 이름난 선수들로부터 직접 골프를 배울 수 있다는 소식에 환호했다. 나아가, 골프를 배우며 홀 컵까지 공을 쳐 보고, 공이 TV 모양의 사각형 안에 들어가면 기분 좋게 지역 빈곤층을 위해 기부하도록 장려했다. LG전자 역시 동일한 금액을 함께 기부했다. 당시 캐나다에서 인지도가 낮았던 LG 전자를 프리미엄 브랜드로 각인시키는 것은 물론, 지역 사회 구성원들에게 재미와 의미를 모두 경험하게 하는 마케팅 활동이었다.

이렇듯 LG전자를 안에서 지탱해 주는 에너지원인 '사람'과 밖에서 지지하는 힘을 연결하는 '브랜드'. 이 둘을 함께 꽃피우는 일은 LG전자 안에서 크고 작은 조직을 이끄는 대선배들에게 주어진 사명이다. 사람도 브랜드도 한순간의 노력으로 피어나는 것이 아니기 때문이다. 농사 짓는 마음으로 토양을 가꾸고 씨앗을 뿌린 뒤에 시간과 정성을 들여야 비로소 열매를 맺는 일들이다. 구성원과 조직이 함께 성장하는 곳이자 임직원들이 자랑하고, 고객들이 사랑하는 LG전자라는 목적지를 향해, LG전자 사람들은 지금 이 순간에도 열심히 나아가고 있다. 언젠가 반드시 그곳에 도착하리라 확신한다. 사람과 브랜드라는 위대한 유산을 반드시 남기겠다는 엄중한 사명감을 가진 선배들이 여기, LG전자에 있으니까.

모든 일에
따뜻한 미소를
닮는 사람들

3

Warmth
to power a smile

01

미소 짓게 하는
수막새처럼

언제, 어디서나, 어떻게 보아도
아름답게

대한민국 국민이라면 누구나 역사책에서 한 번쯤은 봤음 직한 신라시대 유물이 있다. 이름은 경주 얼굴무늬 수막새. 오른쪽 하단 일부가 깨진 채로 발견되었으나 이마와 두 눈, 오뚝한 코, 잔잔한 미소와 두 뺨이 조화로워 당대의 높은 예술적 경지를 보여준다.

수막새는 지붕 처마 끝에 둥글게 모양을 낸 부분이다. 당시 한옥 지붕을 만들 때는 수키와와 암키와를 얹고 나서 끝부분에 수막새를 설치해, 물이 처마 안쪽 지붕으로 흘러 들어오는 것을 막았다. 결국 수막새의 역할은 빗물을 막는 것인데, 이렇게까지 심미적으로 디자인한 이유는 무엇일까?

그건 LG전자 사람들이 가장 잘 알고 있는지도 모른다. LG의 로고인 '미래의 얼굴'은 이 수막새로부터 비롯되었기 때문이다. 1995년 1월 1일, 아침 신문에 대문짝만하게 이 수막새가 등장했다. 별다른 설명 없이 '새해 복 많이 받으세요.'라는 인사와 함께. 아래에는 새로운 LG전자의 로고가 놓여있어 당시 신문을 펼친 사람들의 궁금증을 자아냈다.

1995년, '럭키 골드스타'에서 'LG'로 이름을 바꾸며 세상에 내놓은 '미래의 얼굴'. 그 얼굴 안에 담긴 따뜻한 미소는 LG가 앞으로도 사람이 미소 지을 수 있는 경험과 가치를 만들겠다는 의지와 더불어 LG전자 사람들이 오래 간직해온 따뜻한 감성을 상징한다.

수막새는 처마 끝에서 빗물만 잘 막으면 되기 때문에 굳이 이토록 아름답게 디자인할 필요가 없었다. 그럼에도 불구하고 직접 손으로 빚어 인자한 미소를 새겨 넣은 것은 누군가 언제라도 올려다봄 직한 처마 끝에서도 좋은 경험을 하길 바랐기 때문이다. 더 나아가 이러한 작은 디테일도 심혈을 기울여 디자인한 공간이라면, 이 안에서 일어날 경험의 퀄리티도 기대해 볼 만하다는 확신을 준다.

LG 심볼의 근간이 수막새인 이유도 여기에 있다. 단순히 획기적인 제품, 좋은 서비스를 넘어서 대부분의 사람이 놓치기 쉬운 사각지대에서조차 미소가 절로 나오는 경험을 통해 신뢰를 쌓아나가겠다는 철학이 담겨있다.

언제, 어디서, 어떻게 보아도 아름답게

따뜻함과 치밀함은 LG전자 사람들의 DNA가 되었다. 이들이 하는 모든 일에 반영되는 것을 넘어, 업무 철학으로도 대물림되어 시대와 세대를 넘나들며 고객들의 삶에 미소를 남기고 있다.

이러한 면모를 집약적으로 보여주는 제품 하나를 꼽으라면, 라이프 스타일 스크린 중 하나인 OLED 오브제컬렉션 포제 (Posé)일 것이다. 기존의 스크린이 얼마나 더 밝고, 더 선명하고, 더 얇고, 더 큰지를 자랑했다면, 포제는 조금 다른 각도에서 고민한 끝에 세상에 나온 제품이기 때문이다.

어떤 각도에서 바라보더라도 아름답도록 디자인된 TV인데, 그간 아무도 주목하지 않았던 스크린 뒷면까지 수려하게 디자인하고 수납 기능까지 갖추도록 했다. 그동안 TV의 못생긴 뒷면을 숨기기 위해 벽 가까이에 설치할 수밖에 없었던 관습을 깨며, 생활 공간 전체의 품격을 높인 점을 인정받아 2022년 6월 레드닷 디자인 어워드에서도 최고상(Best of Best)과 더불어 IDEA(미국산업디자이너협회 IDSA가 주관하는 디자인상) 최고상을 받았다.

제품에도 미소, 브랜드에도 미소

LG전자 사람들이 생각하는 브랜드란 사물처럼 한 번 만들어지면 끝인 게 아니라 시간이 지나며 계속 성장하고 변화하는 존재다. 살아있는 생명체는 본디 사랑받고자 하는 욕구가 있다. 그래서일까. 이들은 LG전자라는 브랜드를 더 큰 사랑을 받는 아이코닉 브랜드(Iconic Brand 시대 혹은 세대가 추구하는 문화, 생활, 가치관을 상징하는 브랜드)로 만들기 위해 총력을 기울이고 있다.

지난 수십 년간 다각도로 혁신과 성장을 이룬 LG전자는 이제 아이코닉 브랜드라는 새로운 목표에 도달하기 위해 브랜드 리인벤트(Reinvent)를 감행했다. 먼저 LG전자 브랜드의 아이덴티티를 새롭게 정립하기 위해, 브랜드의 근간부터 다시 살폈다. 나아가 LG전자 브랜드의 가치를 정확하고 친숙하게 표현하는 슬로건인 'Life's Good'에 새로운 디자인과 매력적인 내러티브를 더하는 작업을 했다. 그 위로 새로운 브랜드 비주얼 아이덴티티를 쌓아 올리기 시작했다. 비주얼 디자인이 탄탄하게 자리를 잡으려면 근간이 되는 디자인 철학이 필요하다

이를 전 세계에 일관되게 감각적으로 표현하려면 새로운 브랜드 비주얼 아이덴티티도 필요했다. 새로운 브랜드 비주얼의 근간이 되어 줄 디자인 철학부터 탄탄하게 정립하는 것이 첫 단계였다. LG전자 사람들은 그들이 가진 이성과 감성을 모두 표현하기 위해 이모셔널리 인텔리전트 디자인(emotionally intelligent design)을 콘셉트로 잡았다. 일반적으로 글로벌 테크 기업에는 기술 중심의 논리적이고 차가운 이미지가 연상되기 마련인데, LG전자는 그와는 달랐다. '혁신을 위한 혁신'이 아니라 인간을

중심에 둔 혁신을 추구하고, 하는 모든 일에 따뜻한 미소를 담아내는 LG전자만의 고유한 속성이 있기 때문이다.

이후로는 세세하게 윤곽을 잡아 나갔다. LG전자를 상징하던 붉은 색도 더 젊고 세련되게 표현했다. 수막새를 본떠 만든 로고는 디지털 환경에서만큼은 인터랙티브하게 움직이도록 변주했다. 덕분에 늘 어딘가에서 나를 가만히 바라보며 미소 짓던 LG전자의 심벌이 이제는 나를 위해 윙크하고, 인사하고, 춤을 추는 존재로 다시 태어났다.

LG전자의 브랜드가 말하고 있는 것처럼, LG전자 사람들은 앞으로도 한결같이 혁신적인 기술을 세상에 선보이는 동시에 미소가 지어지는 삶의 경험을 선보일 것이다. 그들의 DNA가 그러하고, 그들의 역사가 그러하다. 누군가 문득 처마 끝을 올려다보며 미소 지을 수 있도록 고안된 수막새의 디자인처럼, LG전자의 로고가 사람들에게 따뜻한 미소 그 자체가 된 것처럼.

02

좋은 일 vs
진짜 좋은 일

좋은 일에도 본질이 있다

LG전자 사람들은 좋은 일에도 본질이 있다고 믿는다. 사회에 가치를 환원할 때도 단순히 '좋은 일'을 하는 것이 아니라 '진짜 좋은 일'이 무엇일지를 꼼꼼하게 살피려고 애쓴다. 일례로, LG전자는 에티오피아에 LG-KOICA 희망직업훈련학교를 운영하고 있다. 제대로 된 교육과 취업의 기회가 없는 이들에게 전자 기술을 교육함으로써 자립 기회를 제공한다는 취지다. 2014년 개교 이래 매년 최우수 학생을 취업 연계형 인턴으로 선발해 LG전자 사람으로 일하게 함으로써 전문기술 인력 양성에도 힘을 쏟고 있다.

2019년에는 우수 학생들을 선발해 두바이에서 실습할 수 있는 기회를 제공했다. 학생들은 LG전자가 판매하는 주요 제품에 대한 수리 교육을 받았고 두바이 현지 서비스센터에서 실제로 자신의 기술을 뽐낼 수 있었다. 특히 중동아프리카서비스법인에서 근무하는 기술 명장을 직접 초청해 수리 노하우를 전하며 기술 명장의 꿈에 한 걸음 가까워질 수 있도록 도왔다.

방글라데시 직업훈련학교에서는 지역 특색에 맞게, 에어컨 수리와 관련한 기술을 전수하는 'LG 인버터 클래스'를 운영하고 있다. 학생들은 LG전자 싱가포르 서비스 센터와 현지 강사들이 함께 개발한 교재를 바탕으로 인버터 기술을 습득하며 조금씩 LG전자인으로 거듭난다. 흔히들 하는 것처럼, 가난을 겪고 있는 나라에 성금을 보내거나 물자를 지원하고 이를 홍보했어도 될 일이다. 하지만 LG전자 사람들은 이왕 좋은 일을 하기로 마음을 먹었다면, 정말로 도움이 될 만한 일이 무엇인지부터 헤아린다. 교육과 취업의 기회가 없는 이들에게, 큰돈을 기부할 테니 문제를 해결하는 데 쓰시라고 하는 것도 물론 좋은 일이다. 하지만, 그들을 직접 교육하기 위해 학교를 세우고, 현지 기술 명장들을 보내 노하우를 전수하고, 학생들을 다시 업무 현장으로 불러 실습을 시켜 비로소 사회적 역할을 다할 수 있는 한 명의 기술인이자 LG전자인으로 키워내는 일은, 진짜 좋은 일이다. 길고도 험난한 여정을 감내해야 하는 일이지만, 더 지속적으로, 더 실질적으로 도움을 줄 수 있기 때문이다.

2009년 대만 핑둥 지역에 대홍수가 났을 때도 마찬가지였다. 대만 현지 법인에서 일하는 LG전자 사람들은 LG 드럼세탁기 100여 대를 동원해 무료 세탁방을 설치했다. 현장에서 직접 전기와 수도시설을 확인하고 세제와 소독약도 지원했다. 현지 일부 언론들은 당시 대만 총통보다 LG전자 사람들이 먼저 현장에 도착했다며 감탄하기도 했다.

통상적으로 그러하듯이, 성금을 쾌척하고 홍보하면 그만이었을지도 모른다. 하지만 수해가 일어나면 당장 깨끗한 옷을 갖춰 입을 수 없고 이는 위생과 직결된 문제라는 걸 아는 이상, LG전자 사람들은 가만히 있을 수 없었던 것이다. 홍보는 다음 문제이고, 우선은 LG전자의 핵심 제품 중 하나인 세탁기를 들고 그들이 일상을 다시 회복할 수 있도록 전력을 다하는 데 집중했다. 지금 당장 그들에게 무엇이 필요한지만을 생각하면서.

03

LG전자는
책임을 지세요

모두에게 공평하게 이로운 기술

세계 최초의 시각장애인 공인재무분석가(CFA)이자, 약 30년간 미국 월 스트리트에서 애널리스트로 일해온 신순규 씨는 LG전자 사람들 사이에서 매우 유명한 인물이다. 2022년 7월 조선일보의 칼럼을 통해 IT기술이 발전할수록 장애인들은 기술로부터 점점 소외되고 있음을 토로하며, 콕 집어 LG전자에 이 일을 해결해달라고 요청했기 때문이다.

신순규 씨는 LG전자는 성장과 이윤만이 아니라 사회 문제나 이슈에도 신경을 쓰는 기업이니, 시력이나 청각 장애가 있는 이들은 물론 노년층이 기술을 쉽게 누릴 수 있도록 제품 디자인을 개선하는 일에 앞장서달라고 부탁했다.

부름을 받은 LG전자 사람들은 마땅히 신순규 씨를 본사로 모셔 간담회를 열었다. 주요 임원은 물론 다양한 인원이 참여해 2시간가량 대화를 나눴다. 신순규 씨는 기술 발전으로 장애인이 전자제품을 사용하는 게 더 어려워졌다고 털어 놓았다.

특히 디치스크린이 불편했다. 시각장애인은 제품 버튼을 직접 만지며 촉각에 의지해 제품을 학습했다. 하지만 터치스크린 기능이 생기며 촉각에만 의지해 제품이나 서비스를 학습하는 것이 어려워졌다. 기술 발전으로 사람들의 삶이 좋아졌지만, 그 사람들 안에 장애인도 포함되었는지는 꼭 확인해야 할 문제라고 덧붙였다.

이날 신순규 씨와의 대화를 통해, LG전자 사람들은 기존에 운영하던 장애인 자문단의 의견을 더 적극적으로 청해 듣고, 실질적으로 도움이 되는 방법을 탐색했다. 일례로 모든 가전에 붙여 사용할 수 있는 점자스티커를 무료로 배포했다. 스티커는 전원, 동작 및 정지, 와이파이 등 10가지 아이콘과 점자, 가이드라인 등으로 구성되어 있는데, 덕분에 촉각에만 의지하더라도 제품을 능숙하게 조작할 수 있다.

또한 저시력자, 노년층, 어린이, 손 사용이 불편한 고객들을 위해 음성인식 제품들도 잇따라 출시했다. 국내 최초로 음성인식 기능이 탑재된 'LG퓨리케어 오브제컬렉션 정수기'는 버튼을 조작하지 않고 음성만으로도 원하는 용량의 물을 받을 수 있다. LG전자는 나아가 에어컨, R9 로봇청소기, 4도어 냉장고 모델과 SIGNATURE와인 냉장고 제품에도 음성 인식 기능을 추가했다.

지금, 모두가 누려야 할 기술을 위해

'사용성 개선'은 비단 장애인만을 위한 것은 아니다. 장애인과 비장애인 사이에 어떠한 경계도 없어야 하듯, 제품을 경험하는 사람 누구 하나 빠짐없이 편리하게 새로운 기술을 누리게 하는 것이 '사용성 개선'의 핵심이기 때문이다.

우리 주변의 누구라도 LG전자 사람들이 고심하는 사용성 개선 사업의 혜택을 누려야 한다. 이를테면, 팔 한가득 물건을 안고 있느라 냉장고 문을 열 손이 없는 상황이라면? 'LG 컨버터블 냉장고'는 원터치로 간단히 냉장고 문을 열 수 있다. 'LG 시그니처 냉장고'는 냉장고 바닥에 발을 갖다 대는 것만으로도 냉장실 문을 자동으로 열 수 있다.

더 나아가 LG전자 사람들이 집중해 개발하는 것 중 하나가 바로, 개개인 맞춤 사용성 개선이다. 이를테면 다양한 특성을 가진 가족이 하나의 스크린으로 함께 영화를 감상할 때, 청력이 약한 누군가는 TV소리가 잘 들리지 않아 볼륨을 높이고 싶고, 또 소리에 민감한 누군가는 TV소리를 더 낮추고 싶어 할 것이다. 이를 해결할 방법으로 LG전자는 TV 스피커와 블루투스 기기에 음향을 동시 출력하는 'TV소리 함께 듣기' 기능을 추가했다. 우리 생활에 빼놓을 수 없는 전자기기인 TV야말로, 특정한 사람만이 아닌 모두를 위해 사용성이 개선되어야 한다고 믿으니까.

이 뿐만이 아니다. LG전자 사람들은 일일이 헤아리기도 어려

127

Warmth to power a smile

울 만큼 많은 제품을 들여다보며 사용성을 개선할 여지가 없는 지 살핀다. 매장에는 촉각 키패드가 탑재된 키오스크를 설치했고, 키가 작거나 휠체어에 탑승한 고객을 위해 주요 메뉴는 화면 아래에 배치했다. 나아가, 커뮤니케이션의 장벽을 없애기 위해 수어 해설 능력까지 갖춘 LG클로이봇도 개발했다.

또한, 2024년에는 누구나 손쉽게 LG전자의 가전을 사용할 수 있도록 돕는 '컴포트키트'도 선보였다. 기존에 사용하던 세탁기, 건조기, 냉장고에 '이지 핸들'이나 '이지볼' 등을 부착해 더 손쉽게 사용하도록 한 것이다. 덕분에 근력이 부족하거나 손을 섬세하게 움직일 수 없어도 세탁기, 건조기, 냉장고를 편하게 여닫을 수 있고, 다이얼을 손쉽게 돌릴 수 있다. 컴포트키트는 성별이나 나이, 장애 유무와 상관 없이 모든 고객이 손쉽게 LG전자의 제품을 사용하며 더 나은 삶을 경험해야 한다는 철학을 바탕으로 한다.

개인의 장애 유무, 나이의 많고 적음에 관계없이 인간이라면 누구나 자유롭게 기술의 발전을 누려야 한다. 그것이 바로 기술이 존재하는 이유니까. LG전자 사람들이 사용성 개선 작업을 통해 이루고자 하는 비전, 'Better Life for All'은 먼 미래의 일이 아니라, 지금 당장 모두가 경험해야 할 가치다.

04

고객의 집을
방문하면
칭찬 하나를 두고 와요

제품의 힘에서 서비스의 힘으로

고객의 집으로 직접 방문해 그들과 만나는 이들이 있다. 바로 고객이 사용하는 LG전자 제품의 수리를 담당하는 서비스 매니저들이다. 이전까지는 협력업체를 통해 계약 형태로 운영하였으나 2019년 5월, 서비스 매니저 전원을 LG전자 직원으로 공식 전환하였다. 2023년 당시 국내 서비스 매니저는 약 3,600명으로, LG전자에 소속된 기능직 직원 중 최대 규모의 조직이다. LG전자가 얼마나 고객 서비스를 중요시하며 투자를 아끼지 않는지를 엿볼 수 있다.

서비스 매니저들은 수리 처리 건수 외에도 고객들로부터 '칭찬'을 받는 것으로 성과를 인정받는다. 고객 곁에 가장 가까이 있으면서 그들로부터 직접 평가를 받는 셈이다. 전국에서 '칭찬'을 가장 많이 받은 서비스 매니저를 만나 그의 이야기를 들어봤다. 그는 전국에서 평점이 가장 낮았던 오산 서비스 센터를 현

재 최고 수준의 센터로 끌어올린 장본인이기도 하다. 그는 현재
의 자신을 있게 한 원동력도 칭찬이고, 자신의 업무 비결 또한
칭찬이라고 말한다.

'칭찬의 왕'에게 더 구체적인 비법을 물었다. 그는 대단한 건
없다며 손사래를 치면서도, LG전자 사람이라면 한 번쯤 곰곰
이 생각해보아야 할, 그리고 그가 서비스 매니저로서 한결같이
지키는 철칙 한 가지를 일러 주었다. 바로, 어르신을 만나면 말
벗이 되어 드리고 비교적 젊은 30대~40대 고객을 만나면 그들
이 얼마나 잘 살고 있는지 칭찬해 준다는 것이다.

고객의 집에서 벽 한 편에 걸린 아이의 그림을 발견하면, "아
이 참 잘 키우셨네요. 그림이 너무 훌륭해요."라고 먼저 칭찬을
건넨다. 세탁실 너머에서 피아노 소리가 들리면 "피아노 연주가
좋아서, 감상하면서 수리했어요. 저도 이렇게 듣기 좋은데, 고객
님은 얼마나 좋겠어요."라며 소감 한마디를 꼭 남긴다. 그가 고
객을 칭찬하면, 그 칭찬은 다시 그에게 돌아가 일의 보람과 의미
를 찾게 해준다.

이렇게 '칭찬'에 대한 깊은 철학을 가진 그가 현장에 나가면
지키는 또 다른 원칙은 고객이 서비스를 요청했을 때, 본인이 거
부하는 일은 절대로 없게 하는 것이다. 때론 업무 시간을 초과
했는데도, 이미 퇴근시간이 지났는데도 꼭 그때 찾아와 주길 바
라는 고객도 있다. 하지만 그런 고객도 나와 마찬가지로 회사에
소속된 근로자라고 생각하면, 당연히 그런 요청이 이해된다고
한다. 그럼 본인의 퇴근 시간을 늦추고서라도 들를 수밖에 없다.

아무리 내공이 뛰어난 수리 기사라 해도, 낯설거나 익숙지 않은 제품이 있기 마련이다. 그럼에도 불구하고 낯선 제품을 수리해 달라는 요청이 들어오면 주말에 따로 공부해서라도 고객을 찾 아간다고 한다. 요청을 거절하고 다른 전문가에게 맡기는 것도 방법이겠지만, 고객이 지푸라기 붙잡는 심정으로 자신에게 직 접 연락해주었는데, 다른 사람에게 그 일을 떠넘길 수는 없다는 것이 LG전자 서비스 매니저들의 공통된 마음가짐이다.

제품의 힘에서 서비스의 힘으로

이들의 원동력은 무엇일까? LG전자 사람으로서 갖는, LG전자 제품에 대한 깊은 신뢰 덕분 아닐까? 서비스 매니저들은 가끔 집안을 채운 모든 가전이 LG전자 제품인 집에 방문하게 된다. 그럴 때 이렇게 묻곤 한다. "어머님, 우리 LG전자 가족이신가 봐요. 자녀분께서 혹시 LG전자 다니셔요?" 하지만 의외로 "아 니요."라고 답하는 집이 많다고 한다. "아뇨. 그게 아니라 나는 골드스타 때부터 LG전자 제품만 써요. 고장 안 나고 오래 가고 좋잖아요. 서비스도 이렇게 잘해 주시고요."라고 뒤따라 붙는 설명은 고객이 얼마나 LG전자에 대해 좋은 인식을 가지고 있는 지를 알게 해준다.

밀양 서비스센터에는 미소의 왕이 있다. 대학 졸업하자마자 LG전자 모바일 서비스로 회사생활을 시작해 지금은 어엿한 15

년 차에 전국구로 이름을 날리는 인기 출장 서비스 매니저다. 하루에도 수십 통씩 걸려 오는 수리 요청이나 클레임을 그녀는 '일'이라고 생각하지 않는다. 하나하나가 사람이라고 생각하면 웃으며 응대할 수 있다는 것이다. 그런 그녀가 반드시 지키는 원칙은 바로 어떤 고객이든 '첫 대면 시 활짝 미소 지을 것'이다. 그 덕분일까. 그녀가 담당하지 않는 제품인데도, 직접 전화를 걸어와 당신이 아니면 안 되니까 꼭 와달라는 요청도 비일비재하다.

Warmth to power a smile

몰려드는 업무에 스트레스 받을 만도 한데, 언제나 미소를 잊지 않는다. 도리어 크고 무거운 제품도, 어렵고 복잡한 제품도 거뜬하게 처리하며 한 집이라도 더 방문하고 싶은데 신체적인 제한이나 의도치 않은 문제로 그러지 못할 때가 가장 속상하다고 털어놓았다. 이러한 속내를 털어놓는 그녀의 눈가가 이내 촉촉해졌다. 그녀가 얼마나 진심으로 이 일을 대하는지 알 수 있었다.

모두가 불편 없이 LG전자를 누리도록

칭찬과 미소로 응대하는 것은 기본이고, 더 나아가 커뮤니케이션에 어려움을 겪는 고객들도 원활하게 제품과 서비스를 사용할 수 있도록 돌보는 것 또한 LG전자 사람들의 일이다. 한 컨설턴트의 사례가 대표적이다. 청각 장애가 있는 고객이 멀리 떨어져 사는 어머니 댁으로 TV를 구매해 보냈는데, 설치가 잘되고는 있는지, 어머님이 사용하시기에 편리한 제품인지를 직접 확인하지 못해 애가 타는 상황이었다. 고객의 답답한 마음을 해소해주기 위해, 수어 통역사가 실시간으로 제품의 설치 과정과 사용법에 대해 상세히 알려주었다. 여느 고객이 그러하듯, 그녀 역시 LG전자의 제품을 마음 편히 누리고 경험할 수 있도록 말이다.

마땅히 해야 할 일을 하고 있을 뿐이라는 이야기를 듣는 내내 자꾸만 이들의 손에 눈이 갔다. 말끔한 LG전자 서비스 매니저 복장에 신뢰가 가는 얼굴. 하지만 손은 하나같이 거칠고, 그 끝은 조금씩 굽어 있었다. 이들이 하는 말 끝만 보아도, 다소곳이 모으고 있는 손끝만 보아도 노고가 얼마나 대단한지 짐작이 갔다. 같은 LG전자 사람으로서 참 감사했다. 이들이 방문한 집마다 두고 왔을 칭찬과 미소, 배려의 힘 덕분에 고객들은 오늘도 삶이 참 좋은 것이라고 느꼈을 테니까.

05

태어나고,
사랑받고,
버려지는 순간까지

지속가능한 시스템을 뿌리 삼아

글로벌 시민 의식을 갖고, 기업의 사회적 책임을 다하는 기업들은 인류와 지구의 더 나은 미래를 위한 지속 가능 경영 전략을 필수적으로 수립하는 시대가 되었다. LG전자 사람들은 이 지속 가능 경영 역시, 떠들썩한 방식이 아닌 실제로 도움이 되는 방식으로 접근했다. LG전자답게 말이다.

LG전자가 제품을 잘 만든다는 사실은 누구나 안다. 하지만 LG전자가 제품을 얼마나 옳은 방법으로 버리는지에 대해서는 많이 알려지지 않았다. LG전자 제품을 새로 구입하면 예전 제품은 수거해가는 서비스를 신청할 수 있다. 기존에 쓰던 제품을 중고로 팔지 않는 이상, 쓰레기로 버리는 과정에서 겪을 수고를 덜기 위해 대부분의 사람이 수거 서비스를 신청한다. 이렇게 수거된 폐제품은 모두 권역별로 위치한 리사이클링 센터로 보내진다. LG전자의 이름을 달고 멋지게 태어나, 고객의 사랑 듬뿍 받으며 사용된 제품을, 이제는 LG전자의 책임 아래 폐기하고, 재활용하는 것이다.

특히 경상남도 함안군에 위치한 칠서 리사이클링 센터는 100% LG전자의 투자로 설립된 자원센터이다. 영남권에서 수거되는 폐가전은 모두 이곳으로 모이는데, 여기에서 친환경적인 제품으로 폐기할 부분은 폐기하고, 재활용할 수 있는 부분은 재자원화한다. 순서는 크게 4단계로 이루어진다. 우선, 수거된 제품을 해체하고, 파쇄하고, 부품을 선별하는 과정을 거쳐 철, 비철금속 및 플라스틱류 등으로 분류한다. 이후 재생 가능한 소재들은 다시 신제품에 활용하며 새 생명을 얻게 된다.

이후 이뤄지는 본격적인 리사이클링에는 전문 기술을 가진 추출 엔지니어의 고도 작업이 필요하다. 칠서 리사이클링 센터에는 세계에서 유일하게 특허를 획득한 냉매 가스 회수장치가 있어 더욱 빠르고 안전하게 추출 작업을 마칠 수 있다. 위험부위를 제거한 폐가전은 균일한 크기로 파쇄되고 진동을 활용해 세부적으로 분류된다. 여기서 얻어진 재활용 소재는 LG전자의 새로운 가전으로 다시 태어난다. 재활용 플라스틱은 '틔운 미니'가 되어 어느 집 한 켠에서 예쁘게 꽃을 피우고, '사운드바'의 일부가 되어 멋진 소리를 만든다.

지속가능한 시스템을 뿌리 삼아

이렇게 LG전자의 제품이 만들어지고 사랑받고, 다시 버려지고, 새롭게 태어나는 하나의 완전한 사이클은 하루아침에 만들어진 것이 아니다. 2008년, LG전자는 환경 정책, 환경 기술에 특화된 환경전략팀을 만들어 환경 규제뿐만 아니라 온실가스 등 기후변화 문제, 그린테크놀로지, 에코디자인, 그린 에듀케이션,

그린 마케팅 등 환경이나 에너지와 관련된 신사업 분야를 개척해왔다. 당시만 해도 LG전자 사람들이 환경과 관련된 일을 하면, '전자 회사에서 환경을 왜 신경 쓰나요?'라고 신기해하는 사회 분위기가 있었다. 팬데믹 이후 지구 기후 문제에 모두의 관심이 쏠리며 대부분의 회사가 필수적으로 ESG 경영 전략과 실천 방안을 내놓고 있는 것과는 다른 분위기였다.

훨씬 이전부터 LG전자의 본업과 환경문제 사이의 연결 고리를 찾고, 지속적으로 할 일을 고민해온 LG전자 사람들. 요사이 ESG가 마케팅 수단으로 변모해가는 분위기를 경계하며, 이들은 이럴 때일수록 더욱 본질에 집중하려고 애쓴다.

지속가능성이라는 키워드가 단순히 광고 카피로만 존재하는 것이 아니라 LG전자의 모든 일에 깊게 뿌리 내린 시스템이 되도록 말이다. LG전자 사람들이 자신의 업을 지속적으로 펼쳐나가되, 그것이 지구 환경에 도움이 되는 방향으로 자리 잡도록 친환경적인 제품 생산 사이클을 만들어 나가는 것도 그 이유에서다.

제품이 태어나고, 사랑받고, 버려지고, 다시 태어나는 사이클의 처음부터 끝까지, 단 한 틈도 놓치지 않고 완전히 책임지기 위해 LG전자 사람들은 오늘도 더 나은 방법을 찾고 있다. 모두가 더 나은 미래를 누릴 수 있도록. 그 '모두'에 우리가 살고 있는 삶의 공간인 지구도 온전히 포함할 수 있도록.

06

생산도, 판매도 전부
사람이 하는 일

파트너의 일은 곧 우리의 일

LG전자 사람들이 '사람'을 소중히 여긴다는 건 익히 알려진 사실이다. 아는 사람이 LG전자에 다니는데, 거기는 사람들이 참 '인화(人和)하더라'는 이야기를 종종 들을 수 있다.

LG전자 사람들은 마음이 따뜻하고 인간을 존중하는 사람들이라는 이미지. 그런데 말이다, 진짜일까? LG전자 사람들은 진짜로 사람을 소중히 여길까? 겉으로 드러난 이미지만 그런 건지, 하는 모든 일에 인간 존중이 실현되고 있는 건지 제대로 확인해보고 싶다. 어딜 들춰 봐야 그 속내가 보일까? 그건 아마, 대외적으로 잘 드러나지 않는 은밀한 곳이겠다. 바로 LG전자 임직원들 서로 간의 관계나 파트너사 사람들과의 관계를 보면 그들의 진짜 인성이 보일지도 모른다. 우선, LG전자 사람들이 서로를 어떻게 대하는지는 2022년 세계경제포럼(WEF)이 '등대 공장'으로 선정한 창원 LG스마트파크를 보면 알 수 있다.

등대 공장이라 함은, 뱃사람들의 길잡이 역할을 하는 등대처럼 첨단 기술을 도입해 세계 제조업이 나아갈 길을 제시하는 공장을 뜻한다.

단순히 매출액이 세계 1위라고 해서 등대공장으로 선정되는 것은 아니다. 공장의 생산 방식이 얼마나 미래적인가에 주목하기 때문이다. 4차 산업혁명 분야의 핵심인 사물인터넷, 인공지능, 클라우드컴퓨팅, 빅데이터, 로봇을 생산 라인에 적용해 생산성을 높이고 지구 환경에 끼치는 영향을 줄이는 것이 바로 등대 공장으로 선정되는 핵심 요인이다. LG전자의 창원 스마트 파크는 국내 최초로 선정되었고, 뒤이어 다음 해 2023년에는 LG 테네시 공장 역시 등대 공장으로 선정되었다. 이로써 국내와 해외에 모두 등대 공장을 갖춘 한국 기업은 LG전자가 유일하다.

이것이 어떻게 가능했을까? 단순히 '최초의 등대 공장' 타이틀을 바라보며 달린 끝에 얻어낸 결과일까? 아니다. LG전자 사람들은 '모두의 더 나은 삶'이라는 과제를 떠안고 살아가는 사람들이다. 그곳이 어디든 사람이 있다면 더 나은 삶을 영위할 수 있도록 환경을 조성하는 일을 평생의 과업으로 여기는 사람들이란 뜻이다. 그리고 공장의 생산 라인에도 역시 사람이 있다. 모두가 더 나은 삶을 경험하려면 그들의 생산 현장인 공장 역시, 기술 발전의 혜택을 누려야 한다고 결론을 내렸고, 그 결과가 바로 '최초의 등대 공장'으로 이어진 것이다.

카메라가 부착된 로봇들이 서로 다른 모델의 냉장고를 만드는 덕분에 하나의 생산 라인에서 최대 58종의 모델을 만든다.

딥러닝 기반의 고주파 용접 기술 덕분에 빠르고, 정밀하고, 안전하게 부품 부착 공정이 가능해졌다. 제품에 부착할 거대한 문짝을 이쪽에서 저쪽으로 옮기는 고된 노동을 당연히 사람이 해야 할 일이라고 치부했다면 지금의 창원 스마트파크는 없었을 것이다. 생산 라인에 서 있는 사람은 당연히 하루 종일 먼지를 뒤집어써야 한다는 편견을 깨고, 같은 LG전자 사람으로서 서로가 더 나은 환경에서 일하도록 솔루션을 찾아냈기 때문에 가능한 일이었다.

단순하게 옮기는 작업이나 적재하는 작업은 자동화할 방법을 찾아냈고, 이러한 자동화 시스템 덕분에 사람들은 위험한 일에서 손을 떼고 더욱 고도화된 판단이 필요한 업무에 집중할 수 있게 되었다. 에너지 효율성도 높아졌으니 지구 환경에도 이롭다. 이는 결국 모든 사람의 터전을 더 나은 곳으로 만드는 일인 것이다.

파트너의 일은 곧 우리의 일이니까

그렇다면 협력업체 '사람들'과는 어떤 관계일까? LG전자 사람들은 그들에게도 따뜻할까? 그러하다고 대답할 수 있는 근거가 너무도 많다. 그중에서도 가장 놀랐던 에피소드는 바로 대리점들의 비용 절감을 위해 재고 0%에 도전했던 일화다.

한국영업본부에서 주요 협력사인 대형 판매 전문점들을 조사해본 결과, 지난해 판매하고 남은 에어컨이 수백 대 꽉 차있었다고 한다. 혹시 이 에어컨들이 작년에 팔다가 다 못 판 것들이냐고 물었을 때 협력사에서는 쭈뼛쭈뼛 속내를 털어놓았다. 그게 아니라, 이번 달에 미리 매입해둔 신제품이라는 것이다. 엄동설한에 에어컨을 이렇게나 많이 매입한 이유는, LG전자의 매출 목표를 달성해주기 위해서였다는 것이다.

LG전자 사람들은 충격에 빠졌다. 1월에 에어컨 예약 판매를 시작하긴 하지만 실제 가정에 설치되는 건 아무리 빨라도 5월 무렵이다. 당장 옮겨다 놓을 일이 없을 에어컨을 1월부터 전문점마다 창고에 채워 넣었다니. 그것도 LG전자의 판매율을 높여 협력 관계를 더욱 공고히 하기 위해서. 이걸 넙죽 받아들이며

"그러셨군요. 덕분에 저희 매출 목표가 달성 되고 있었어요. 감사해요."라고 말했다면 그건 LG전자 사람들이 아니다. 왜곡된 재고를 원래대로 되돌리는 것이 맞다고 판단해 '재고 0%'에 도전한 것이 바로 LG전자 사람들이다.

협력업체 사람들이 실제 수요나 판매와 무관하게 과하게 제품을 사들여 그것을 보관하는 것을 도무지 지켜볼 수 없었던 것이다. 그들이 재고를 보관하려면 비용이 들기 때문이다. 쓸데없는 비용 지출을 근절하고자 '재고 0%'를 선언했으나 이를 실행해나가기란 여간 쉽지 않았다. 여기저기 우려의 목소리가 심했기 때문이다.

판매 전문점조차 주저했다. 그간 재고를 쌓아 놓고 팔던 관행에 익숙해져, 주문을 하면 그때 바로 공급하는 방식으로 전환하는 것에 불안을 느꼈다. LG전자 내부에서도, 재고를 전부 소진할 때까지 추가 주문을 받지 않았다가 매출이 떨어지면 어떡하냐고 여기저기서 앓는 소리가 났다.

하지만 LG전자 사람들은 1년 제대로 앓더라도 옳은 길로 가기로 결심했다. 그리고 지금까지도 LG전자 사람들은 재고가 아닌 판매로 매출을 산출한다. 투명하게, 본질적으로. 덕분에 LG전자와 함께 하는 협력업체들의 이익과 자금 사정 역시 투명하게, 본질적으로 개선되었다. LG전자 사람들에게 있어서 '파트너를 인간으로서 존중'한다는 건 내가 앓으면서까지 상대방이 가진 불편을 해소해 준다는 뜻이다. 진정한 파트너라면 그래야 하니까.

07

리더는 온몸으로
문화를 만든다

최고의, 차별화된, 세상에 없던
시도와 변화

LG전자에는 CEO가 직접 마이크를 들고 나서, 모든 구성원들과 소통하는 시간이 있다. LG전자에서 일해 온 지난 37년간 일관된 '혁신 마인드'로 수많은 것들을 바꿔온 인물이 만들어 낸 '열린 소통 시간'이다. 그에게는 신입사원 시절부터 몸에 체화된 '잘못된 것을 보면, 반드시 훌륭하게 고쳐 놓는다'라는 원칙이 있었다. CEO가 될 무렵부터는 이러한 철학을 숙명처럼 받아들이고는 'REINVENT(리인벤트: 스스로 즐거운 변화를 만들어 새로운 LG전자를 만들어 나가자)'라는 대대적인 조직문화 캠페인을 펼쳤다. LG전자 사람이라면 누구나 각자의 자리에서 변화하고 실천해나가야 할 덕목들을 정하는 일부터 시작했다.

그는 이 덕목들을 정하는 과정부터 리인벤트했다. 선배가 후배에게 혹은 선생님이 학생에게 하듯 가르침을 적어 내려간 것이 아니라, 오히려 그 반대의 방식을 택했다. 구성원들에게 LG

전자에서 일하는 동안 스스로 무엇을 바꾸어 나가고 싶은지를 물었고, 그것들 중에서 가장 공통되고 뜻깊은 열한 가지를 고른 것이다. 그리고는 모든 직원들이 볼 수 있도록 생중계로 연결된 방송을 만들어, 직접 마이크를 들고 나가 우리가 무엇을 바꾸어 나가고 있는지, 그것이 어떤 의미를 갖는지에 대해 허심탄회하게 이야기하는 공개 대담을 진행했다. First(최고의), Unique(차별화된), New(세상에 없던) 시도와 변화를 추구하는 그의 철학을 담아, F.U.N. Talk라 이름 지었다.

그의 바람과는 달리, 제 1회 F.U.N. Talk는 좋지 않은 결과를 냈다. 그가 일전에 근무했던 캐나다나 미국에서는 '타운홀(Townhall: 리더와 구성원이 한자리에 모여 자유롭게 질문하고 답하는 소통 시간)'과 같은 오픈 커뮤니케이션이 흔했는데, 한국에서는 그렇지 못했던 것이다. 한국 업무 분위기에 익숙해진 LG전자 본사 구성원들에게는 오픈 커뮤니케이션이 낯설었다. 리더가 허심탄회하게 이야기해 보자고 나선 생경한 광경을, 어떤 이들은 달갑지 않게 보며 비꼬기도 했다. '쇼하는 거 아니냐'는 냉담한 반응도 있었고, '연봉은 얼마나 인상해줄지 그것부터 말하라'는 요구도 있었다. 그는 진심을 몰라주는 구성원들의 반응에 적잖이 충격을 받았다. 그 후로 며칠 몸을 끙끙 앓을 정도였다.

주변에서 걱정할 정도로 힘이 들었는데도, 그는 기어이 제 2회 F.U.N. Talk 무대에 오르기로 결심했다. 정면 돌파를 해서라도 LG전자에 오픈 커뮤니케이션 문화를 뿌리 내리겠다는 일념 뿐이었다. 진실된 소통을 이끌어 내기 위해, 구성원들의 반응이 냉담했던 이유를 철저하게 분석했고, 여러 차례 보완하고 검증한 끝에 2회, 3회를 넘어 현재 3년째 F.U.N. Talk를 진행하고 있다.

지금에서야 LG전자 사람들은 생각할 것이다. 그가 사상 처음으로 오픈 커뮤니케이션 무대를 엶으로써 리인벤트에 얼마나 진심인지를 보여주었다면, 그렇게 혹평을 듣고도 기어이 2회차 무대에 오른 모습을 통해서는 그토록 염원하는 리인벤트가 무엇인지를 온몸으로 설명한 것이나 다름없다고 말이다. 여러 곡절을 정면으로 돌파한 끝에, 마침내 F.U.N. Talk는 LG전자 사람들이 자연스레 맞이하고 즐기는 계절처럼 자리를 잡았다.

나아가, 각 조직의 리더들은 이를 본받아 저마다의 자리에서 크고 작은 오픈 커뮤니케이션을 시행하고 있다. 그는 이러한 결과를 두고 말한다. 조직 문화란, '날씨'가 아니라 '기후' 같은 것이라고. 일시적인 사건으로 인해 회사 분위기가 안 좋을 수가 있고, 반대로 성과가 좋으면 금세 분위기를 전환할 수도 있다. 하지만 그건 잠깐 지나가는 날씨에 불과하다. LG전자에 깊이 뿌리 내려, 모든 구성원들이 '당연한 것'으로 받아들이는 행태나 문화는 '기후'에 가깝다. 기후란 일시적으로 만들어내거나 억지로 꺾어버리기 어려운 것이다. 그래서 모름지기 조직 문화란 긴 호흡을 갖고, 흔들림 없이 기본부터 제대로 가꾸어 나가야 한다는 것이 그의 철학이다.

2024년, 그는 새로운 포부를 밝혔다. 지금은 LG전자가 고성과 조직으로 전환할 시기임을 F.U.N. Talk에서 알렸다. LG전자

Warmth to power a smile

사람들이 오랜 기간 갖고 있던 속성인 따뜻하고, 인품이 훌륭하며, 신뢰할 수 있는 이미지에서 나아가 이제는 세상이 놀랄 만한 성과를 선보이는 조직으로 발전시키고자 하는 것이다. 선대 회장은 "부당한 방법으로 1등을 할 바에는 차라리 2등을 하라"고 LG전자 사람들을 가르쳐왔다. 그래서 LG전자는 부정적인 일로 뉴스에 나오는 일이 흔치 않았다. 이렇게 '정도 경영', '등수를 넘어서는 올바르고 떳떳한 자세'는 충분히 체화 되었으니 이제는 확실하게 이기는 성장을 보여주며 날아오를 때라고 판단한 것이다.

따지고 보면, LG전자는 언제나 '이기는' 역사를 만들어왔다. 1958년 국내 최초의 국산 라디오, 1960년 선풍기, 1961년 자동전화기, 1965년 국내 1호 냉장고, 1966년 국내 최초 19인치 흑백 TV, 1968년 국내 최초 룸에어컨, 1969년 국내 최초 세탁기까지. '국내 최초' 라는 타이틀이 붙은 제품을 꾸준히 선보여 왔음에도 묵묵하고 점잖게 행동하던 LG전자. 이제는 이 DNA를 시대에 맞게 스스로 변화하며, 세계에서 차지하고 있는 스스로의 위용에 맞게 리인벤트해 나가려는 것 아닐까.

더 나은 삶을 만드는 사람들

4

Brave Optimists

01

—

8년째 적자라잖아,
내년엔 어떻대?

시련으로부터 잘 배우는 것이 저력

모두의 미래를 책임질 하나의 산업을 키우려면 긴 호흡을 갖고 보살피는 장기적인 안목이 필요하다. 비록 1, 2년 안에 답이 나오지 않는다 해도, 그렇게 세월을 지나 8년째까지 적자를 본다고 해도 말이다. 8년 차에 걸음을 떼고 9년 차에 날아오를 수 있기 때문이다. 이를 견디지 못하고 철수를 선언했다면 얼마나 땅을 치고 후회할 일인가?

2023년 LG전자 VS사업본부(Vehicle component Solutions, 전장사업본부)는 출범 10주년 기념행사를 가졌다. 정확히 10년 전인 2013년, VS 사업본부를 신설하고 자동차 부품 사업을 미래 성장동력의 하나로 선정해 본격적으로 육성해온 결과다. 물론 매년 좋은 평가를 받아온 것은 아니다. 8년째까지 이어진 적자 고리가 9년째 되던 해에 비로소 끊어졌기 때문이다. 이때까지 일부 언론에서는 LG전자 VS사업의 누적 적자를 2조 원까지 추정하며, 이를 두고 '아픈 손가락'이라고도 표현했다.

그럼에도 LG전자는 투자를 아끼지 않았다. 모빌리티 산업이야말로 우리가 반드시 가야 할 길이라는 믿음 때문이다. 흔들림 없는 지원 끝에 2022년 상반기에만 8조 원 규모의 수주에 성공하며 흑자 전환에 성공했다. 덕분에 10주년을 기념하는 자리에서 LG전자 사람들은 앞으로 펼쳐질 전기차 및 자율주행차 시대를 이끄는 전장사업의 글로벌 리더가 될 것이라고 포부를 밝히며 새로운 10년을 약속했다.

LG전자 사람들이 비단 10년만을 바라보며 모빌리티를 키워온 것이 아니라는 것을 알 수 있다. VS본부의 첫 시작은 작은 규모의 '카 사업부'였다. 평택의 조그만 연구실에 모인 100여 명이 카 사업부 조직의 전부였다. 당시 약 1930억 매출을 내고 있었는데, 2023년 VS본부 전체 매출이 약 10조였던 것을 감안하면 14년 만에 얼마나 큰 성과를 이루었는지 짐작이 간다.

당시 모바일 본부와 카 사업부 사이에서 이동을 고민하던 인물의 이야기를 들어봤다. 도대체 어떤 확신이 있었기에 카 사업부에 비전을 두고 여기까지 걸어올 수 있었는지가 궁금했다. 그는 한마디로 '믿음이 있었다.'라고 말했다. 근무지를 서울에서 평택으로 옮겨야 하는 큰 결정이었음에도 카 사업부의 미래에 대한 믿음이 있었다는 것이다. 더 자세히 묻자, '시너지에 대한 믿음'이라고 설명했다. 모빌리티 정통 강자들에게는 가전이나 통신에 대한 노하우가 없었다. 이에 비해 LG전자는 모바일, 통신, 디스플레이 모든 것을 다루었던 경험이 있는데 추후에 모빌리티 산업을 이끌어갈 큰 잠재력이 될 것이라고 판단했던 것이다. 당시에는 차 내부 디스플레이의 크기가 작았지만 곧 큰 화면으로 전환할 때가 올 것이고, 그때 LG전자의 스크린 노하우는 빛을 발하리라 확신했다.

이러한 마음으로 모인 약 100명의 연구원들은 힘을 합쳐 온갖 도전에 뛰어들었다. 당시 연구원 중 한 명은 하루에도 여러 번 고비를 헤쳐 나가야 했다고 그때 상황을 묘사했다. 모든 연구 원이 개발자이자 사업가이자 운영자로서 멀티플레이어 역할을 해야 했는데, 그러다 보니 크고 작은 실수도 발생했다.

그중에서도 2016년 리콜 사태는 VS본부 사람들이 겪은 가장 큰 사건이었다. 자동차 산업에서는 흔히 있는 리콜이지만, 전자 제품에 익숙한 LG전자 사람들에게는 그야말로 충격적인 사건이었다. 이들 스스로 용납하기 힘든 과오였다.

LG전자 사람들은 대오각성하며, 모빌리티 기술의 품질 관리 체계를 바로잡는 일부터 다시 시작했다. LG전자 사람답게 모빌리티 기술에 있어서도 품질만큼은 타협 없이 최고를 선보이기 위해, 관리 체계부터 쌓아 올린 것이다. 결과는 즉각적으로 드러났다. 2017년에 약 1500억 매출을 냈고, LG전자는 더 큰 성장을 도모하며 수주를 높여갔다. 당장의 이익에 환호할 것이 아니라 산업을 더 키워 나가겠다는 목표가 있었기 때문이다. 당연한 수순이었을까. 2018년 4분기부터는 다시 적자로 접어들었다. 이때부터 시작된 적자의 고리는 깊어져 갔고, 2019년부터 2022년 초까지는 대외적으로도 잘 알려졌듯이 가장 적자의 골이 깊었던 시기다. 내부적으로는 기틀을 다시 잡아 나가느라 투자를 아끼지 않았고, 외부적으로는 성장을 위해 외세를 확장하던 시기이다 보니 적자를 면하지 못했던 것이다.

하지만 LG전자 사람들에게는 '믿음'이 있었다. 겉으로는 일시적으로 멈춰있는 듯 보이지만, 내부적으로는 앞으로 더 멀리 나아갈 준비를 하고 있다는 자각이 있었기 때문이다. 당시 VS본부에서 사업 전략 보고를 마칠 때마다, 사람들은 분위기도 풀어줄 겸 농담을 건네곤 했다. "네, 잘 들었습니다. 준비하신 대로 잘 진행해 봅시다. 이익 낼 준비도 다 되신 거지요?"

모르고 들으면 속상했을 말이지만, VS본부 사람들은 알고 있었다. 언제 이익을 낼 것이냐는 질문은 언젠가는 이익을 내리라는 것을 믿어 의심치 않는 사람만이 던질 수 있는 농담이자,

응원이라는 것을. 본부를 막론하고 LG전자 사람들 모두가 VS 본부 사람들이 언젠가 날아오르며 보여줄 성과를 믿고 응원하고 있었다. 일례로, VS본부가 다른 본부에 비해 규모가 작은 조직인 탓에, 사업 미팅에 참석한 파트너사와 VS본부의 최고 리더 간에 직급이 맞지 않는 경우가 있었다. 파트너사의 CEO가 초청된 미팅에 참석할 당시 LG전자 VS본부의 최고 리더 직급은 상무였기 때문이다. 중요한 자리에서, LG전자 VS본부의 기세를 보여줄 방법을 고민하던 실무진은 고민 끝에 CTO에게 참석을 요청했고, CTO는 흔쾌히 힘을 실어주었다.

모두가 한마음으로 응원한 덕분일까. 2023년, LG전자는 모빌리티 분야를 앞으로의 주력 사업 중 하나로 꼽았다. 보란 듯이 날아오른 LG전자 VS본부 사람들. 이제서야 돌아보니, 2016년의 리콜 사태는 이들이 더 많이 성장할 수 있는 중요한 계기가 되었던 것 같다.

지난 10년간, LG전자 VS본부 사람들은 '회복하며 성장한다'라는 이야기를 주고받으며 서로를 응원해 왔다. '회복 탄력성'이라는 개념 자체가 사회적으로 유행하기 훨씬 이전부터, 이들은 실패하고 넘어져도, 정면 돌파해 더 멀리 날아오를 방법을 찾으며 여기까지 왔다. 마침내 이러한 방식은 VS본부 사람들이 일하는 방식이자 철학으로 자리 잡았다. 가장 힘든 시기가 사실은 가장 중요한 시기라는 것을 마음에 새기며, VS본부 사람들은 오늘도 이렇게 말한다. 시련을 겪지 않는 것이 저력이 아니라, 시련으로부터 잘 배우는 것이 저력이라고.

02

물구나무서서
후지산을 넘는 게
빠르겠네

고객을 위해 끝없이 이어가는 산맥

거침없이 뻗은 산세를 자랑하는 여느 산맥도 '줌 인' 버튼을 눌러 확대해 들여다보면, 가지 끝에 돋은 나뭇잎들로 이루어져 있다는 걸 알 수 있다. 인류의 역사를 좌우한다는 평가를 듣는 거대한 업적들 역시 마찬가지다. 나뭇잎 한 장 한 장과도 같은 작은 노력과 도전 없이는 위대한 성과를 이룰 수 없다.

현재 LG전자가 누리는 규모와 세계적인 명성을 거침없이 뻗은 산맥에 비유한다면, 그 근간에는 LG전자 사람들이 한 장 한 장 쌓아 올린 나뭇잎과 같은 노력이 있는 셈이다. 특히 OLED TV(유기발광다이오드 TV) 분야가 그렇다. 지금의 LG전자는 OLED TV라는 산업 자체의 리더나 다름없다. 매년 LG전자가 선보이는 OLED스크린 기술이야말로 세계 OLED 시장 전체가 맞이할 새로운 가능성으로 상징되기 때문이다.

하지만 LG전자 사람들이 OLED 시장에 뛰어들 때부터 이렇게 전망이 밝았던 것은 아니다. 2000년대 초 OLED 연구를 시작한 LG전자 사람들을 두고, 일본 업계 사람들은 비웃으며 말했다.

"차라리 물구나무서서 후지산을 넘는 게 더 빠르겠네요."

당시만 해도 OLED 기술은 일본이 우리나라보다 훨씬 앞서 있었다. 일본의 한 기업은 2007년 세계 최초의 OLED TV를 출시하는 데 성공하기도 했다. 하지만 소비자들에게는 외면받았다. 화면이 11인치에 불과한 데 비해 가격은 약 2,500달러에 육박했기 때문이다. 기술 수준은 높았지만, 시장이 요구하는 중요한 무언가를 놓치고 있었다.

이후에도 글로벌 기업들은 지속적으로 OLED TV를 생산해왔다. 빛을 내는 유기발광물질을 나노미터급으로 얇고 고르게 패널에 까는 OLED 전용 패널 양산을 위해 끝없이 노력했다. 하지만 결과는 실패였다. OLED 전용 패널은 대형화 공정 조건이 까다롭기로 유명하고, 불량품이 나올 확률도 높아서 가격을 낮추기가 여간 쉽지 않았기 때문이다.

결국, 2014년에 글로벌 선두 기업이었던 일본 회사들은 비용 문제로 OLED TV 사업에서 철수했다. 직접 개발에 뛰어드는 대신, LG디스플레이로부터 패널을 공급받기로 한 것이다. 반면 LG디스플레이와 LG전자 사람들은 이때부터 역사를 만들기 시작했다. 가능성이 보이는 OLED 시장에서 힘들더라도 미리 기틀을 마련해, 점진적으로 산업을 키워나가겠다는 전략이었다.

특히, 소니와 파나소닉이 시장 포기를 선언한 시점에 더욱 박차를 가해 투자를 했다. 당시 업계에서는 제품 수율과 월 생산량을 밝히는 걸 꺼렸는데, LG디스플레이와 LG전자는 자신이 가진 패를 세상에 당당히 공개하며 거대한 산맥을 그려 나가기 시작했다.

이후에 LG디스플레이가 얼마나 우뚝 솟았는지는 모두가 알 것이다. 2021년 기준, TV용 OLED 패널을 생산하는 곳은 전 세계에서 LG디스플레이 한 곳뿐이기 때문에 일본에서 판매된 OLED TV에 쓰인 패널 대부분이 LG디스플레이 제품이라고 봐도 무방하다. 이렇듯 자회사인 LG디스플레이가 OLED라는 산맥을 만든 후, 그 성과를 이어받은 LG전자 사람들이 OLED TV라는 산맥을 이어가고 있다.

끝없이 산맥을 이어가는 이유도, 고객

2023년, LG OLED TV는 10주년을 기념했다. 세계 TV 시장을 주도하기까지, LG전자 사람들이 쌓아 올린 나뭇잎 한 장 한 장에는 '고객 경험'이라는 잎맥이 또렷이 그려져 있다. LG전자 TV 역사의 산증인으로 꼽히는 개발진은 이렇게 말했다.

"OLED TV라는 놀라운 제품에는 더 나은 고객 경험을 위해 끊임없이 고민한 내용이 차곡차곡 쌓여 있습니다. 세계를 선도하는 기술도 물론 중요합니다. 하지만 그것을 소비자들의 삶에 어떻게 연결할 것인지를 고민하는 것은 바로 LG전자 사람들의 많이에요."

올레드 TV는 기존 LCD에서 볼 수 없는 '퍼펙트 블랙'과 풍부한 색 표현력이 특징이다. 2020년, 팬데믹을 계기로 집에서 머무는 시간이 폭발적으로 늘어남에 따라 OTT 서비스나 게임 콘텐츠를 즐길 때 다양한 컬러를 세밀하게 감상할 수 있는 LG전자의 OLED TV는 엄청난 인기를 얻었다. "TV를 시청하

는 것(Watching)에서 사용하는 것(Using)으로 고객 경험 트렌드가 바뀌며 TV가 내 삶을 얼마나 편하게 해 주는지도 중요해졌습니다."

LG전자는 그동안 가전으로 축적한 고객 인사이트와 데이터를 바탕으로 고객이 원하는 콘텐츠를, 고객이 원하는 방식으로 즐기도록 OLED TV 전용 AI 화질/음질 엔진인 '알파9 프로세서'를 개발했다. 밝고 선명한 화면을 선호하는 사람도, 어둡고 풍부한 화면을 즐기는 사람도 만족시키기 위해 개인이 선호하는 화질을 인공지능 딥러닝으로 학습시켜 밝기를 알아서 조절해 주는 기술도 탑재했다.

2023년, LG전자는 OLED TV 10주년을 축하하는 자리에서, TV 사업의 새로운 비전을 선포하며 'Sync to you, Open to all'이라는 슬로건을 내걸었다. 한 사람 한 사람에게 꼭 맞추고, 모두를 위해 열려있는 OLED TV를 소개하며, 개인의 선호에 따라 조정 가능한 색감과 화질이 8천5백만 조합에 이른다고 발표하며, 전 세계 인구를 감안하면 아직 시작에 불과하다고 말했다.

전 세계 인구 한 명 한 명을 개별적으로 만족시키는 TV라는 새로운 산줄기를 완성하는 그날까지, LG전자 사람들은 지금 이 순간에도 나뭇잎을 한 장 한 장 키워 나가고 있다. 어쩐지 빽빽한 나뭇잎들로 이루어진 거대한 산맥은, 발광 다이오드가 촘촘히 채워진 OLED TV 패널을 닮았다.

03

실패하고 실험해야
진짜 좋은 게 보이니까

좋은 실패를 딛고 위대한 성공으로

LG전자에는 실험실이 하나 있다. 이름하여 LG랩스(LG Labs). '더 좋은 삶을 위한 실험'을 선보이는 LG랩스는 2023년을 첫 시작으로 세상에 없는 제품들을 잇달아 선보이며 삶의 방식을 새롭게 바꿔 가고 있다. 언론에서는 이를 두고 LG전자 사람들의 '신무기 집합소'라는 별명을 붙여 주기도 했다.

'상식을 깨고, 틀을 깨고, 아이디어를 깨워 실험적인 제품과 솔루션을 통해 더 좋은 삶의 방식을 제안한다.'라는 것이 LG랩스의 운영 방식. 누구보다 꼼꼼한 사전 프로세스를 거쳐 최고의 품질만 선보이는 LG전자 안에 놓인 상식과 틀을 깬다고 생각하면 굉장히 파격적인 접근이다.

LG랩스가 2023년 처음으로 선보인 제품은 마인드 웰니스(건강하고 행복한 마음 상태) 솔루션 '브리즈'다. 전용 무선 이어셋을 착용하면 실시간으로 뇌파를 측정해 스트레스를 줄이고 심신의 안정을 유도하는 주파수 소리를 들려준다.

딱 '요즘'의 제품이라는 생각이 든다. 마음 건강에 관심이 높아진 데 비해, 스트레스 발생 빈도와 스마트폰 사용 시간 증가로 정서가 불안정한 시대이기 때문이다. 따라서 전통적인 LG전자의 방식이 아닌 LG랩스의 방식을 선택한 것은 탁월했다.

이 밖에도 LG랩스는 라이프스타일이 어떻게 변화하고 있는지를 캐치해 그에 맞는 솔루션을 즉각적으로 내놓는다. 요즘 장거리 여행이나 캠핑을 떠나서도 집처럼 나에게 최적화된 공간을 누리고 싶어 하는 사람들이 많다. 이들을 위해 개발된 어디서든 나다운 공간이자 집다운 집이 되어 줄 모빌리티 홈 공간, '본보야지' 역시 LG랩스의 솜씨다.

실패도 우리의 자산

LG랩스가 신박한 제품과 솔루션을 마음껏 선보일 수 있었던 비결은, 실험하고 부딪히며 실패하는 과정마저도 우리의 자산이라고 보는 LG전자 사람들의 마인드 덕분일 것이다. 이건 비단 최근의 일이 아니다. LG전자의 역사 속에 혜성처럼 등장했다가 제 역할을 하고는 신기루처럼 사라진 신박한 제품들이 꽤 많다.

국내 최초의 화상 전화기, 최초의 인터넷 가라오케, 집에서 쓰는 현금인출기, 정해진 시간마다 쿠란이 나오는 TV, 음성 안내 시스템을 갖춘 최초의 세탁기….

사람들이 잘 기억하지 못하는 제품들이라고 해서 LG전자 사람들까지 애써 이를 잊어버리려고 하지 않는다. 오히려 우리들의 웃기고도 자랑스러운 실험으로 두고두고 기억한다. 사람들의 삶을 너무 깊이 들여다본 나머지, 특이점이 와버린 상황에서 세상에 나온 신박템들. 뭐 하러 그런 걸 만드느냐는 눈총도, 밖에 내놓기에는 어딘가 부끄럽다는 검열도 모두 피해 이러한 제품들이 나올 수 있었던 이유를 가만히 생각해본다.

사람들의 삶 속에서 문제점을 발견하면 LG전자 사람들은 기어코 그것을 해결하려 들기 때문이다. 덕분에 믿고 쓰는 스테디셀러도, 획기적인 솔루션도, 더 나아가 재미있는 신박템들도 세상에 나올 수 있었던 것이다.

진심으로 이들의 실험이 계속되기를 바란다. '우와~' 소리가 절로 나는 경험을 즐기며 살고 싶은 고객의 마음이자, 더 나은 삶을 만드는 일 앞에 누구보다 진심인 LG전자 사람들을 응원하는 동료의 마음으로.

04

사람이 사는 한, 우리의 시장

우리를 사랑하는 가장 확실한 방법

'LG전자 사람'이라고 하면 흔히들 떠올리는 이미지가 있다. 속 깊고, 인화하고, 따뜻하며, 친절한. 하지만 그 안에 얼마나 저돌적이고 용맹한 면모를 숨기고 있는지는 잘 모른다. 여러 이름난 LG전자 사람들을 검색해보면 전쟁 중인 나라에 방탄복을 입고서라도 뛰어들어 시장을 개척해낸 사례를 쉽게 찾아볼 수 있다.

LG전자 사람들은 혼란스러운 때일수록 기업이 해야 할 역할이 있다고 믿기에 망설이지 않는다. 시장이 혼란스러울 때 모든 기업은 안전을 이유로 현지에서 철수한다. 반면 전쟁이 나면 물자 공급이 어려워지고, 그러면 민간인들의 삶은 더 고통스러워지기에 LG전자는 오히려 현지에 남아 상황을 수습하고 시장을 재건한다.

그래도 인간인지라 무섭지 않냐는 질문에 LG전자 사람들은 단호하게 답한다. 현지의 사정 이야기는 항상 건너 건너 듣게 되어 있다고. 그러는 과정에서 불안과 공포가 덧씌워져 아무도 감히 갈 수 없는 곳으로 돌변한다고. 해외 시장 개척에 수십 년간 힘을 쏟아온 인물이 LG전자에서 통하는 계산법 하나를 전수해줬다. 어지러운 정세에도 흔들리지 않고 도전을 해 나갈 수 있는 비법이라는 귀띔과 함께.

나를 사랑하는 가장 확실한 방법

세상에 일어나는 모든 일을 분모로 놓고, CNN과 같은 글로벌 뉴스에 소개되는 사건사고 소식을 분자로 놓아보라. 거기에 365를 곱하면? 우리가 이리저리 떠들며 공포를 조장하는 일들은 사실 터무니없이 낮은 확률로 일어나는 일들에 불과할 뿐이다. 이때, 공포감에 사로잡혀 상황을 곡해하지 않으려면 직접 현장으로 가서 확인하는 게 정답이라고 말한다. 방탄복을 입고서라도 말이다.

그는 자신감 있게 덧붙였다. 우리도 전쟁을 겪은 민족이니 누구보다 그 속사정을 잘 알지 않느냐고 말이다. 전쟁통에도 누군가는 태어나고, 누군가는 생일 잔치를 하며, 또 누군가는 제사를 지낸다. 어떠한 역경 속에서도 인류의 삶은 흐르는 법이니까. 그렇다면 고객의 '더 나은 삶'을 위해 일하는 LG전자는 그 역경 속으로 들어가 무언갈 해야만 한다는 뜻이니까.

고객의 삶이 있는 곳이라면 어디든, 어떻게든 몸을 던져온 그는 의외로 LG전자를 위해 스스로를 희생한다고 여겼던 적은 한 번도 없었다고 말한다.

"저는 오로지 나 자신의 행복을 위해 몸을 던졌습니다. 하루에 8시간씩, 깨어 있는 시간의 절반 이상을 회사에서 보냅니다. 지금 LG전자에 다니고 있는 사람들은 짧아도 2~3년, 길면은 삼십몇 년을 하루 8시간씩 회사에서 시간을 보냅니다. 이 시간이 헛되지 않으려면 주어진 일을 사랑할 수밖에 없어요. 맡은 일을 열렬히 사랑한다는 건 내 인생을 열렬히 사랑한다는 뜻입니다."

LG전자 사람으로서 살아가는 삶에 대한 사랑이자 주어진 사명에 대한 사랑. LG전자 사람들에게 사랑의 힘이란 이토록 강력하고 용맹하다.

05

한 칸, 한 칸,
아래 칸에서 위 칸으로

담대한 사람들의 위대한 성장

해외 시장을 개척해 본 LG전자 사람들은 입을 모아 말한다. 해외 영업이란 절대로 한 번에 성공할 수 있는 게 아니라고. 자식을 키우듯이 하나하나 돌보고 가르치며 잘 성장하도록 이끌어 줘야 하는 고도의 작업이라고.

"당해 연도의 이익만 바라는 사람은 아무리 잘해 봐야 당해 연도의 이익만을 얻게 됩니다. 현지의 유통사와 파트너사도 그걸 다 간파하고 있어요. 저 사람이 1년 치 이익을 보고 거래하려는지, 긴 안목을 갖고 오래 협력할 준비가 된 파트너인지를 단번에 알아채는 '빠꼼이'들이죠."

그래서 LG전자 사람들은 해외 시장을 개척할 때 일이 두 배 세 배가 되더라도 유통사 사장들의 입장에서 일한다. 특히 인도 법인에는 JBP(Joint Business Planning)라는 전략 업무 체계가 깊게 뿌리내려 있다. JBP란, LG전자의 영업 목표를 일방적으로 유통사에 전달하는 것이 아니라, 유통사의 비전을 먼저 내다보고 그들의 입장에서 사업 계획을 함께 수립한다는 뜻이다.

현지의 현황을 면밀하게 파악한 뒤, 그들의 문화와 생활상에 걸맞은 52주 마케팅 캘린더와 이를 통해 얼마의 이익이 발생할지 계획을 짜 주는데, 어떤 회사가 협업을 마다하겠는가.

대부분의 사람은 해외 유통 계약의 성사가 가격 경쟁력에서 결판날 거라고 짐작하지만, LG전자 사람들은 그렇게 생각하지 않는다. 오히려 반대다. 똑똑한 파트너일수록 가격 조정은 맨 마지막에 한다. 그보다 선행되어야 할 의미 있는 논의가 따로 있기 때문이다. 그래서 영업, 특히 해외 영업은 섬세하고도 치밀한 작업으로 통한다.

LG전자 사람들이 세계 각지에 뿌려놓은 JBP라는 씨앗은 깊게 뿌리내리는 중이다. 특히 중동, 아프리카 지역에서 현재 LG전자가 가진 놀라운 위상을 생각해 보면 LG전자 사람들이 추구했던 '오래가는 협력 관계'의 저력을 알 수 있다.

천천히 하나씩 치밀하게

해외 시장을 개척해 나가던 시절, LG전자 사람들이 현지에서 몸으로 겪은 이야기들은 지금까지도 무용담으로 전해지고 있다. LG전자 사람들 특유의 끈기로 그 어떤 장애물도 돌파해낸 에피소드들이 무궁무진하다. 한국에서는 프리미엄 브랜드로서

입지를 굳혔고, 온 국민의 사랑을 받고 있는 LG전자였기 때문에 상대적으로 브랜드의 위상이 낮았던 해외 시장에서는 일종의 사명감을 갖고 활동했다.

그렇다고 국내와 해외에서의 격차를 좁히기 위해 함부로 성급하게 달려들지도 않았다. 현지 시장에 깊이 침투하려면, 그야말로 천천히 치밀하게 자리를 잡아나가는 것이 정석이기 때문이다. 예를 들어, 미국 유통망 안에서도 지역 유통사부터 공략해 국가 전체 유통사로 범위를 확장해 나간다. 고객의 시선이 바로 닿는, 인기 코너에 제품을 진열할 수 없는 상황도 많이 벌어진다. 그럴 땐, 맨 아래 칸에서 시작해 다음 분기에는 한 칸 위로, 그다음 분기에는 한 칸 더 위로 올라가며, 마침내 고객의 시선이 바로 닿는 '골든 라인'에 제품을 선보이게 된다.

해외에 나와 활동하는 LG전자 사람들은 현지의 굵직한 유통사를 주기적으로 만나 비전을 공유한다. 동시에 한국 본사에서 일하는 LG전자 사람들은 해외 현지 실정에 맞는 프리미엄 제품 개발에 총력을 기울여야 한다. 여러 나라의 현지 시장에서 직접 발로 뛰고 있는 LG전자 사람들에게, 그야말로 최고의 내조를 하며 마음으로나마 함께 뛰는 것이다.

로컬샵에서 골든 라인에 우리 제품을 소개할 수 있을 때가 되면 그제야 현지 반응이 슬슬 올라온다. 하지만 LG전자 사람들은 이를 두고 해외 시장 개척에 성공했다고 말하지 않는다. 성취해야 할 목표가 더 많이 남아있기 때문이다.

이제는 미국 내에서도 전국구로 통하는 유통사를 공략해야 한다. '베스트바이(BestBuy)'와 같은 내셔널와이드 매장 체인이 이에 해당하는데, 거기에서는 또다시 맨 아래 칸에서 올라가는 게임이 시작된다. 로컬샵에서 쌓은 노하우와 더불어 그 사이에 더욱 프리미엄 라인으로 탄탄해진 제품력을 보태 내셔널와이드 매장 유통사와 거래선을 설득해나간다.

이렇듯 LG전자가 미국에서 현지 브랜드들을 제치고, 프리미엄 브랜드로서의 입지를 굳히게 된 것은 순식간에 일어난 일이 아니다. 아무도 모르는 브랜드로 시작해 진열대에서의 위치를 한 칸 한 칸 높여가며 차곡차곡 성장을 해 온 것이다.

LG전자가 글로벌 기업으로서 자리매김할 수 있었던 것은 어느 날 혜성처럼 나타난 신제품이 한 방에 세계를 휩쓸었기 때문이 아니다. 놀라운 신제품들도 일부 기여를 했겠지만, 시장에 직접 뛰어들어 현지 유통망을 점검하며 발로 뛴 LG전자 사람들의 노력 없이는 불가능했을 일이다. LG전자 선배들이 방탄복을 입고 내전 국가로 뛰었던 순간이나, 현지 유통사를 방문해 더 좋은 진열대에 제품을 올려줄 순 없을지 매일같이 설득했던 날들을 잊어서는 안 될 것이다. 이들이 땅을 갈고, 씨를 심은 덕분에 오늘날의 열매가 있는 것이니까.

06

어제와 오늘을 이어 미래로

**과정은 성과로,
성과는 또 과정으로**

앞서 언급했듯 LG전자는 다양한 사업군과 제품군을 다루는 회사이다. 냉장고, 세탁기, 에어컨, 정수기는 물론 TV, 스크린, 스피커를 포함해 사람들의 손끝에 닿아있는 노트북에서 시선 끝에 닿아있는 도심 속 사이니지까지. 그뿐만 아니라 모빌리티, 전기차 충전, 로봇 그리고 인공지능에 이르기까지. 그야말로 고객의 삶이 닿는 모든 곳에서 더 나은 삶이라는 경험을 만든다. 게다가 한국은 물론 세계 각국에 해외 법인을 두고 현지 시장을 운영해 나가고 있다. 그러다 보니, LG전자가 시대마다 이 모든 영역을 관통하는 새로운 비전을 수립하고, 그것을 일목요연한 메시지로 세상에 선언하는 일은, 쉬워 보이지만 결코 쉬운 일이 아니다. 게다가 LG전자가 선언하는 비전은 LG전자 내부에서 저마다 다른 업무를 맡고 있는 구성원 개개인이 각자의 자리에서 어떤 마음가짐으로, 어떠한 목표를 설정해야 할지 결정하는

가이드가 되어준다. 밖으로는 세계 경제와 사회의 커다란 흐름에도 영향을 미치고 있다. 따라서, 2023년 여름, 미래 비전 발표회를 앞둔 LG전자가 어떠한 무게와 어떠한 포부로 새로운 방향을 선언했을지 쉬이 상상할 수 없다.

그날 새로운 비전을 발표하며, LG전자는 우선 지난 10년을 되돌아 보았다. 2013년, LG전자는 세계 가전 1위 목표 선언, OLED TV 진출, 그리고 VS(Vehicle component Solution) 본부의 출범을 세상에 알렸음을 복기했다. 그리고 10년 후인 오늘날, LG전자는 당시의 약속을 하나도 빠짐없이 지켜냈음을 되새겼다. 지난 10년간, LG전자는 가전 업계에서 명실상부한 세계 1위인 리더로 자리 잡았다. 세탁기와 건조기를 일체화한 워시타워, 문을 열지 않고도 안을 들여다볼 수 있는 인스타뷰 냉장고, 신개념 의류 관리 가전 스타일러, 어디서든 손쉽게 식물을 가꿀 수 있는 틔운 등 새로운 가전 카테고리를 만들어냈고, 모든 제품에 와이파이 모듈을 장착해 초연결 시대를 열었다.

TV분야에서도 약속은 지켜졌다. 과감한 투자를 통해 세계 최초 OLED TV를 출시하였고, 언제나 최고의 화질을 선보인 것은 물론 돌돌 말리는 롤러블 스크린, 다양한 곡률로 자유롭게 휘어지는 벤더블 스크린, 공간을 최대로 누리게 해주는 투명 스크린까지 압도적인 기술력으로 경험의 차원을 바꿔 놓았다.

VS본부 역시, 출범 이후 포기하지 않고 지속적으로 투자하고 도전한 결과, 10년 만에 턴어라운드(Turnaround, 적자 상태를 보이던 기업이 흑자로 전환되는 것)를 달성하였다. 이제, VS본부는 10조

매출 규모를 가진 LG전자의 주력 사업으로 부상했다.

10년 전에 제시한 비전을 성공적으로 실현해냈음을, 새로운 10년의 비전을 약속하는 자리에서 다시 한번 짚어본 까닭은 무엇일까. 그것은 아마도, 과정을 성과만큼이나 중시하는 그의 철학에 뿌리를 두고 있는지도 모른다. 그는 우리가 지금 누리고 있는 것들은 최소한 3년 전에 심어둔 것들의 결과라고 믿는다.

그래서, 현재 해야 할 일들 역시, 미래를 내다보며 사안을 결정하고, 그에 걸맞는 과정을 각오하는 일이라고 늘 말한다. 그래서 성과만큼이나 과정에 있어서도 치밀하고 확실히 할 것을 누누이 강조해 왔는데, 과정이 성과가 되고 성과는 다시, 새로운 목표를 향해 가는 과정이 된다는 경영 셈법이 정확히 미래 비전 발표에 반영된 것이다. 2013년에 선포한 LG전자의 비전들은 LG전자 사람들에게 훌륭한 성과가 되었고 다시, 새로운 비전을 구상할 수 있는 단단한 과정으로 남게 되었다. 약속한 바는 반드시 지켜내는 LG전자 사람들의 저력을 다시 한번 세상에 증명해 보이고, 이들 스스로도 원동력 삼아 새로운 10년도 LG전자답게 해낼 수 있다는 확신을 얻는, 위대한 디딤돌로 역사에 남게 된 것이다.

그리고 2023년 겨울, 새로운 10년을 내다보는 자리에서 LG전자는 스스로를 'Smart Life Solution Company'로 정의 내렸다. 이제 가전을 넘어 집, 상업 공간, 차량을 포함한 이동 공간, 더 나아가 가상 공간으로 영역을 확장해 나가겠다는 포부를 밝힌 것이다.

고객의 삶이 다양한 공간, 다양한 개념으로 확장된다면 LG 전자 역시 그 변화에 앞서가며, 고객의 삶이 있는 곳 어디서든 더 나은 삶을 제시해야 한다. 그것이 Life's Good을 약속한 LG 전자의 사명이자 약속이기 때문이다.

따라서, 삶이 변화하는 모습을 따라 고객의 경험을 연결하고 확장하기 위해, 데이터를 기반으로 제품과 서비스를 결합하고, AI와 클라우드, 빅데이터 기술을 활용하며, 전기차와 에어컨 등에 고효율 에너지 기술을 적극 사용해 산업의 변곡점을 만들겠다는 구체적인 비전을 선언했다.

LG전자가 제시한 비전이 추상적인 이야기가 아니라 또렷한 계획으로 받아들여진 이유는, 앞서 말한 것처럼 이들이 달성하고자 하는 새로운 미래 성과는 지난날 이들의 손으로 공고히 쌓아 올린 실질적인 과정에 기반을 두고 있기 때문이다.

기존의 디바이스 중심에서 플랫폼을 활용한 서비스 사업으로 확장해 하겠다는 LG전자의 계획을 예로 들어보자. LG전자가 매년 전 세계에 판매하는 제품이 1억 대라는 사실을 생각해 보면 그 계획이 얼마나 큰 잠재력을 갖고 있는지 가늠할 수 있다.

다양한 제품의 수명을 평균 5년으로 계산해 보더라도, 현재 지구 곳곳에서는 총 5억 대의 LG전자 제품이 사용되고 있다. 이 중 상당수의 제품은 이미 스마트화 되어 있고, 이는 LG전자가 새로운 비전으로 내세운 '서비스 사업'을 경험할 수 있는 플랫폼 역할을 하게 될 것이다.

훌륭한 콘텐츠와 서비스를 제공할 플랫폼 디바이스가 이미

전 세계에 5억 대나 확산되어 있는 셈이다. B2C 사업(회사 대 고객간 사업, 즉 개개인에게 제품과 서비스를 제공하는 사업)에서 B2B 사업(회사 대 회사간 사업, 즉 다른 회사가 제품 및 서비스를 생산하는 바탕이 되는 제품과 서비스를 제공하는 사업)으로 확장해 나가겠다는 계획 역시, 지난 66년간 B2C 사업으로 쌓아 올린 고객 인사이트를 큰 자산으로 활용한다.

아이러니컬하게도 B2B 역시 결국에는 사람과 사람 간의 거래를 바탕으로 하며, 사업 파트너도 결국에는 그들의 고객을 위해 제품과 서비스를 생산하는 이들이다. 그렇다면 LG전자가 방대하게 축적해 둔 고객 노하우와 인사이트는 LG전자가 제공하는 B2B 솔루션의 핵심 가치이자 차별화된 경쟁력이 된다.

사람들이 흔히 훌륭한 삶 혹은 훌륭한 경영을 묘사할 때, 과거에 찍어 놓은 점들을 선으로 연결해 하나의 그림으로 완성해 내는 일에 빗대곤 한다. 과거에 우연히 찍어 놓은 점들을 하나로 매끄럽게 연결하는 일 또한 대단한 작업일 수 있지만, 애초에 점을 찍을 때부터, 점들을 연결해 어떤 그림을 그려 나갈 것인지 염두에 둔다면, 우리는 미래에 더욱 위대하고 입체적인 작품을 완성할 수 있다.

앞으로의 10년을 내다보며, 지난 10년을 되돌아본 LG전자의 CEO처럼, 과정은 성과로 연결되고 그 성과는 다시 새로운 과정으로 활용하며 지속적으로 도전하고 혁신하는 LG전자가 그려 나갈 그림. 그 그림을 기대하며 지켜보는 것은 곧 인류가 경험할 새로운 삶의 모습을 내다보는 것과 같다.

07

삶을 낙관한다는 건
담대한 거야

온 세상에 전하는 Life's Good의 가치

LG전자의 슬로건은 Life's Good이다. 하지만 슬로건 그 이상의 의미를 가진다. LG전자 사람들의 깊은 신념이자 약속이기 때문이다. 지금 이 순간에도 이들이 각자의 자리에서 만들고 있는 가치이자 앞으로도 꾸준히 추구해 나가야 할 Life's Good. 이 책에서 소개한 다양한 LG전자 사람들에게 나침반 역할을 해준 것도 바로 Life's Good이다.

　　Life's Good은 호주 법인에서 만들어낸 슬로건이다. 1998년 당시 호주 사람들은 별 볼 일 없던 브랜드인 LG전자를 달가워하지 않았다. 국내에서는 '럭키골드스타(Lucky Goldstar)'를 본 딴 이름으로도 잘 알려진 LG전자였지만, 호주 현지에서는 제대로 된 브랜딩이나 마케팅 활동이 전무하던 시절이었다. 앞서 여러 번 소개하였듯, 당시만 해도 글로벌 시장에서의 LG전자는 OEM에 큰 비중을 두고 있었기 때문이다.

우리 브랜드 제품인데도 컨테이너에 실어 호주로 보내는 순간, 퀄리티 관리를 일절 하지 않던 탓도 있었다. 컨테이너에 실어 보내면 그것이 곧 수출이고, 그다음에 일어날 일은 신경 쓰지 않던 것이 당시의 관례였다고 한다. 컨테이너에 실린 제품은 박스째 굴러다니며 엉망이 되는 일이 잦았는데, 현지 판매점에서 그걸 어떻게 내다 파는지는 현지 영업점의 소관이었다.

그러다 보니 당연히 현지 사람들에게 LG전자 브랜드는 저가 제품, 그러나 고장이 잘 나지 않아 쓸 만한 제품으로 인식되고 있었다. 심지어 현지 사람들은 LG라는 브랜드 이름을 보고 도대체 무엇에서 온 이름이냐고 놀리듯 물었다.

"Ladies & Gentlemen?"

"Love God?"

"Letter of Guarantee?"

현지 고객들의 반응에 속상하기도 하고 약이 오르기도 한 LG전자 사람들은 결심했다. 호주에서 LG전자를 프리미엄 브랜드로 탈바꿈하기로. 우선 호주 현지인들이 공감하고 좋아할 만한 브랜드 슬로건부터 만들기 시작했다.

LG전자 사람들은 사전을 펼쳐놓고는 L 그리고 G로 시작되는 단어를 찾기 시작했다. 처음으로 찾아낸 단어는 바로 Long & Good. 말 그대로 오래가는 좋은 제품이라는 뜻이다. 또 다른 대안으로는 TECHNOLOGY, LG. 그야말로 기술력으로 승부한다는 말. 둘 다 LG전자에 붙여줌 직한 일리 있는 이름이었다.

하지만 더 욕심이 났다. 우리의 장점을 알리는 것을 넘어서,

삶에 대한 철학과 비전을 담고 싶었기 때문이다. 호주 사람들의 영혼 깊이 자리 잡은 메시지를 끄집어내어 우리의 슬로건과 연결할 순 없을까?

Life's Good

이번에는 'Emotionally'라는 또 다른 목표를 마음속에 써 붙여 놓고는 다시 단어를 찾아 나섰다. 사전이 아니라 사람들의 삶 한 페이지 한 페이지를 들여다보는 것으로 방식을 바꾸었다. 6가지 측면에서 현지인들의 삶을 분석해본 결과 호주에서의 삶이란 이렇게 정리되었다. 깨끗한 자연, 다양한 사람들, 부유한 경제 상황, 문화와 스포츠를 즐기는 문화, 진보한 기술, 생활 깊숙이 자리 잡은 민주주의. 그런 삶을 영유할 수 있다는 건 이들에게 어떤 의미일까? 호주 사람들에게 직접 물었다.

"저기, 왜 여기서 사는지 여쭤봐도 될까요?(Mate, can I ask why do you live here?)"

돌아오는 답은 한결같았다.

"좋은 삶을 살려고!(To make my life good!)"

큰 힌트를 얻었다. 삶을 만끽할 줄 아는 낙관적인 이들이 공통적으로 꼭 쥐고 있는 삶의 철학. 그것을 한마디로 요약하면 Life's Good이었다. 이 아름다운 한 마디가 L과 G로 시작된 것은 운명이었을까? 새로운 슬로건을 찾아 나선 지 4개월이 지나서야, LG전자 사람들은 정답을 찾아냈다. 이어서 더 큰 욕심을 내기 시작했다. Life's Good이 보통 명사화되어(Vernacular) 누구나 인사말로 쓸 만큼 현지 사람들의 삶에 깊숙이 자리 잡도록 하고 싶었다.

이 대목에서 당시 호주 법인장은 겸연쩍은 미소를 지으며, 그 목표는 못 이루고 다시 한국으로 복귀해야 했다고 말한다. 하지만 2024년을 살아가는 LG전자 사람들은 이미 다 알고 있다. 당시 그가 세운 목표가 성공적으로 이루어졌다는 것을.

당시 호주 시장에서 반응이 좋았던 슬로건인 Life's Good은 본사와 다른 법인에 보고되었고, 당시 대표이사 역시 이를 상당히 마음에 들어 했다. 덕분에 호주 법인뿐만 아니라 글로벌 전체의 슬로건으로 사용하자는 결정이 내려졌고, 이는 오늘날 전 세계 사람들에게 "LG전자를 아세요?"라고 물어보았을 때 모두가 입을 모아 웃으며 대답하는 정답이 되었다.

"네, 알죠. Life's Good이잖아요!(Yes, Life's Good!)"

LG전자 사람들은 다시 이 Life's Good이라는 슬로건에 힘을 주고 있다. 슬로건 그 이상의 신념이 담긴 이 메시지를 '브랜드 약속'으로 정하고 하는 모든 일을 통해 이 약속을 지켜내고자 애쓴다. 코로나 위기에 이어 찾아온 기후 위기, 길어지는 경제 불황과 끝없이 펼쳐지는 재난, 낮은 취업률과 더 낮은 행복지수에도 불구하고 LG전자 사람들은 삶이 좋다고 믿는다. 아니, 정확히 말하자면 더 나은 삶을 만들어보겠다는 배짱이 있다.

이러한 마인드는 어느 날 갑자기 생긴 게 아니다. 아주 오래전부터 LG전자 사람들을 움직여온 동력이 바로 이 '담대한 낙관주의'다. 이러한 공식 명칭을 찾아낸 것이 최근의 일일 뿐, 이들은 1958년 황무지에 가까웠던 전자 산업에 뛰어들 때부터 그야말로 용기 있게, 된다고 믿으며, 될 때까지 도전해 왔다.

LG전자 사람들은 상황이 힘들다고 해서 삶까지 비관하지 않는다. 그건 현실에 지는 거니까. 삶이 좋아질 때까지 눈을 크게 뜨고, 서로 어깨를 걸어 꿋꿋하게 앞으로 나아가야 한다. 더 나은 제품, 더 나은 기술, 더 나은 경험을 만들어 기필코 사람들이 '삶이 좋은 것이다.'라고 느낄 수 있도록. LG전자 사람들은 이 마인드로 여기까지 걸어왔다.

다시 한번 Life's Good이 가진 가치를 세계에 전하기 위해, LG전자 사람들은 스스로를 담대한 낙관주의자 즉 'Brave Optimists'라고 말한다. 이는 더 나은 삶을 만들겠다는 다짐에 앞서 갖춰 입은 갑옷과도 같다. 이들이 담대한 낙관주의자로서 삶이 좋다고 말하는 이유는 현실을 회피하는 철없는 사람들이라서가 아니라, 그렇게 선언함으로써 두 눈을 크게 뜨며 엄중한 책임을 다하겠다는 뜻이다. 삶이 좋다고 믿는 이들만이, 더 나은 삶을 만들 수 있기 때문이다.

책을 마치기에 앞서, LG전자 사람들이 만든 브랜드 메시지를 마지막 구절로 꼽았다. 이 시대를 살아가는 모두가 한 번쯤 천천히 읽어 봄 직한 메시지이기 때문이다. 모두의 더 나은 삶을 만들기 위해 여기까지 담대하게 걸어온 LG전자 사람들의 여정은 앞으로도 계속될 것이다.

Life's Good.

Life's Good.
단지 두 단어일 뿐이지만 엄청난 힘이 있습니다.

삶이 좋다는 믿음으로
더 나은 인생을 만드는 사람들의 단어니까요.

때때로 좋은 삶을 믿는다는 건 어려운 일입니다.
특히 불안과 변화, 좌절을 겪을 때면 좋은 삶을 의심하게 되죠.

그럼에도 불구하고 삶을 낙관하려면 용기가 필요합니다.
더 나은 삶을 만들기 위해 담대하게 도전해 나가는 사람만이
진정한 Life's Good을 경험할 수 있으니까요.

LG전자를 움직이는 것도 바로 담대한 낙관주의입니다.
우리의 타고난 DNA가 그렇습니다.

모두의 더 나은 삶을 위해 담대하게 도전하며
수많은 혁신을 일궈왔죠.

더 나은 삶, 더 나은 미래를 낙관하는
모든 용기 있는 선택들을 LG전자가 응원합니다.

Life's Good.

"
With a belief that ev•
life can be better,
striving to create 'Lif
experiences, we are
"

> 모두의 삶이 더 나아질 수 있다는 믿음으로
> 좋은 삶의 경험을 만들기 위해
> 끝없이 도전하는 우리는,
> 담대한 낙관주의자들입니다.

one's

Good'
ave optimists.

쓸쓸했던 기억들이 때로는

전해윤 자전에세이

쓸쓸했던 기억들이 때로는

2017년 10월 16일 제1판 제1쇄 인쇄
2017년 10월 23일 제1판 제1쇄 발행

지은이　　전해윤
펴낸이　　강봉구

펴낸곳　　작은숲출판사
등록번호　제406-2013-0000801호
주소　　　경기도 파주시 신촌로 21-30(신촌동)
전화　　　070-4067-8560
팩스　　　0505-499-8560
홈페이지　http://cafe.daum.net/littlef2010
페이스북　http://www.facebook.com/littlef2010
이메일　　littlef2010@daum.net

©전해윤

ISBN 979-11-6035-030-2　03810
값은 뒤표지에 있습니다.

전해윤 자전에세이

쓸쓸했던 기억들이 때로는

작은숲

차례

쓸쓸했던 날들

기억 저편의 추억들

내 안의 별이 된 아이들

갈등의 세월을 넘어

지구별의 나그네 되어

책머리에

참 멀리 왔다.

고개를 들지 않아도 저녁노을이 보인다.

붉은 노을이지만 때로는 서늘하게 느껴질 때가 있다. 젊은 날의 노을처럼 마냥 아름답게만 보이지 않는다.

지나온 날들을 돌아보니 내 삶도 평탄치만은 않았다. 아프도록 가난했던 유년시절, 원망이 가득했던 청년시절, 직장과 사회의 일들로 눈코 뜰 새 없이 바쁘게 살았던 중년, 그리고 삶의 유한함과 인생의 부질없음을 절감하며 하루하루를 보내는 요즘….

누구든 자신의 지나온 삶을 돌아보면 어찌 아픔과 회한이 없으라. 하지만 이제는 지난날의 회한과 원망을 떨치고 가뿐한 마음으로 제2의 인생을 설계하려 한다. 가능하면 뒤돌아보지 않으려 한다. 앞을 보며 오늘에 충실하려 한다. 누구를 원망하기보다 모

두에게 감사하는 마음으로 살고자 한다. 길을 가다가 만나는 세상의 모든 것들을 진정으로 배려하고 사랑하며 살아가고 싶다.

나그네의 자세로 남은 길을 가고 싶다. 내 자신이 머무를 곳과 떠나야 할 때를 제대로 아는 진정한 나그네. 머무른 곳에 대한 아름다운 추억만 간직하고 집착이나 미련은 버리려 한다.
갈 곳을 딱히 알지 못해도 즐거운 마음으로 떠나려 한다.

지난 일들은 아름답다 했던가. 지난날의 쓸쓸했던 기억들이 고달픈 삶의 여정에서 가끔은 위로가 되기도 한다.

2017년 09월

전 해 윤

쓸쓸했던 날들

표준전과

입학시험을 치러야 중학교에 들어갈 수 있던 시절이었다. 1960년 대 말, 하루 세 끼 챙겨 먹기도 힘겹던 시절, 그때에도 중학교에 진학하려는 학생들은 5학년 때부터 정규수업 후 학교에 남아서 입시 공부를 해야만 했다. 대부분의 학생들이 점심을 싸오기도 어려운 형편이라서 저녁은 학교에서 나눠주는 옥수수가루빵 한 개로 때웠다. 공부가 끝나면 달이 훤히 떠오르곤 했다.

매주 월요일에는 주초고사를 봤다. 그 결과가 나오면 복도에 그 내용을 게시해 놓았고, 우리 반은 담임 선생님께서 아예 나무로 된 학급 창틀에 못을 쭉 박아 놓고 아이들의 이름이 새겨진 명패를 성 적순으로 걸어 놓곤 하였다. 게다가 자리마저도 그 성적 순서에 따라 앉혔다. 학급이 남녀 혼성으로 구성된데다가 한창 예민한 나이의 학생들이라 성적에 신경이 쓰일 수밖에 없었다. 선생님들이야

당연히 우리들에게 공부 더 잘 하라고, 그래서 훌륭한 사람이 되라고 하신 일이겠지만, 오랜 세월이 흐른 지금 돌이켜보면 참 너무했다 싶다. 지금 초등학생들도 공부 때문에 스트레스를 많이 받지만, 먹고 살기도 어렵던 그 시절에도 어린 학생들을 늦게까지 학교에 붙잡아놓고 입시공부를 시켰다는 사실이 씁쓸하다. 하지만 그때도 성적은 대단히 중요했다. 매년 입시가 끝나면 어느 초등학교 출신들이 읍내에 있는 좋은 중학교에 더 많이 진학했는지가 지역 주민들의 가장 큰 관심거리였고, 해당 초등학교를 평가하는 잣대였다. 만일 어느 중학교에 수석으로 입학한 학생이 나오기라도 하면 해당 지역 곳곳에 축하 현수막이 내걸리기도 하였다. 그러니 학교와 선생님들로서도 신경을 쓰지 않을 수가 없었다.

내 성적이 학급이나 학년에서 선두에 있기는 했지만, 학년에서 1등을 하는 친구를 따라잡기는 쉽지 않았다. 성적이라는 것이 앞선 사람이 보면 종이 한 장 차이지만, 성적이 아래인 사람이 보면 철판과 같다고 하지 않는가. 그만큼 앞선 사람을, 그것도 학년에서 선두에 선 사람을 따라잡는다는 것은 어려운 일이었다. 더구나 1등을 자주 차지하던 그 친구는 아버님을 비롯하여 온 식구가 나서서 그 친구가 공부를 잘할 수 있도록 온갖 지원을 아끼지 않는 듯했다. 그 친구네도 크게 부자는 아니었지만, 그 어려운 시절에 영양제—비타민제였던 듯—를 먹곤 하여 다른 아이들의 부러움을 샀다.

5학년 1학기 어느 날, 어찌하면 1등을 하는 친구를 제칠 수 있을까, 내가 공부를 좀 더 잘하지 못하는 이유가 무엇일까에 대해 심각

하게 고민한 끝에 나름 그 이유를 알게 되었다. 나보다 공부를 잘하는 아이들은 모두가 표준전과를 가지고 있다는 사실이었다. 아, 그렇구나, 표준전과가 있어야 하는구나. 그런 결론을 내린 나는 집에 가서 당장 표준전과를 사 달라 해야겠다고 마음을 먹었다. 하지만 집안형편을 빤히 알고 있는 터라 쉽게 입이 떨어지지 않았다. 몸이 불편하신 아버지, 가난한 살림, 돈을 버는 사람이 없어 하루하루 끼니를 때우기도 힘든 형편임을 알면서 언감생심 전과를 사 달라고 할 수가 없었다. 그래도 공부를 더 잘 하려면 표준전과는 꼭 필요하다고 여겼기에, 고민을 거듭하다가 실질적으로 집안 살림을 떠맡고 있던 둘째 형님에게 말해 보기로 하였다. 평소에 늘 '어려워도 공부는 해야 한다'고 말씀하시던 형님이기에 웬만하면 사 주시리라 믿고… 그러나 예상과는 달리 형님은 돈이 없어서 사 줄 수가 없다고 딱 잘라 말했다. 그동안 한 번도 형님의 말씀을 거역해 본 적이 없었던 나는 그날은 심통을 부리고 생떼를 썼다. 표준전과를 사 주지 않으면 학교에 가지 않겠노라고 버텼다. 등굣길에 형님이 이만큼 쫓아오면 나는 저만큼 달아나고, 형님이 멈추면 나도 멈춰서며 형님을 화나게 했다. 몇 번을 그렇게 하다가 마을에서 한참 떨어져 있는 공동묘지 모퉁이까지 가게 되었다. 거기서도 계속 심통을 부리고 서 있는데, 형님이 내 눈에 보이지 않는 길로 돌아와서 어느 결에 내 뒤에 서 있는 게 아닌가.

나는 꼼짝없이 붙잡혀 집으로 끌려가게 되었다. 가난했지만 동생들에게 한 번도 화를 내지 않던 형님이 그날은 매를 들고 때리기 시

작했다. 한참을 때리던 형님이 매를 내려놓더니 나를 붙들고 같이 우시는 것이었다. 앞 못 보는 아버지와 어린 동생들을 돌보느라 자신도 공부를 하지 못하고 가난한 살림을 꾸려 가던 형님. 어린 동생의 그 철없는 모습을 보고 얼마나 속이 상하고 화가 났을까. 생각할수록 가슴이 아프고 한없이 후회스럽다. 그 후 표준전과를 언제 샀는지는 정확한 기억이 없다. 세월이 많이 흐른 뒤에도 표준전과만 보면 그때의 일이 생각나서 씁쓸하고, 형님에게 미안한 마음이 들곤 한다. 그 후로도 나는 이래저래 둘째 형님의 신세를 지며 살아오게 되었다.

직장을 잡고 결혼을 해서 조금씩 안정을 찾으면서 어떻게 하면 형님에게 진 빚을 조금이라도 갚을 수 있을까를 생각했다. 그래서 한번은 형님 내외와 서천의 어느 바닷가에 가서 회를 사 먹고 굴도 캐며 놀다 오기도 했고, 캐나다에 사는 사촌한테 함께 다녀오기도 했다. 그것이 형님에게는 처음이자 마지막인 해외여행이 될 줄 누가 알았겠는가. 처음으로 외국에 나간 형님 내외는, 구경 한번 잘 했다며 아주 좋아하셨다. 그 후 어느 날 형님과 단 둘이서 술을 마시다가 내가 말했다. '형님, 그동안 고생 참 많이 하셨으니 앞으로는 저희와 좋은 곳으로 놀러다니며 즐겁게 사시지요. 제가 맛있는 것도 많이 사 드릴 테니…' 했더니 아무 말 없이 빙그레 웃으셨다.

그런 형님이 사고로 이른 나이에 하늘나라로 가셨으니 이제 어찌 그 빚을 갚을 수 있을까. 형님이 돌아가신 날 그 영전에서 굳게 다짐했다. 내가 형님 대신 조카들과 형수님을 잘 돌볼 테니 아무 걱정 마

시고 편히 쉬시라고… 말은 그렇게 했지만 내가 어찌 형님을 대신할 수 있겠는가. 늘 마음뿐 제대로 실천하기는 어렵다. 다행히 조카들이 착하게 자라서 다들 결혼도 잘 하고 화목하게 살아가고 있다. 형수님도 아직까지는 건강하게 생활하셔서 그나마 위안이 된다.

지금도 명절이나 어버이날 등 기회가 있을 때마다 형님 산소에 들러 그때의 그 다짐을 새롭게 되새긴다. 무슨 일이 있어도 하늘나라에 계신 형님의 마음을 상하게 하지 않겠노라고. 조카들도 내 자식처럼 잘 돌보겠노라고. 다시는 표준전과 때문에 우리 자식들이 우는 일은 없도록 하겠노라고. 아프도록 가난하였으나 사랑하는 부모 형제가 있어 따스했던 시절이었다.

물오징어 두 마리
- 아버지와의 추억

    나는 6남매 중 다섯째였다. 위로 형님 세 분과 누나가 있고 누이 동생이 한 명 있었다. 본래는 8남매였는데 형과 누나 한 분씩 어릴 적에 돌아가셨다 했다. 그러니 나는 실제로는 8남매 중에 일곱째였고, 덕분에 제일 큰 형님과 나는 19살의 나이 차이가 났다.

    아버지는 여동생을 낳던 해부터 한쪽 눈의 시력이 희미해지기 시작했다 한다. 어머니는 기회만 있으면, 아버지가 인정에 치우쳐 분별없이 여동생을 낳은 지 얼마 되지도 않아서 어느 상가에 다녀오는 바람에 동티가 난 것이라고 아버지를 타박하곤 하셨다. 예전에는 어떤 병이 생기면 그 원인을 정확히 알지 못하니 그런 식으로 얘기할 수밖에 없었던 것 같다. 훗날 생각해 보니 아버지의 실명은 당뇨에 의한 것이 아니었나 싶다.

    한쪽 눈이 보이지 않기 시작한 아버지는 제대로 치료도 받지 못하

다 보니 병세가 악화되면서 두 눈의 시력을 모두 잃게 되었다. 내 기억으로는 아버지가 시력을 온전히 잃기 전까지는 희미하게나마 밝은 빛은 인식하곤 했던 것 같다. 아버지는 그런 눈으로도 장사를 한다고 늘 객지로 떠돌아다니셨던 것 같은데, 내게는 그런 아버지의 모습도 기억에 없다. 나는 아버지가 온전한 눈으로 혼자서 기동하시는 모습을 본 적이 없다.

내 고향 금산은 한겨울에도 바쁘다. 알다시피 금산은 인삼농사를 많이 지었는데, 그 일이 만만치가 않았다. 인삼밭에 지주목을 세우는 일은 물론 햇볕 가림막을 손수 짜야만 했고, 봄철이 되면 인삼과 인삼 사이를 파고 골골이 거름을 넣어 줘야 했다. 특히 여름철이면 시도 때도 없이 자라는 풀들을 일일이 뽑아 줘야만 했다. 좁은 인삼밭 안에 들어가 불편한 자세로 일을 하는 것은 큰 고역이었다.

지금은 인삼밭에 사용되는 각종 자재를 돈 주고 사서 쓰지만 그

당시에는 거의 모든 자재를 손수 만들어서 썼다. 그 대표적인 것이 인삼밭에 치는 발－햇볕 가림막－을 매는 것이있다. 우선 산에 가서 미듭이라 불리는 가늘고 질긴 갈색 풀을 베다가 농한기에 일삼아 새끼를 꽈야만 했다. 남자들은 겨우 내내 사랑방에 모여서 새끼를 꼬는 일이 큰일이었다. 새끼를 다 꼬면 여름에 수확한 호밀대를 꺼내서 겨우 내내 발을 매야 했다. 우리 집은 너무도 가난하고 아버지가 병석에 있으니 인삼 농사를 지을 여력도 없어서 겨우내 엮은 발은 이웃이나 시장에 내다 팔았던 것 같다.

인삼밭에 쓰는 발을 다 매고 나면 이제는 가마니를 짰다. 농한기에 가마니라도 짜서 시장에 내다 팔아야 아이들 학비도 주고 생활비에 보탤 수 있었기 때문이다. 가마니를 짜려 해도 많은 새끼를 꽈야 했고, 또 짤 때도 최소한 2명 이상이 필요했기 때문에 농한기인 겨울에 짤 수밖에 없었다. 윗방에는 아버지가 계시니 안방에서 늦은 밤까지 가마니를 짰고, 일을 마치면 먼지가 풀썩 대는 그 방을 대충 치우고 온 식구가 그 방에서 잠을 잤다. 불편하기가 이루 말할 수 없었다.

그날 밤도 온 식구가 모여 안방에서 가마니를 치고(짜고) 있었다. 그런데 그 늦은 밤에 외지에 나가셨던 아버지가 불쑥 돌아오신 것이다. 손에는 물오징어 두 마리를 드신 채…. 가마니 치던 일을 멈추고 어머니가 그 오징어를 요리해 오셨고, 온 식구가 둘러앉아 맛있게 먹었던 기억이 생생하다. 그 많은 식구에 오징어 두 마리가 당치도 않았겠지만, 어쨌든 그 때의 오징어 맛은 지금도 잊을 수가 없다.

그 오징어가 아버지께서 내게 직접 사 주신 처음이자 마지막 선물이었다. 그 이후로는 아버지와 어디에 같이 갔다든가, 무엇을 같이 하며 놀았다거나 하는 기억이 없다. 물론 그 당시에는 여느 아버지들도 오늘날의 아버지들처럼 자식들과 같이 놀아 주지는 않았지만….

자라면서 내 아버지는 으레 그런 사람이려니 했던 것 같다. 특별한 원망도 하지 않았고, 그저 정해진 운명처럼 받아들였던 것 같다. 본래 바지런하신 아버지는 비록 앞은 볼 수 없었지만 마음에 병이 생기기 전에는 집에 가만히 앉아 계시지 않았다. 자신 때문에 고생하는 어머니와 자식들에게 미안해서인지 무엇이든 하려고 애쓰셨다. 그럴 때마다 두 살 위인 셋째 형과 나 그리고 여동생이 긴 막대기를 이용해 아버지를 인도하고 다녔다. 마을에서 멀리 떨어진 마을 공동산에 가서 밭을 일구기도 하고, 밭에 가서 풀을 뽑기도 하고, 집에서는 새끼도 꼬곤 하셨다. 당시에도 마을에서 가까운 논밭은 모두가 잘 사는 사람들의 것이었고 가난한 이들은 하나같이 멀리 떨어진 마을 공동산에다 밭을 일구어 콩이나 고구마, 참외 등을 심어 먹거리를 마련했었다.

마을 공동산에 가는 도중에 낭떠러지 위로 아슬아슬하게 난 길이 있는데, 동네 사람들이 농산물을 지게에 지고 그곳을 지나치려면 옆걸음으로 와야 할 정도로 좁았다. 길 아래로는 가파른 낭떠러지이고 위쪽은 바위투성이라 누구 하나 그 길을 넓히려고 선뜻 나서지 못했다. 그런 길을 앞도 못 보시는 아버지가 넓히겠다고 나선 것이다. 어머니는 아버지가 자기 능력에도 맞지 않는 일을 한다고 지청

구를 하셨고, 주변 사람들도 다들 불가능하다며 아버지를 말렸다. 하지만 아버지는 어린 우리들을 데리고 다니며 끝내 그 길을 넓히고야 말았다. 또 가을이 되면 들 한가운데로 난 길 옆에 무성해진 풀들을 손수 다 베셨다. 차가와진 날씨에 동네 사람들이 아침 일찍 논밭에 나가다 보면 이슬이나 서리에 바지가 젖는다는 것이 그 이유였다. 모두가 좋은 일이긴 했지만 이 또한 자식들 중 누군가는 함께 해야 하는 일이었다.

아버지를 인도하고 동네 아이들이 놀고 있는 곳을 지나칠 때면 왜 그토록 창피하고 싫었던지…. 그래도 나나 다른 자식들이 아버지의 청을 거절한 적은 별로 없었던 것 같다. 싫었지만 그것은 우리가 해야 할 일로 여겼기 때문이었을까. 예나 지금이나 심술궂은 아이들은 있게 마련이라, 그렇게 앞 못 보는 아버지와 아들이 걸어가는 모습을 보고 놀리는 아이들이 왜 없었을까. 그때 봉사의 아들이라고 놀림을 받았던 나는 나이가 들어서도 봉사라는 말을 절대 쓰지 않았다. 피치 못하게 그런 뜻의 말을 해야 하는 입장일 때는 '앞을 못 보는 사람'이라고 풀어서 말하곤 했다.

그 후로 아버지는 시력을 완전히 잃게 되었고, 혼자서는 바깥출입을 전혀 할 수 없게 되었다. 자식들도 커서 다들 학교에 가야 했기 때문에 아버지는 늘 집안에 홀로 계셨고, 그 외로움과 답답함 때문인지 말년에는 마음의 병까지 얻게 되었다. 큰형은 일찍 서울로 올라가고 어머니와 둘째형 그리고 누나가 버거운 살림을 도맡아야 했다. 남편은 집안에 들어앉아 있고, 자식들은 많은데 집안형편은 너

무 어려워 내 어머니는 다른 사람의 두세 배의 일을 하시며 모진 고생을 하셨다.

언제부터였는지 나는 부모님을 얘기할 때 늘 '어머니와 아버지'라고 했다. 왠지 '아버지와 어머니'라고 말해지지가 않았다. 단순히 아버지를 어려워하는 자식의 입장이었는지, 아니면 어머니가 겪어야 했던, 한 여인으로서가 아니라 한 인간으로서도 감당키 어려운 그 모진 시련이 다 아버지 때문이라는 원망怨望이 마음 속 깊은 곳에 있었기 때문이었는지, 나이가 한참이나 들 때까지도 나는 드러내 놓고 아버지에게 원망을 하지는 않았지만, 무의식중에 어머니와 모든 자식들의 고생을 아버지의 탓으로 여겼던 것 같다. 그동안 나는 아버지 자신의 삶에 대해서는 깊이 생각해 본 적이 없었다. 아버지가 얼마나 외로우셨을지, 이 세상과 자신의 운명에 대해 얼마나 많은 원망을 하셨을지, 내가 아버지의 입장이었다면 그 심정이 어떠했을지를….

얼마 전에 큰 형님과 상의한 끝에 선조들의 산소를 정리했다. 부모님의 산소만 빼고 모두 화장해서 바람에 날렸다. 아직도 유골이 남아 있는 분들도 계셨지만 다들 오래된 산소들이었고, 실행에 앞서 조상님들께 고개 숙여 진심으로 양해와 허락을 구했다. 반면 부모님 산소에는 상석과 조그만 비석 하나를 세웠다. 돌아가신 분에게 화려한 석물石物이 무슨 소용이 있으랴만 나는 꼭 그렇게 하고 싶었다. 한 순간 지나가는 이승의 삶이지만 그 순간을 너무도 열심히, 그리고 아프게 살다 가신 두 분이므로. 그리고 그 비석에 처음으로 이

렇게 썼다, '아버지와 어머니께'라고.

늦었지만 내 아버지의 아팠던 삶을 따뜻하게 안아 드리고 싶었
다. 이제는 어머니도 아버지와 화해하셨을 거라는 생각을 하면서.

누나의 우등상장

중학교 3학년쯤이었을까. 어느 날 어머니께서 나와 여동생에게 윗방에 있는 옷장을 정리하라고 하셨다. 옷장이라야 오래 전 어머니가 시집올 때 가져오신 조그마한 궤짝 같은 것이었다. 오랫동안 정리를 하지 않아서인지 작은 공간에 차곡차곡 들어찬 옷가지들이 꽤나 많았던 것으로 기억된다. 옷들을 거의 다 꺼내고 바닥이 조금 드러나 보일 즈음 정성스럽게 접혀진 조그만 종이 서너 장이 눈에 들어왔다. 순간 얼마나 중요한 문서이길래 이렇게 농 속 깊은 곳에 넣어 두었나 하는 생각이 들어 얼른 펼쳐 보았다. 누나의 통지표와 우등상장이었다. 초등학교 1, 2학년 통지표와 우등상장이 각각 2장씩 있었다. 정확한 기억은 없지만 통지표에 나타난 누나의 성적은 대단히 우수했던 것 같다. 그런데 왜 누나의 통지표와 우등상장이 각각 2장뿐일까, 어린 나이에도 궁금했다.

나중에 알고 보니 내 누나가 학교에 다닌 흔적은 그게 전부였다. 막내 동생이 태어나던 해부터 한쪽 눈이 시름시름 안 보이기 시작한 아버지가 결국 집안에 들어앉게 되자 어머니가 보따리 장사를 나가셔야만 했다. 그렇게 장사를 다니시는 어머니를 대신하여 누나가 집안 살림을 도맡아 하느라 학교를 그만둬야만 했던 것이다. 초등학교 3학년을 다 마치지도 못한 나이에 가난한 집안 살림을 꾸려 온 누나의 고충이 얼마였을까. 철딱서니가 없던 동생들은 손이 부르트도록 고생하는 누나가 안됐다 하면서도 의지할 건 누나뿐이라 매사 누나에게 매달리곤 했었다. 더구나 누나가 학교를 그만둬야 했던 그 기막힌 사연과 그 큰 아픔을 당시로서는 알 리가 없었다.

　그 후로 아버지의 병환은 깊어만 갔고, 그럴수록 누나의 짐은 더 무거워져 갔다. 누나는 오래토록 그 굴레에서 벗어나지 못했다. 내가 중·고등학교에 다닐 때는 어린 나이에 한복 짓는 기술을 배워서 밤낮으로 한복을 지었다. 그렇게 바느질을 하여 번 돈으로 동생들의 학비와 생활비를 충당해야만 했다. 때로는 서울 등 도회지에 나가서 공장에 다니기도 하고, 남의 집에 가서 식모살이를 하여 돈을 벌기도 했던 것 같다. 내 어린 시절의 생활을 돌이켜보면 가난의 굴레는 참으로 벗어나기 어려운 천형天刑과 같은 것이 아니었나 싶다. 벗어나려 몸부림을 치면 칠수록 더 무서운 가난의 구렁텅이로 빠져들기만 했던 운명 같은 형벌. 어머니를 비롯하여 형들과 누나가 몸이 부서져라 일을 했건만 어찌하여 생활은 더 나아지기는커녕 점점 더 깊은 수렁 속으로 빠져들었다. 왜 그토록 가난해야만 했는지, 지

금 생각해도 참으로 원망스럽기만 하다.

그렇게 어려운 가정 형편은 누나가 시집갈 나이가 될 때끼지도 계속되었다. 어린 나이부터 어른들도 감당키 어려운 그 모진 시련을 온몸으로 견뎌내면서 누나는 우리 가정을 지켜냈다. 다른 집 누이들은 학교도 다니고 멋도 부리면서 즐겁게 지내다가 나이가 차서 시집을 간다고 나리를 피우는데, 내 누나는 오직 병든 아버지와 고생하시는 어머니를 도와 생계를 꾸려가느라 20대 후반이 될 때까지 시집갈 엄두도 내지 못했다. 보다 못한 형님들이 시집가기를 권했고, 마침 앞집에 살던 동네 형의 소개로 경상도 청년을 만나게 되었다. 일단 결혼 이야기가 나오긴 하였으나 그동안 누나가 애써 번 돈은 집안 살림과 동생들 뒷바라지하는 데 다 써버렸으니 남아 있을 리가 없었다. 가정 형편은 그 전이나 그때나 조금도 나아진 게 없으니 형님들도 막막하기는 마찬가지였다. 그토록 어려운 상황에서 시집을 간 누나, 결혼식 날이 즐거운 날이 아니라 서러움이 북받치는 날이었다. 시골 면 소재지의 조그만 원불교 강당을 빌려 조촐하게 결혼식을 올렸다. 결혼식이 한창 진행되고 있을 때 둘째 형님이 조용히 식장을 빠져 나가셨다. 먼발치에서 바라보니 둘째 형님이 울고 계셨다. 때늦게 여동생을 시집 보내면서도 값싼 카시미론 이불 한 채밖에 못해 줬다며, 남몰래 눈물을 훔치고 계셨던 것이다. 지금도 그날의 형님 모습을 생각하면 나도 모르게 눈물이 난다.

시집을 가서도 시댁이 넉넉하지 않은 형편인데다 자형님이 힘든 일을 하여 돈을 벌고 있어서, 누나도 예전에 했던 바느질을 다시 시

작했다. 어린 자식들을 돌보면서 밤이 늦도록 바느질을 하셨을 누나를 생각할 때마다 안타까운 마음을 금할 수 없었다. 오랫동안 좁은 전세방을 전전하면서 힘들게 살아갔다. 천만다행인 것은 자형님이 성실하여 특별한 마음의 고생 없이 가정을 꾸려가셨다. 많은 고난의 세월을 견뎌낸 덕분에 이제는 자식들 다 키우고 큰 걱정 없이 살아가고 있다. 하지만 나는 아직도 누나만 보면 가슴 한쪽이 아리다. 그 힘든 인생을 살아온 누나의 가슴에는 얼마나 많은 한이 서려 있을까. 세상과 세상 사람들에 대한 원망이 얼마나 클까 하는 생각에. 어느덧 그 누나의 나이가 육십 중반을 넘어섰다. 얼마 전에는 누나와 함께 길을 걷는데, 아직 칠순도 안 된 누나가 어째 몸이 좀 구부정해진 것 같아 몹시도 안타까웠다. 어린 시절부터 이런 저런 고생을 많이 해서 건강이 좋지 않으리라. 그런 누나에게 조만간 한약이라도 한 재 지어드려야겠다는 다짐을 했다.

이제 와서 누굴, 무엇을 원망한들 무슨 소용이 있으랴만, 그토록 고생을 했으면 부모형제들을 원망할 만도 한데 내 누나는 지금도 돌아가신 부모님과 형제들 생각뿐이다. 고생만 하시다 돌아가신 어머니와 아버지에 대한 정이 지나쳐 다른 형제들이 걱정할 정도이니… 언젠가 노래방에 같이 갔는데 누나가 어머니를 애타게 그리는 사모곡思母曲을 불렀다. 그 노래 소리가 어쩌나 애절하던지 함께 있던 형제들 모두가 울 수밖에 없었다.

가끔 신문이나 TV 등에 멋지고 잘 나가는 여자들만 봐도 누나 생각이 난다. 내 누나도 웬만한 집안에서 태어나 제대로 배우기만 했

더라면 저 여자들보다도 훨씬 더 훌륭하게 되었을 텐데, 하는 안타까움에. 그렇잖아도 한 많고 정 많은 내 누나. 어쩌다 동생들을 둘이나 먼저 보내고 많은 날들을 눈물로 보내서 이제는 흘릴 눈물마저 없을 듯도 한데, 먼저 간 동생들 얘기만 나오면 이제도 하염없이 눈물을 쏟는다.

어쨌거나 나는 지금의 내 누나가 좋다. 남들처럼 많이 배우지도 못했고 번드르르한 멋쟁이도 아니지만, 정 많고 가족들 끔찍하게 생각하며 바르게 살아가고 있는 내 누나. 그런 누나에게 조금이라도 잘해 드리려 노력하지만 생각처럼 되지 않는다. 내가 아무리 잘한다 해도 지금껏 누나가 우리를 위하여 바친 그 노고와 희생에 어찌다 보답할 수 있으랴. 나도 나이가 들어가면서 형제지간의 정이 더 그리워지나 보다. 나날이 나이 들어가는 모습이 보이는 누나를 보노라면 웬지 가슴이 저리다. 더 늦기 전에 그동안 누나에게서 받은 사랑을 조금이라도 돌려 드려야겠다는 다짐을 해 본다. 이제는 내가 이 세상에 남아 있는 누나의 하나밖에 없는 동생이므로….

재수하러 상경하던 날

    내 인생의 큰 고비가 중학교 3학년 말, 고등학교 원서를 쓸 때 찾아왔다. 그 당시에는 금산에서 중학교를 다닌 아이들 중 공부를 잘하고 집안형편이 괜찮은 아이들은 다들 대전에 있는 고등학교에 진학을 했다. 물론 고등학교 입시가 있어서 모두가 좋은 고등학교로만 진학한 것은 아니었지만. 나도 성적이 학급에서 앞에 섰으므로 은근히 대전으로 가기를 바라고 있었으나 어려운 집안형편을 잘 아는 터라 아무 말도 못 하고 속앓이만 하고 있었다. 마침내 원서 마감 시한이 다가왔고, 나는 한껏 용기를 내어 담임 선생님께 대전에 있는 고등학교에 원서를 써 달라고 했더니, 특별한 말씀 없이 원서를 써 주셨다. 아직 집에서 허락을 받지 못했으니 그 학교에 원서를 낼 수 있을지도 모르는 상태였지만, 원서를 쓴 것만으로도 가슴이 뛰었다.

저녁에 집에 가서 먼저 누나에게 조심스럽게 그 얘길 한 것 같다. 그런데 누나의 말이 지녁에 서울 큰형님이 집에 오신다 했다는 것이다. 나는 가슴이 철렁했고, 대전으로 진학하기가 어려울 것이라는 불길한 예감이 들었다. 당시는 아버님의 병환이 더욱 위중해져서 온 집안이 근심에 차 있었다. 나보다 두 살 위인 셋째 형은 이미 고등학교 진학을 포기한 상황이었다. 오래 전부터 병든 아버님을 대신해 집안의 대소사는 서울 큰형님이 결정을 내렸다. 내 진학문제 때문에 큰형님이 서울에서 직접 고향집에 내려온다는 것은 중대한 결정을 내리겠다는 예고였고, 그것은 대전으로 가려는 내 바람이 좌절됨을 의미하는 것이었다.

드디어 서울 큰형님이 집에 도착했고, 형님이 이런저런 집안사정을 말씀하셨다. 그래서 결국 나의 대전행은 불가능하다고 못을 박았다. 그 당시의 우리 집안형편을 돌이켜보면 고등학교에 진학하는 것 자체도 어려울 때였으니, 대전으로 보내줄 수 없다는 형님의 결정은 어쩌면 너무도 당연한 것이었는지도 모른다. 하지만 그 당시의 나는 왜 그토록 서럽던지…. 형님의 말씀을 다 듣고 나서 나는 곧바로 윗방으로 올라가 목을 놓아 울었던 것 같다. 울음을 그치라는 누나의 당부도 뿌리치고 계속 울기만 했다. 머리 굵어진 후로 가장 슬프게 운 것 같다. 그 결정으로 나는 금산에 있는 고등학교에 다니게 되었고, 예상대로 그것이 내 인생 전체에 커다란 전환점이 되었다. 도회지 아이들을 따라가야 한다는 강박감에 더욱 열심히 노력했으나—아마 대전으로 나간 친구들보다 공부는 더 열심히 했을 지

도 모른다—여러 상황이 여의치 않았다.

그렇게 바둥거리는 사이에도 시간은 흘러 고등학교 3학년 과정도 거의 지나가고 드디어 대학 진학문제가 눈앞으로 다가왔다. 솔직히 여러 가지 사정을 감안하면 대학 진학을 포기하는 것이 마땅했다. 진학보다는 어디에라도 취직을 해서 돈벌이를 하는 게 순리였고, 그 것이 부모님과 형제들의 짐을 덜어드리는 것인 줄은 나도 잘 알고 있었다. 심지어 평소에 우리 집안을 많이 걱정해 주시던 동네 아저 씨마저도 나를 찾아와 좋은 곳에 취직시켜 줄 테니 대학 진학을 포 기하라고 종용하기도 했었다. 하지만 나는 꼭 대학에 가야만 했다.

부모님과 다른 형제들에게는 미안했지만 그래도 나는 대학에 가고 싶었다. 대학에 가지 않으면 내 인생이 니무도 부질없을 것만 같았다. 금산에서 고등학교를 다녔다는 사실만으로도 이미 좋은 대학에 가기는 틀렸다는 생각에 절망하고 있었다.

결국 나는 대학에 가기로 결정했고, 형님들도 허락해 주었다. 그런데 내가 엉뚱하게도 내 실력에 부치는 서울의 한 대학에 가겠다고 원서를 넣었다. 담임 선생님도 말리셨고, 내 자신도 합격이 어렵다는 것을 알면서도 우겨서 그 대학에 원서를 넣었고, 보기 좋게 떨어졌다. 떨어져서 다음 해에 대학을 가더라도 반드시 서울에 있는 대학으로 가고 싶었다. 그런 나를 지켜보던 형님들의 심정은 얼마나 답답하셨을까. 그런 내가 형님들이 보기에 얼마나 딱해 보였을까.

얼마 지난 뒤 나는 재수하러 서울로 가겠다고 했다. 다른 가족들이 그런 나를 볼 때 참으로 한심하고 제 생각만 하는 철없고 이기적인 놈으로 보일 수밖에 없었을 것이다. 집안을 책임지고 있는 큰형님이 보실 때 너무 어이가 없었을 것이다. 결국 어느 이른 봄날 서울 형님이 전화를 걸어와 한참을 혼났다. 안색이 좋지 않은 상태로 아무 말도 못하고 형님의 훈계만 듣고 있으니, 옆에 있던 사람들이 놀라서 왜 그러냐고 물었다. 다른 가족들은 아무 말도 하지 않았다. 당시는 설상가상으로 시골집을 책임지고 있던 둘째 형님마저 큰 병에 걸려 국립 공주결핵병원에 입원하고 있던 상황이었다. 그런 상황에서 재수하러 서울에 간다고 했으니 지금 생각하면 나도 참 어지간한 사람이었다.

그토록 어렵던 시절, 시골에 같이 살면서 가족들을 직접 챙겨 준 사람은 둘째 형님이었다. 그 형님이 중병에 걸려 병원에 있는데 재수하러 서울에 가겠다는 말을 차마 할 수 없었지만, 어차피 올라가기로 했으니 형님께 인사는 하고 가려고 어렵게 말을 꺼냈다. 그런데 내 얘기를 다 들으신 형님은 추호도 망설임 없이 단호하게 말했다. 다른 생각 말고 어서 서울로 가서 열심히 공부하라고.

그 며칠 뒤 나는 금산 버스터미널에서 서울행 버스에 올랐다. 먼저 서울에 올라가 있는 친구를 만나서 같이 독서실 생활을 하기로 약속이 돼 있었다. 잠은 독서실에서 자고 밥은 매식하면서 적당히 때우기로 했다. 달리는 버스 차창에 기대어 이런저런 생각을 하다 보니 가슴이 울컥했다. 무엇보다도 병석에 누워 고통을 겪고 있는 둘째 형님이 떠올랐다. 자신의 건강이 그 지경인데도 재수하러 서울에 가겠다는 철없는 동생을 나무라는 대신, 아무 걱정 말고 어서 올라가 열심히 공부만 하라던 그 말에 한없이 눈물이 나왔다. 서울에 가는 내내 울었던 것 같다.

재수를 했는데도 역부족으로 서울에 있는 좋은 대학에 가지 못하고 결국 지방 국립사대에 간 나는 형님들께 많이 미안했다. 그 정도밖에 안 되는 놈이 가족들만 힘들게 했으니…. 원치 않는 대학에 간 나는 대학 생활에 재미를 느끼지 못했고, 어떻게든 교직보다는 더 나은 직장을 가져야겠다는 생각에 1학년 과정이 채 끝나기도 전에 고시공부를 시작했다. 당장 내 자신이 학비를 벌어야 할 판에 시험 공부한답시고 또 형님들을 힘들게 했다.

둘째 형님이 우리들 돌보시느라 늦게서야 결혼을 할 때, 나는 다짐했다. 앞으로는 형님을 위해서 내가 할 수 있는 일들을 해야겠다고. 그러나 그것도 마음뿐, 군대에 다녀와 교직에 있으면서도 전교조 일에 앞장서다 보니 늘 형님들에게 걱정을 끼쳤다. 내가 결혼을 하고 정신을 좀 차려서 형님께 잘 해드리려 할 때, 둘째 형님이 불의의 사고로 일찍 하늘나라로 가셨다. 착한 사람은 하늘나라에서도 필요하다고 했던가. 하늘의 뜻이라 사람의 힘으로 어찌할 수는 없었지만, 너무도 안타깝고 하늘이 야속했다. 이제와 그때를 생각하면 목이 멘다. 대학에 가는 것이 뭐 그리 대단하다고 그토록 고생하는 가족들을 외면하고, 병석에 있는 형님도 돌보지 않고 서울로 올라갔을까. 이제 나도 나이가 드니 그때 일을 생각하면 가족들 모두에게 미안할 따름이다. 그나마 여생을 똑바로 사는 길만이 그 빚을 갚는 길이리라.

지게는 업어 주지 마라

초등학교 3학년쯤 되었을 때인가. 누군가가 두 살 위인 형과 나에게 조그만 지게를 만들어 주었다. 어른들이 쓰는 지게는 지게의 목발이 길어서 키가 작은 우리들이 지게 되면 목발이 땅에 닿아서 질수가 없었다. 그래서 어른들의 지게 목발을 잘라내서 만든 지게였다. 아버지는 앞을 못 보시고, 나보다 19살이나 많은 큰형님은 영등포에 사시는 작은아버지를 따라 일찌감치 서울로 올라가고, 둘째형은 나이가 차서 군대에 가야 하니 어쩔 수 없이 우리가 지게를 져야했다. 어머니와 누나가 머리가 휘도록 머릿짐을 이어 날랐지만, 그래도 남자코빼기인 우리들이 거들어야만 했다.

제일 중요한 일은 멀리 떨어진 논밭에서 농작물을 지고 오는 일이었다. 같은 동네에 살면서도 어찌하여 없는 사람들의 논밭은 그리도 멀던지. 동네 가까운 곳에 있는 평탄하고 기름진 땅들은 전부 부

잣집들의 것이었고, 가난한 우리의 전답은 동네에서 1~2km 떨어진 산비탈의 밭이거나 조그만 다랭이논들이 전부였다. 지금은 벼나 밭 작물들도 현장에서 탈곡해서 알곡들만 집에 가져오지만 그 당시에는 농작물을 통째로 지고 와야 했다. 토요일이나 일요일이 되면 다른 아이들은 삼삼오오 모여 즐겁게 노는데 우리는 오뉴월 삼복더위에도 먼 밭에서 보리나 밀을 지고 와야 했다. 형은 나보다도 체구는 작았지만 늘 짐은 나보다 많이 지고 왔다. 처음에 지게를 질 때는 어찌하여 허리는 굽혀지지 않고 지게는 그리도 기우뚱거리던지. 지고 오는 도중에 이삭이 목에라도 들어가면 얼마나 껄끄럽던지. 일을 잘 하는 아버지와 형들이 있어서 일을 하지 않아도 되는 아이들이 몹시도 부러웠다.

중학교 1학년 때였나. 그 날은 형도 없고 나 혼자서 이루리골−일혼이골−에 있는 비탈진 밭에서 호밀을 지고 오는 중이었다. 밭에서 내려오는 길은 좁았고 경사가 심했다. 더구나 호밀은 밀대가 길어서 무거웠고, 내려오는 길 좌우에 있는 나무에 걸리곤 하였다. 호밀은 밀가루보다는 그 밀대를 이용하여 인삼밭의 발을 매는 데 요긴하게 사용되는 것이라 금산에서는 중요한 작물이었다. 그렇게 바둥대며 조심조심 산길을 내려오다가 중심을 잃고 넘어졌고, 지게는 산비탈을 따라 한참이나 굴러 내려갔다. 구르다 나무에 걸려 멈춰선 지게를 바라보며 한참을 망연히 앉아 있었다. 그렇잖아도 중학교에 다니는 학생이 주말에 공부는 못 하고 지게질이나 하고 있던 내 자신이 한심하게 느껴지던 때에 그런 일까지 일어나니 만감이 교차했

　다. 순간 모든 걸 다 때려치우고 도회지로 달아나 버릴까 하는 생각
도 들었다. 그러나 그도 잠시뿐, 머리를 흔들며 정신을 가다듬었다.
앞을 못 보시는 아버지와 어린 새끼들을 데리고 사느라 갖은 고생을
하시는 어머니, 동생들을 위해 많은 것을 희생하며 묵묵히 일하시는
형님들과 누나… 잠시나마 내 생각만 했던 자신이 부끄러웠다. 마
음을 다잡고 널브러진 짐들을 다시 챙겨 지게를 지고 내려왔다.

　다음으로 지게질이 필요한 것이 땔나무를 해 올 때다. 당시는 모
든 땔감을 동네 가까운 산에서 나무와 풀을 베어다 해결해야 했으므
로 땔나무는 식량 다음으로 중요했다. 그래서 아낙네들은 물론 어

린아이들까지 나서서 나무를 해 와야 했다. 내 고향은 금산읍에서도 한참을 더 들어가는 산골이었지만, 당시는 주민들이 워낙 나무를 심하게 해대니 마을 주변의 산들이 벌겋게 속살을 드러내고 있던 시절이었다. 그래서 한 나절에 나무 한 짐을 제대로 하는 것은 그리 쉬운 일이 아니었다. 정 나무가 없을 때는 생나무 둥치를 잘라오는 경우도 있었다. 그렇게 생나무를 해 오는 날이면 동네에서 좀 먼 능선에서 마을의 동태를 살피곤 했는데, 가끔 면이나 군의 산림계에서 불시에 생나무 베는 것을 감시하러 나오곤 했기 때문이다. 당시에는 지역 행정기관에서 밀주나 벌목을 감시하러 자주 나오곤 했고 적발되면 상당한 벌금을 물어야만 했다.

중학교 2학년 때인가. 동네 주변에서는 제대로 나무를 하기가 어려워지자 동네 어른들은 마을에서 멀리 떨어진 산으로 나무를 하러 다녔다. 이를 두고 '먼산나무'하러 간다고 했다. 나도 셋째 형과 형의 친구들 두어 명하고 먼 산으로 나무를 하러 간 적이 있었다. 지금 생각하니 그 먼 산이라는 데가 집에서 10km는 족히 되는 것 같았다. 이른 아침에 집을 나서도 점심때가 다 돼서야 먼 산에 도착하였다. 도착하자마자 나무를 해서 짐을 싸 놓고서야 가져간 도시락으로 점심을 때웠다. 점심식사를 마친 후 곧바로 그 나뭇짐을 지고 집으로 향했다. 그 무거운 짐을 지고 그 먼 거리를 아등바등 걸었다. 그렇게 서둘러도 해가 질 무렵에야 집에 도착할 수 있었다. 지금 생각하면 참 대단한 일이었고, 두 번 다시 할 수 없는 일이었다. 그 시절 우리네 아버지와 형님들은 그보다도 훨씬 더 힘든 일들을 다반사로 하면

서 살았으니, 그 고생이 얼마였을까.

　번듯한 논밭 하나 없던 우리 집은 마을 공동산 비탈에 밭을 일구어 콩이나 고구마, 참외 등을 심어 입에 풀칠을 해야만 했다. 특히 혼자서 자식들을 먹여 살려야만 했던 어머니는 물불을 가릴 겨를도 없이 일을 하셨다. 우리 농사일, 남의 집일, 게다가 집에 들어앉아 계신 아버지마저 챙기셔야 했으니 손발이 열 개라도 모자랐을 것이다. 그 와중에도 여름이면 비탈밭에 참외를 심었고 그 참외를 팔아서 생활비에 보태곤 했다. 내가 중학교를 다니던 어느 날, 가능하면 공부하는 자식들에게 일을 시키지 않던 어머니께서 참외 팔러 가는데 같이 가자 하시는 것이었다. 어머니는 머리에 이고 나는 지게에 지고 이웃 마을로 참외를 팔러 갔다. 어머니의 말씀이라 거역하지는 못했지만, 지게를 지고 이웃 마을까지 갈 생각을 하니 창피한 마음이 들어 솔직히 가고 싶지 않았다. 하지만 결국 어머니를 따라나섰고, 첫 마을에 이르러 어머니가 마을을 돌며 참외를 파시는 동안 나는 동네 한가운데 있는 둥구나무 아래서 지게를 세우고 쉬었다. 그렇게 두어 동네를 돌고 나니 참외가 얼마 남지 않았고, 돈 대신 참외 값으로 받은 곡식들이 많아졌다. 어머니는 내게 그 곡식들을 지고서 먼저 집에 가라 하셨다. 그러면서 마침 그 동네에 있던 엿장수한데 엿을 한 가락 사 주셨다. 어머니는 다른 동네로 가서 남은 참외를 다 팔고 오마 하셨다. 곡식이 실린 지게를 지고 입에는 엿을 물고 3km가 넘는 비포장길을 타박타박 걸어왔다. 그때의 그 엿은 꿀맛이었으나, 이제 와 그 시절을 생각하면 그때 먹었던 엿이 자꾸 목에 걸

리는 듯하다.

그렇게 어려운 가운데서도 세월은 흘러 바로 위의 형이 고등학교에 갈 때가 되었다. 그런데 중학교 2학년 때까지만 해도 반에서 앞쪽에 섰던 형의 성적이 공부를 소홀히 하면서 중학교 3학년 때는 읍에 있는 인문계 고등학교에도 진학할 수 없을 정도가 되었다. 너무도 가난해서 학교에 제대로 다니지도 못했던 첫째, 둘째 형님이 셋째 형에게 인문계 고등학교가 아니라도 좋으니 진학은 꼭 해야 한다고 타일렀고, 큰형님은 직접 서울에 있는 상업고등학교의 원서를 사들고 오셔서 제발 진학하라고 애원하다시피 했다. 하지만, 셋째 형은 이미 진학을 포기한 듯하였다. 그런 셋째 형을 둘째 형님이 몇날 며칠을 두고 달래고 어르고 했으나 별 소용이 없었다. 그러자 어느 날 둘째 형님이 셋째 형을 붙들고 아프게 한마디하셨다. '야, 우리가 가진 게 뭐가 있냐? 그나마 조금 하는 게 공부인데…. 우리 형제 중에는 누구도 지게를 업어 주는 일을 해서는 절대 안 된다.'고. 그 후로도 둘째 형님은 공부를 멀리하는 셋째 형님이 안타까워 이리저리 타이르다 울면서 사정하기도 했다. 지게를 지는 일은 그 당시로서는 흔하고 누구나 하는 일이었다. 건강한 노동이기도 했지만, 그것은 한편으로 가난과 굴욕의 상징이었다. 가진 것 없고 배운 것 없는 이들이 어쩔 수 없이 해야만 했던 일. 지게를 질 때마다 우리는 고개를 숙여야 했고 허리를 굽혀야 했으며 무릎을 꿇어야 했으므로….

이러저러하다 사범대학을 졸업한 나는 그때 둘째 형님의 바람대로 지게를 업어 주는 일은 하지 않게 되었다. 시골에서 고생하며 자

란 나는 결혼할 때 처가만은 번듯한 도회지에 있었으면 하는 생각을 한 적도 있었다. 그러나 바람과는 달리 결혼을 하고 보니 처가도 시골에서 농사를 지었고, 더구나 아내가 막내인 탓에 내가 결혼했을 때는 나이가 많으신 장인, 장모님 두 분이 농사를 짓고 계셨다. 어느 해 여름 처가에 갔더니 복숭아를 한창 수확하고 있었다. 장인께서 우리들에게 줄 요량으로 복숭아를 따러 가자며 지게를 지고 앞장서셨다. 복숭아를 두어 상자 따서서 지게에 올리신 후 나를 물끄러미 바라보시면서 그 지게를 질 수 있겠느냐고 물으셨다. 어림도 없을 거라는 걱정스런 표정을 지으시면서. 나는 속으로 '저까짓거야' 했다. 오랜만에 져 보는 짐이었지만 어릴 적에 졌던 짐에는 비길 게 아니었다. 선뜻 지고 일어나 앞장서 오니, 뒤에서 장인어른이 말씀하셨다. '전 서방, 너도 고생을 참 많이 했구나.'

세월이 한참이나 흘러 이제 그 시절을 돌아보면서 미소를 짓는다. 동생들이 행여 자신처럼 무거운 삶의 짐을 지게 되지나 않을까 노심초사하시던 형님, 그 형님의 깊은 뜻을 새기며 열심히 살아가고자 노력하고 있다. 다행히 우리 형제들 중에 지게를 지며 사는 사람은 없다. 하지만 오늘날 우리는, 내 형님의 바람과는 달리, 그 시절보다도 더 버거운 또 다른 짐을 지고 살아가는 것은 아닐까. 먼저 가신 형님이 하늘나라에서도 걱정하시는 것은 아닐지….

쓸쓸했던 날들

　지나간 일들은 모두 아름답다고 했던가. 흐르는 세월 덕분에 대부분의 일들은 잊혀지게 되고 웬만한 상처는 아물어 희미해져 가는 것은 부인할 수 없다. 하지만 아무리 많은 시간이 흘러도 가슴 속 깊이 박힌 상처는 커다란 못이 되어 빠지지 않는다.

　내가 다니던 초등학교는 읍에서 4~5km쯤 떨어진 면 소재지에 있었다. 내가 4학년일 때였나. 당시는 학생들이 영화도 마음대로 볼 수 없던 시절이었다. 무엇보다 웬만한 영화는 그 내용이 학생들이 보기에 부적절하다는 이유로 관람이 금지됐고, 이를 어기면 정학이나 퇴학 등 무거운 징계를 받곤 했다. 간혹 내용이 좋은 영화가 상영돼도 시골 아이들이 영화를 볼 기회는 거의 없었다. 영화관이래야 읍에 한두 개 있는 게 전부였고, 또 가난한 아이들에게 영화 관람비는 큰 부담이었다. 그리하여 읍내에 좋은 영화가 들어오면 1년에 한

두 번씩 학교에서 단체 관람을 했다. 영화를 보러 가는 날이면 오전에 수업을 마치고 단체로 학교에서부터 읍내 영화관까지 걸어갔다. 먼지가 풀풀 날리는 신작로를 따라 선생님들의 지도를 받으며 줄지어 갔다. 그날도 오전 수업을 끝내고 학생들 전체가 영화를 보러 가는 날이었다. 영화 관람비가 5원이었던 것으로 기억된다. 그런데 나는 그 돈을 내지 못해서 영화를 보러 가지 못하였다. 아이들이 읍내로 모두 떠나고 나니 교정에는 적막만이 감돌았다. 가지 못한 아이들이 나 말고도 분명 더 있었을 텐데 웬일인지 그 넓은 운동장에 나혼자 있었던 것 같다. 학교가 일찍 끝나서인지, 아니면 영화를 보러 가지 못한 아쉬움 때문이었는지 나는 한참 동안 학교를 떠나지 못하고 운동장 한편에 있는 철봉에 매달려 흔들거리고 있었다. 쓸쓸함을 달래려 했을까. 서글픔을 떨치고 있었을까.

어느 해 가을 운동회가 있던 날이었다. 그때는 초등학교 운동회가 있는 날은 면민들 모두의 잔칫날이었다. 대부분의 초등학교는 추석명절이 지나고 바로 운동회를 했다. 그러면 추석에 장만한 음식들을 바리바리 싸서 온 가족이 총출동했다. 학교 운동장 둘레에 있는 플라타너스 그늘 아래에 자리를 잡고서 자기 자식들이 운동하는 모습을 지켜보며 열띤 응원을 했다. 그 해에도 어김없이 운동회가 열렸고, 학교는 이른 아침부터 들떠 있었다. 운동회를 하는 학생들과 그들을 응원하는 부모들의 함성, 그리고 장사들의 외침 등으로 학교는 떠나갈 듯한 기세였다. 오전 프로그램이 끝나고 점심때가 되자 다른 아이들은 삼삼오오 무리를 지어 자기 부모들이 있는 자리

로 갔는데, 부모님이 오시지 못한 나는 갈 곳이 없었다. 그렇다고 돈을 내고 무엇을 사 먹을 수 있던 시절도 아니었으니, 가족도 없는 아이처럼 운동장 둘레를 따라 빙빙 돌았다. 운동회가 끝나고 가을 해가 뉘엿뉘엿 질 때 학교를 나왔다. 상품으로 받은 노트와 연필 몇 자루를 들고 신작로를 따라 걸었다. 다른 아이들은 제 부모들과 이미 집으로 돌아갔는지 긴 신작로에는 나 혼자였다. 먼지가 풀썩대고 코스모스가 피어 있던 길, 나는 신작로에 깔려 있던 애꿎은 자갈들만 걷어차며 걸었다. 지금은 그 길이 아스팔트로 포장이 돼서 멀끔하지만, 아직도 그 길을 지나칠 때면 그 가을의 쓸쓸했던 기억이 떠오르곤 한다.

그러다가 읍내에 있는 중학교로 진학을 했고, 8km나 되는 먼 길을 동네 친구들과 걸어서 다녔다. 등교하는 길에 큰 냇물을 두 번이나 건너야 했다. 여름이 되어 큰물이 나면 훨씬 더 먼 길로 돌아서 오가야 했고, 겨울이면 차가운 물에 발을 적시며 건너가야 했다. 오뉴월 학교가 끝나고 서둘러 집에 오면 아직 해가 중천에 떠 있었다. 교복을 입고 무거운 책가방을 든 채 20여 리의 길을 달려오면, 온몸은 땀으로 뒤범벅이고 이미 배는 다 꺼져서 허기가 졌다. 마을 입구에 들어서면 가난한 시골 마을은 한낮의 깊은 적막감에 휩싸여 있고, 마을 안길에는 꼬리를 축 늘어뜨린 개들만 어슬렁거릴 뿐 인기척 하나 없었다. 혹시 오늘은 엄마가 집에 계시려나 하는 희미한 기대감에 다 쓰러져 가는 사립문을 밀고 들어서면 내 집안은 외딴 곳에 있는 무인도 같았다. 마루도 없는 토방 위에는 오후의 햇살에 암

닭들이 졸고 있고, 모든 것을 포기한 듯한 아버지만 윗방에서 자신의 운명을 저주하는 주문을 외우고 계셨다. 집안 어디를 보아도 희망의 기운은 보이지 않았다. 그러다 일요일이 되면 앞 못 보는 아버지를 인도하여 동네 공동산에 가서 팥밭뙈기를 일구었고, 점심은 보리밥이나 감자 등으로 때우곤 했다. 동네에서 멀리 떨어진 그 골짜기는 참으로 적막했다. 한낮에는 인근 밭에서 일하는 사람들의 모습도 보이지 않았고, 다만 건너 편 산 중턱을 넘어가는 노란 까투리 한 마리가 외마디 울음으로 골짜기의 적막을 깨뜨릴 뿐이었다. 그런 날이면 내 앞날도 노랗게만 보였다.

어찌어찌하여 한 많은 대학 생활을 마치고 군대에 가던 날은 내 삶의 과정에서 가장 비참했던 날 중의 하나였다. 가고 싶지 않았던 사범대학은 내 마음에 들지 않았고, 그러다보니 대학 생활은 영 재미가 없었다. 어떻게든 그 길에서 벗어나 보려고 발버둥을 쳤지만

결국 공무원 시험에 실패했고, 마지막 희망이었던 대학원에도 가지 못해 육군 졸병으로 입대하는 날의 심정은 뭐라고 말로 다 표현할 수 없을 만큼 비참했다. 게다가 유일하게 사귀었던 여자 친구마저 입대하기 얼마 전에 작별을 통보해 왔다. 다른 친구들은 가족이나 연인들의 배웅을 받으며 애틋한 마음으로 안타까운 이별을 하고 있는데…. 혹시나 하는 마음에 주변을 두리번거렸지만 부질없는 일이었다. 나도 그 친구에게 별로 잘한 것은 없지만, 인간들은 왜 상대가 어려울 때 떠나는 것일까. 돌이켜보면 그때의 그 암담한 상황을 이겨낸 것이 신기할 뿐이다. 그 쓸쓸하고 암울했던 기억은 죽기 전에는 결코 잊히지 않으리라.

살아가면서 쓸쓸하고 아프고 괴로웠던 날들은 누구에게나 있을 것이다. 내 가슴에 대못으로 박혀 빠지지 않는 기억들처럼. 그 후로도 종종 삶이 쓸쓸하다는 생각이 든 적은 있었지만 예전처럼 혹독하지는 않았다. 시민운동을 하거나 노조활동을 하다가 경찰에 붙잡혀 가기도 하고 검찰에 불려가기도 했지만, 크게 외롭다거나 쓸쓸하다는 생각이 들지는 않았다. 그때는 함께 싸우는 동지들이 있었고, 나를 염려해 주는 동료들이 있었기 때문인 듯하다. 누군가가 곁에 없어서가 아니라 누군가와 뜻을 같이 하지 못할 때 외로움과 쓸쓸함이 엄습해 오는 게 아닐까.

숨은 그림 찾기

나에게는 여동생이 하나 있었다. 어쩌다 내가 결혼이 늦어지는 바람에 여동생이 나보다 먼저 결혼을 했다. 그 여동생 내외가 어느 겨울날 어린 조카들을 데리고 우리 집에 오겠다는 연락이 왔다. 시댁에서 시동생 혼사를 치르고, 내 집에 오기 전날에는 고향에 살고 있는 둘째 오빠네를 들렀다가 오는 길이라고 했다. 큰일을 치른 후 먼 길을 달려와서 동생 내외는 조금 피곤해 보였다.

그때 내가 살고 있던 곳이 온양 시내였는데, 예전만은 못했지만 여전히 온천으로 유명했었다. 그래서 동생 내외에게 쌓인 피로도 풀어줄 겸 온천욕을 시켜 주었다. 그동안 무엇이 그리 바빴는지 자주 왕래도 하지 못했던 터라 동생 내외의 방문은 내심 반가웠다. 사실은 매제가 결혼 후에도 전에 하던 시험공부를 계속하느라 취직을 하지 않고 있어서 동생네 살림이 조금은 어려웠고, 그러다보니 여기

저기 왕래도 하지 않았던 것 같다.

목욕을 마치고 나온 여동생이 우리 집에 오는데 아무것도 사오지 못했다며 부득부득 뭐라도 사겠노라고 했다. 한참 실랑이를 하다가 결국은 동생이 근처 가게에서 예쁜 유리컵 세트를 사 들고 나왔다. 그동안 오빠에게 아무것도 해 주지 못해 미안하다고 하면서. 동생의 말을 듣고 보니 정작 사람 노릇을 못한 것은 동생이 아니라 오빠인 나였다. 돌이켜보니 그간 내가 동생에게 해 준 것이 별로 없었다. 갑자기 내가 더 쑥스럽고 미안했다.

추운 겨울 밤, 오랜만에 만난 동생네 식구들과 따뜻한 시간을 보냈다. 그간 어렵게 살아온 얘기, 아이들 얘기, 그리고 며칠 전에 있었던 시댁의 일 등등, 서로 할 말들이 많았다. 그러다가 여동생이 시댁에서 있었던 일들을 얘기하기 시작했다. 시동생을 장가보내는 대사를 치르고 뒷정리를 하는데, 동생의 손아래 동서는 집도 대전으로 가깝고 딸린 아이도 없는데도 일찍 가버리고, 집도 멀고 아이도 둘이나 딸린 동생만 남아서 큰며느리 노릇하느라 너무 힘이 들어 시어머니께 한마디했단다. 매제와 동생의 표정을 보니 그 일로 투닥거린 모양이었다. 말이야 동생의 말이 백번 일리가 있었지만, 오빠인 나는 동생이 더 신중했어야 한다고 나무랐다. 그것이 더 동생을 위하는 것이라고 생각했으니까. 성격 좋은 동생은 조금은 억지스런 내 말에도 그저 밝게 웃으며 넘어갔다. 매제는 곧바로 잠이 들었고, 동생은 피곤할 텐데도 제 올케와 밤이 늦도록 무슨 얘기를 주거니 받거니 했다.

아침에 일어나니 평범한 겨울 날씨였다. 그때는 매제가 시험공부를 단념하고 충청지역의 한 건설회사에 취직하여 부여에서 현장 소장으로 일하고 있었다. 취직한 지 한 달여 되었다 했다. 어쨌거나 매제가 직장에 다니니 집안 형편이 조금은 안정이 된 듯하여 마음이 놓였다. 아침을 먹고 오전에 동생네 식구들이 떠났다. 잠시 후부터 눈발이 하나둘 날렸고, 시간이 가면서 내리는 눈의 양이 조금씩 늘었으나 온양에 내리는 눈은 운전을 걱정할 정도는 아니었다. 그러다 잠시 후 친하게 지내던 동료교사가 우리 집에 놀러왔고, 간단하게 술 한잔하려고 술상 앞에 앉는 순간, 전화벨이 울렸다. 전화기 저편에서 당황한 매제의 목소리가 들려왔다.

"형님, 은결이 엄마가 숨을 쉬지 않아요!"

이게 무슨 일인가. 불길한 예감이 엄습했고, 나는 매제에게 다그쳤다.

"울고만 있으면 어쩌자는 거야. 빨리 가까운 병원으로 데리고 가!"

나와 내 친구는 들었던 술잔을 내려놓고 차를 몰고 달렸다. 동생이 있는 논산의 한 병원에 가까이 갈수록 눈발은 거세졌다. 병원에 도착하여 동생을 찾으니 인공 호흡기를 쓰고 있었다. 의사의 말이, 소생할 기미는 없는데 어른들이 도착하지 않아서 인공 호흡기를 떼지 못했다는 것이다. 그러니까 결국 죽는다는 얘기였다. 나는 그 의사를 붙들고 소리쳤다.

"내 동생이 죽는다는 거요? 여기서 못 살린다는 거요? 아니면 어디에 가도 소용이 없다는 거요?"

어이가 없었다. 부여의 백제 다리 위 눈길에서 매제의 실수로 차가 미끄러졌고, 그 차를 반대편에서 오던 1톤 트럭이 들이받았다는 것이다. 이 일을 어찌해야 하나. 그냥 조금 다친 게 아니라 하나밖에 없는 내 동생이 그 어이없는 실수로 죽는다는 얘기가 아닌가. 눈이 내리는 하늘을 향해 울부짖고 하느님을 원망해도 달라지는 건 없었다. 한참 후 정신을 차리고 주위를 둘러보니, 생후 8개월 된 사내 조카아이도 이미 숨이 끊어져 흰 천에 덮여 있었다. 한 순간에 동생 모자가 하늘나라로 간 것이다. 매제와 딸아이는 상처 하나 없이 멀쩡하니 살아 있는데⋯. 이게 무슨 날벼락이고 무슨 조화인가.

어느덧 3일이 지나 발인을 하던 날, 매제가 나를 부르더니 난리를 피웠다. 자기 집 어른들이 자기 마누라의 발인 모습을 보지 못하게 한다는 것이었다. 그의 집 어른들 말이, 그가 마누라의 발인 모습을 보면 충격을 받아 좋지 않을 것이라고 했다는 것이다. 일이 그렇게

돌아가자 매제가 나를 붙들고 자기 마누라의 발인을 꼭 보게 해 달라는 것이었다. 인간이라는 자들의 이기와 파렴치는 그 끝이 어디인가. 멀쩡히 살아 있는 제 자식의 건강이 걱정되면 제 자식의 운전 실수로 죽은 며느리는 무엇인가. 제 자식이 그 발인을 봐서 충격을 받고 아프면 얼마나 아플 것인가. 자식과 동생을 잃은 며느리네 식구의 비통함은 생각이나 해 보았는가. 참으로 비인간적인 그들의 작태에 치가 떨렸다. 이미 내 동생은 죽었고, 또 형님들이 계셔서 나는 발인에 대하여 가타부타 관여하지 않았다. 모든 인간들이 싫었다.

그렇게 동생을 보내고 몇 년이 지나니 매제는 같은 회사의 여직원과 재혼을 했다. 재혼을 하니 매제에게 연락을 할 수도 없었고, 어린 조카인 은결이를 만날 수도 없었다. 졸지에 막내 동생을 잃은 우리 형제들은 하나같이 제 정신이 아니었다. 반은 정신이 나가서 날마다 속으로 울면서 보냈다. 특히 누나에게는 견딜 수 없는 슬픔과 고통이었다. 시도 때도 없이 울음을 터뜨렸고, 조카 은결이마저 보지 못하면 큰 일이 날것만 같았다. 누나는 시댁 식구가 뭐라고 하든 은결이를 찾아갔고, 시댁 식구들도 염치가 없으니 막지는 못하였다. 특히 은결이 고모는 젊어서인지 우리의 입상을 이해하며 많은 도움을 줬다.

재혼을 한 가정에 자꾸 연락을 하면 가정불화를 일으킬 것 같기도 하고, 또 너무 어린 나이에 당한 일이라 아무것도 모르는 어린 조카 은결이를 혼란스럽게 할 것도 같아서 연락도 하지 못했다. 그렇게

조카를 만나지도 못한 채 오랜 세월이 흘렀다. 그러다 그 조카가 대학에 갈 나이가 되자 누나는 어떻게 해서라도 서울로 불러올리고 싶어 했다. 그러나 그것마저 누나의 뜻대로 되지 않았고, 결국 은결이는 청주에 있는 대학으로 진학했다. 일단 집에서 나오게 되자 누나는 더욱 적극적으로 은결이를 만나려 했다. 서울에서 청주로 무작정 내려가서 은결이가 수업을 마칠 때까지 기다리곤 했다 한다. 그러고도 어떤 때는 만나지 못하여 허허한 발길을 돌려 서울로 돌아가곤 했단다. 하지만 그렇게 애타는 누나와 달리 제 어미를 잃은 일에 대해 별다른 기억이 없는 조카는 덤덤했다. 그것이 우리를 더욱 안타깝게 만들었다. 조카가 대학생이 되니 나도 가끔 연락을 했다. 조카가 제 친엄마와 그 가족들에 대해 너무 모르는 것 같아서 충격을 받지 않게, 조금씩 접근해야겠다고 생각했다. 우선 서로 자주 연락하고, 조금씩 제 친엄마에 대한 얘기를 해 주고, 나아가서 우리 가족 관계를 말해 주는 식으로. 어떤 때는 몇 번을 연락해도 응답이 없었다. 그래도 실망하지 않고 꾸준히 노력하는 것이 중요하다고 믿고 실천했다. 네 엄마는 어떤 사람이었고, 네가 가끔 만나는 이모가 있고, 또 외삼촌들이 넷이나 있다. 너도 이제 나이를 먹었으니 친엄마에 대해서도 제대로 알아야 한다. 물론 너를 키워 준 새엄마에게도 감사할 줄 알아야 하고, 이복동생들에게도 잘해 줘야 한다. 그렇게 하면서 친엄마네 식구들을 가끔 찾는 것은 아무런 문제가 되지 않는다, 라며 설득해 나갔다.

그러던 어느 날 은결이가 제 이모를 찾아오겠노라는 연락이 왔다

고, 크게 들뜬 누나가 나에게 황급히 전화를 걸어왔다. 그 전화를 받고 내가 은결이에게 조심스레 연락을 했다. 이모네 가려면 먼저 천안으로 오라고. 그러면 내가 데리고 이모네 집까지 같이 가겠다고 했다. 그랬더니 정말 은결이가 제 발로 천안으로 온다 했다. 너무도 반가워서 아내와 나는 서둘러 모든 준비를 마치고, 터미널로 마중을 나갔다. 그리고 처음으로 은결이에게 예쁜 옷을 한 벌 사줬다. 그러고서 은결이를 태우고 누나네 집을 들러 큰 형님 댁까지 갔다. 다들 오랜만에 만난 조카를 보고 반가움과 안쓰러움에 만감이 교차했다. 누나는 그저 기뻐서 어쩔 줄 몰라했다. 그저 쓰다듬고 보듬고 손을 잡으면 놓지를 않았다. 하지만 은결이가 저녁에 청주로 내려와야 한다 해서 다시 태우고 대학 기숙사에 데려다 주었다. 그간 은결이에게 제대로 못해준 미안함에 외삼촌으로서 한 번이라도 따뜻하게 안아 주고 싶었으나, 주변머리 없는 나는 '잘 지내라'는 말만 하고 돌아서 왔다.

그런 후에도 은결이에게서는 연락이 자주 오지 않았고, 또 연락해도 연결이 잘 되지 않았다. 그러던 어느 날 어쩌다 술을 한잔 마신 누나가 은결이 생각에 울고불고 난리라고 자형한테서 전화가 왔다. 누나의 애타는 심정이야 잘 알지만 너무 그러지 마시라, 시간이 필요하다, 며 달랬으나 소용이 없었다. 그런 누나의 입장을 내가 대신 은결이에게 전했다. 네 이모는 본래 정이 많은데다 동생인 네 엄마마저 졸지에 잃어서 슬픔도 많고 한도 많다. 그러니 네 이모의 입장과 심정을 네가 헤아려 줘야 한다고.

그러고 얼마 지나지 않아 누나에게서 또 연락이 왔다. 누나의 생일을 축하하러 은결이가 온다 했다고. 그 날과 시간을 물어 나도 올라가겠노라고 했다. 약속한 시간에 은결이가 누나네 집에 왔다. 다행히 은결이가 누나네 아이들—은결이에게는 이종사촌 오빠들—에 대한 기억은 조금 남아있는 듯했다. 은결이가 어릴 때 누나네 집 근처에서 잠시 살았었다. 누나네 식구와 은결이와 나, 모두 함께 신도림역 안에 있는 식당에 가서 즐겁게 점심을 먹었다. 은결이도 조금은 마음을 열고 제 사촌오빠들과 얘기를 하곤 했다. 점심 후에 은결이에게 뭐라도 사 주고 싶어서 누나와 셋이서 백화점을 돌아다녔다. 돌아다니는 내내 누나는 은결이의 손을 놓지 않았다. 마치 손을 놓으면 당장 어디론지 날아버릴 새를 잡고 있는 것처럼…. 제 마음에 든다는 예쁜 원피스를 하나 사 줬다. 입어보고 마음에 든다 하길래 당장 입고 가라 했더니 그런다고 했다. 그날 저녁에 서울에서 친구들을 만날 거라고 했다. 그날 은결이가 제 이모 집에서 제 엄마의 사진을 몇 장 가져갔다 한다. 자기가 결혼하면 제 엄마 결혼 사진도 가져간다고 했단다. 제 엄마의 기억을 찾으려는 은결이의 모습이 가상하면서도 한편으로는 마음이 아리다.

동생을 잃고 나 자신도 살아가는 기쁨이 반감되었다. 형제 중에 그나마 밝고 명랑했던 막내. 그가 살아 있다면 집안의 분위기가 한참 달랐을 것이다. 남에게 못할 일 하지 않고 반듯하게 산 동생에게 왜 그토록 모진 일이 닥쳤는지, 아직도 이해할 수가 없다. 어쩌다 한 번씩 동생의 산소에 찾아가 외진 골짜기에 말없이 누워 있는 동생을

보노라면 기가 막힐 뿐이다. 술 한 잔 따라 놓고 산소의 잡초를 뽑으며 내 가슴도 쥐어뜯는다.

우리가 은결이를 통해 그토록 찾고 싶어 하는 것은 무엇일까. 동생의 옛 사진을 들여다봐도, 무덤을 찾아가 봐도 흐르는 세월에 자꾸만 잊혀져 가는 막내의 모습을 붙잡아 보려는 필사의 몸부림은 아닐까. 동생의 희미한 그림자라도 찾고픈 안타까운 몸부림이 아닐까. 너무도 일찍 이 세상을 떠난 동생에 대한 그리움, 생전에 오빠 노릇도 못한 것에 대한 회한, 어린 조카를 제대로 돌봐 주지 못한 미안함, 앞으로라도 은결이에게 잘해야겠다는 다짐 등이 뒤범벅된 건 아닐까. 우리 은결이가 제 어미 없는 이 세상을 따뜻하게 살아갈 수 있도록 최선의 노력을 다하려 한다. 눈매가 제 엄마를 닮은 은결이를 볼 때마다 여동생의 밝기만 했던 모습이 어른거린다.

기억 저편의 추억들

고래 선생님

초등학교 3, 4학년 동안 2년 연거푸 담임을 맡아서 가르쳐 주신 선생님의 별명이 고래 선생님이었다. 선생님의 덩치가 크고 힘이 워낙 세서 사람들이 붙여준 이름이었다. 고래 선생님은 덩치도 크지만 그에 못지않게 마음이 넉넉하시고 따뜻한 분이셨다. 같은 학교에서 오래 근무하시다 보니 내 누나와 둘째 형님도 가르치신 적이 있어서 우리 집안을 너무도 잘 알고 계셨다. 그래서인지 내게도 더 자상하게 대해 주셨던 것 같다.

당시 우리 학교에는 넓은 텃밭이 있어서 선생님들과 학생들이 직접 농사를 지었는데, 밭일을 할 때면 고래 선생님은 늘 앞장을 서셨고, 일도 다른 사람의 2~3배는 하시는 것 같았다. 단단하게 굳은 땅을 삽으로 파실 때도 발로 누르지도 않고 팔의 힘만으로 가뿐하게 파곤 하셨다. 그리고 해마다 읍내에서 군민 체육대회가 열리는 날

이면 씨름 선수로 나가서 1등을 차지해 상을 탄 적이 여러 번이라고 들었다. 또 당시에는 마을 앞에 흐르는 냇가에 다리가 없어서 조금 큰 비만 내려도 어린 학생들이 개울을 건너지 못하니까 선생님들께서 마을별로 맡아서 데려다 주셨다. 개울에 이르면 선생님들이 직접 학생들을 하나둘씩 안거나 업어서 개울을 건네주셨는데 그때에도 고래 선생님은 한 번에 서너 명씩 업어서 건네주셨다.

그런데 4학년 2학기인가. 집으로 배달된 통지표를 뜯어보니 내 등수가 1등으로 쓰였다가 지워지고 2등으로 고쳐진 게 아닌가. 나는 그저 선생님이 쓰시다가 잘못 써서 고치셨겠지 라고 생각하고 넘어갔다. 그런데 나중에 알고 보니 내 대신 1등이 된 아이는 아버지가 그 학교 선생님인 친구였고, 내 주변 사람들이 이상하다며 이런저런 얘기를 해댔다. 나도 한 순간은 살짝 서운한 생각이 들었지만 이내 생각을 떨쳤다. 그 분은 절대로 그럴 분이 아니라는 걸 굳게 믿어 왔고 지금도 그렇게 믿고 있다.

그렇게 3, 4학년을 보내고 5, 6학년 때에는 각각 다른 선생님이 담임을 맡으셨다. 학교에서 우리 마을까지는 3km가 넘었고 중간에는 공동묘지까지 있어서 밤에 집으로 가는 길은 무섭고 힘든 일이었다. 낮에는 엄청 까불던 여학생들도 저녁에 집에 갈 때가 되면 언제 그랬느냐는 듯이 고분고분하게 굴며 남학생들의 뒤를 졸졸 따라왔다. 그렇게 힘들었던 6학년을 용케도 마치고 읍내에 있는 중학교에 진학하는 시험에 합격하여 입학식을 기다리고 있었다. 우리 반에서도 집안 사정이 어려워 아예 진학을 포기하는 친구들도 여럿 있었

다. 나는 가르쳐야 한다는 의지가 강하신 부모님과 형님들의 배려로 일단 진학하는 쪽을 택했지만 집안형편이 어렵기는 다른 집과 마찬가지였다.

2월쯤인가. 중학교 입학을 기다리고 있던 어느 날, 무슨 볼 일이 있었던지 나는 면소재지에 가서 한참 길을 걸어가고 있는데 뒤에서 자전거 소리가 나면서 어른 목소리가 들려왔다.

"해윤아, 너 중학교에 등록했냐?"

돌아서보니 고래 선생님이셨다. 그때는 선생님이 그냥 한번 물어보셨나 보나 했는데, 세월이 한참 흐른 뒤에 그때의 일을 생각하니 눈물이 났다. 6학년 때 담임이 아니셨는데도 늘 관심을 가지고 나를 보고 계셨구나, 우리 집안이 너무도 어려운 것을 아시고 혹 등록을 못했을까 봐 걱정을 하셨구나, 하는 생각이 들면서 선생님의 그 한마디가 그렇게 고마울 수가 없었다. 그 한마디가 두고두고 뜨겁게

가슴에 와 닿았다. 나이가 들어갈수록 그 말씀을 생각하면 나도 모르게 서러움이 밀려온다.

어렵게 대학을 졸업하고 내 자신이 선생이 되어 아이들을 가르치는 입장이 되었다. 교단에 서면서 늘 따뜻했던 고래 선생님을 생각했다. 그렇게 아이들에게 따뜻한 선생이 되리라 다짐했다. 무엇보다 돈 때문에 학생들에게 상처를 주는 일은 절대 하지 않겠노라고 다짐했다. 내가 처음 교단에 섰을 때만 해도 학생들이 등록금을 기간 내에 내지 못하면 학교장까지 나서서 담임 선생님들에게 채근하던 시절이었다. 다행히도 내 기억으로는, 담임을 하는 동안 돈 문제로 아이들의 마음을 상하게 한 적은 없었던 것 같다.

나도 선생이다 보니 예전 은사님들의 고충과 그 고마움을 더 잘 알게 되었다. 그래서 마음에 남아 있는 은사님들을 꼭 찾아뵙겠다고 생각했었다. 그런데 매사 마음과 같이 되지 않았다. 이 핑계 저 핑계로 차일피일 미루다 보니 많은 은사님들 중 두세 분만 찾아뵌 것 같다. 고래 선생님을 비롯한 몇 분은 끝끝내 찾아뵙지 못했다. 내 어설픈 시집이 나와서 늦게나마 고래 선생님을 찾아뵈어야겠다고 선생님의 안부를 물으니, 그 얼마 전에 돌아가셨다 했다. 찾아뵈었으면 '허허' 하며 좋아하셨을 텐데….

"선생님, 그때 그 말씀 참으로 감사했습니다. 생전에 찾아뵙지 못해 너무도 죄송합니다, 부디 평안하시길…."

한여름 밤의 추억

우리 마을은 금산읍에서도 20여 리나 떨어져 있는, 그야말로 산골 동네였다. 사방이 산으로 둘러싸여 있는데, 마을 앞에는 조그만 뜰 이 펼쳐져 있고 그 옆으로는 제법 큰 시냇물이 흐르고 있었다. 산골 이지만 그런대로 구색을 갖춘 마을이었다.

그 당시에 마을의 가구 수가 70호 가까이 되었으니 산골마을치고 는 작다할 수만은 없었다. 그런데다 당시에는 한 가정의 가족 수가 많아서 동네 주민의 수는 줄잡아도 500여 명은 됐을 것이다. 지금 생각하면 그 많은 사람들이 그 좁은 곳에서 무엇을 하여 먹고 살았 는지 신기할 뿐이다. 어른이 된 지금 고향 뒷산에 올라가서 마을을 내려다보면 왜 그리도 작아 보이는지. 하지만 어린 시절 그곳에서 보낸 날들은 어느 화려한 도회지의 생활보다도 선명한 기억으로 남 아 있다.

무엇보다도 나는 내 고향 마을을 생각할 때마다 동화책에 나오는 마을 같다는 생각이 들곤 하였다. 왜냐하면 우리가 중·고등학교에 다닐 때까지도 우리 마을에는 서당이 있었다. 그 서당 선생님의 집은 꼭 동화책에 나오는 집과 같았다. 그 집은 커다란 안채와 서당으로 사용되던 사랑채 건물로 이뤄져 있었고, 넓은 뜰이 있었으며 집 한편에는 우물이 있었다. 이 모든 집들과 뜰을 둘러싸고 있는 울타리가 온통 탱자나무로 돼 있었는데, 울타리 중간 중간에는 살구나무가 서 있었다. 봄이면 살구꽃이 흐드러지게 피었고, 계절이 바뀌면 탱자나무에는 탱자가 주렁주렁 열리곤 했다.

그리고 바로 옆에는 우리 동네 사람들의 놀이터인 '묀날'이 있었다. 동네와 붙어 있는 낮은 산등성인데, 그곳에는 오래된 묘들이 있었다. 묘들이 많았지만 전혀 무섭지가 않았고, 오히려 우리들에게는 아주 널따란 놀이터였다. 낮에는 개구쟁이들이 모여들어 각종 놀이를 하였고, 밤에는 고된 농사일을 마치고 나온 어른들의 휴식처였다.

우리보다 조금 나이가 많은 선배들만 해도 집안형편의 어려움 등 이런 저런 사정으로 상급학교에 진학하지 못하고 바로 농사꾼이 되어 집안일을 돕는 사람들이 많았다. 그런 사람들이 낮에는 논밭에 나가서 일을 하고 저녁에는 서당에 모여서 공부를 하곤 했다. 낮에 일을 하여 피곤할 텐데도 거의 모든 동네 청년들이 서당에 가서 공부를 했던 것 같다. 청량한 기운이 감도는 가을, 밝은 달빛 아래 '묀날'에서 놀면서 서당에서 들려오는 글 읽는 소리를 들으면 우리가

정말 동화 속 나라에 살고 있는 게 아닌가 하는 착각을 불러일으키
곤 했다.

게다가 서당 선생님은 그냥 청년들 공부만 가르치신 게 아니었
다. 마을의 온갖 대소사를 돌보셨다. 집터를 잡는 일부터 각종 택일
은 물론 산소 자리를 잡는 일도 그분의 일이었다. 또한 현대식 의료
혜택을 누릴 수 없었던 당시로서는 누가 아프면 서당 선생님 댁으로
달려가 침을 맞곤 했다. 당시 어른들 말에 따르면 우리 마을뿐 아니
라 인근 동네에 사는 사람들까지도 그분의 신세를 지지 않은 사람은
없을 정도였다고 한다. 나도 언젠가 높은 곳에서 뛰어내리기 장난
을 하다가 발을 삐었을 때 그분에게 가서 침을 맞고 나은 적이 있다.
정월 초사흗날에는 마을 사람들의 안녕을 위해서 동네 앞에서 거리
제를 지내고 이어서 동네 뒷산에서 산신제를 올렸는데, 그 추운 날
씨에도 불구하고 서당 선생님은 냉수로 목욕을 하고 그 행사를 주관

하셨다 한다.

그렇게 온 마을 사람들에게 좋은 일을 해 주시던 분이라 그만큼 존경도 받으셨다. 좋은 음식만 있어도 먼저 그분께 갖다 드리고, 설 명절에는 동네 사람들이 빠짐없이 그분에게 세배를 드리곤 했다. 언젠가 한번은 동네 한가운데서 젊은 사람들이 심하게 싸움을 하고 있었는데 마침 그 서당 선생님이 큰 기침을 하며 나타나자 언제 그랬느냐는 듯이 싸움을 멈추고 깍듯이 인사를 하던 일도 있었다. 몇 집을 빼고는 먹고 살기도 빠듯할 정도로 살림살이는 곤궁하였지만, 나름대로 질서가 있고 예의를 지키던 마을이었다.

봄이 찾아와 날씨가 풀리기라도 하면 그 '뙨날'은 동네 사람들로 북적거렸다. 아이들은 학교가 파한 뒤 돌아오자마자 그곳에 모여 놀았다. 공차기도 하고, 자치기도 하고, 볏짚을 가져다가 썰매타기도 하고, 씨름도 하고, 술래잡기도 하며 하루해가 저무는지도 모르고 놀았다. 그러다 집집마다 밥 짓는 연기들이 피어 오르고, 조금 지나면 엄마들이 여기저기서 '개똥아~' '맹순아~'하고 불러야 마지못해 하던 놀이를 멈추고 아쉬운 발걸음을 옮기곤 하였다. 또한 더위가 기승을 부리는 한여름이면 동네 어른들이 나무그늘 아래에서 장기를 두든가, 낮잠을 자면서 휴식을 취하는 곳이기도 했다. 그러다 달이라도 휘영청 밝은 여름밤이면 '뙨날'은 그야말로 인산인해를 이뤘다. 아이들은 땔감으로 널어 놓은 긴 풀이나 나뭇가지를 가지고 반짝이며 날아다니는 반딧불을 잡으려고 이리 뛰고 저리 뛰었다. 뛰다가 저희들끼리 부딪치는 아이, 허방을 짚어 나동그라지는 아이,

서로 제가 잡았다고 싸우는 아이 등 한바탕 난리를 피우곤 하였다. 그렇게 잡은 반딧불을 모아서 호박꽃에 넣으면 환한 천연 등불이 되었다.

중학생이 되면 남녀가 한 곳에 모여 낮에 학교에서 있었던 일, 오고가는 등하굣길에서 겪었던 일, 친구들 얘기, 선생님들 얘기, 이웃 동네 아이들 얘기로 시간 가는 줄을 몰랐다. 때로는 동네에 한두 대밖에 없는 기타까지 들고 나와서 어설픈 연주를 하면 다른 아이들은 목청을 높여 그 노래를 따라 부르곤 했다. 한편 나이가 좀 든 청년들은 상대적으로 좋은 자리를 차지하고서 거들먹거리며 하모니카로 연신 유행가들을 부르곤 했다. 동네 형들이 불어 주던 그때의 하모니카 소리는 왜 그리도 애잔하게 들리던지. 이런 날이면 나이가 많은 어른들은 일부러 자리를 피해 줬던 것 같다. 시간이 흘러 밤이 깊어지면 꼬맹이들부터 차례로 집으로 돌아가고, 나이든 청년들과 아가씨들만 남아 은밀한 얘기를 나누거나 몰래 사온 술을 마시며 여름밤을 밝히곤 하였다. 또한 달이 없는 어두운 밤이면 산 너머로 희미하게 빛나는 도회지 불빛을 바라보며 탈향脫鄕을 꿈꾸기도 했고, 먼 하늘로 떨어지는 유성을 바라보며 또 다른 세상이 있음을 깨닫기도 하였다.

뜨거운 여름을 보내고 가을이 되면 온갖 곡식들을 널어 말리는 장소로도 이용되었고, 늦가을부터는 산에서 베어 온 땔나무들을 말리는 장소로도 쓰였다. 특히 늦가을에는 이곳에 있는 산소 주인이 시제時祭를 올렸는데, 그날은 동네 꼬마들의 잔칫날이었다. 시제를 올

릴 때 쓰인 음식들을 아이들에게 나눠줬는데, 평소에는 구경하기도 힘든 귀하고 맛있는 음식들을 맛볼 수 있었던 것이다. 겨울이 되면 눈 쌓인 그곳을 달리며 눈싸움도 하고, 여기저기에다 눈사람을 만들어 놓곤 하였다. 겨울바람이 거세지면 연을 하나씩 들고 나와 하늘 높이 날리곤 하였다.

우리 마을에서 태어나 우리 마을에서 자란 사람들은 이곳 '묀날'에서 보냈던 여름밤의 추억을 잊을 길이 없을 것이다. 그 조그만 동산이 그때에는 왜 그리 넓어 보이던지. 우리 마을이 온 세상의 중심 같았고, 세상의 전부처럼 여겨졌던 시절이었다. 그러면서도 고민이 참 많았던 청소년기, 여름밤 친구들과 만나 부모형제에게도 하지 못하던 고민을 털어놓으며 쓸쓸한 마음을 달래기도 하고, 달 밝은 밤이면 서당의 글 읽는 소리와 어머니들의 다듬이질 소리를 천상의 음향으로 듣곤 했다. 가끔 그 시절을 생각하면, 생활은 참으로 어려웠으나 마음만은 풍요로웠던 한여름 밤의 추억이 떠오르곤 한다.

여울진 만남

    초등학교 1학년에 들어가니 남녀를 분리해서 반 편성을 했다. 당시 어른들이 남녀 혼성으로 반을 편성해서 좋을 게 없다고 생각했던 것 같다. 그렇게 3년을 다니고 4학년에 올라갔는데, 웬일인지 이번에는 남녀 혼성으로 반을 편성한 것이 아닌가. 그 반전의 이유를 아직도 잘 모르겠다. 상식적으로는 그 반대였어야 하지 않았을까. 어찌됐건 처음으로 남녀 혼합반이 되니 조금은 신경이 쓰였지만 아이들은 다들 좋아했던 것 같다. 그런데 4, 5학년 때의 일은 특별히 기억나는 것이 없는데, 6학년 때의 일들은 아직도 기억에 또렷이 남아 있다.

    당시에는 중학교에 진학하려면 치열한 입시를 치러야 했다. 읍내에 있는 중학교도 서열이 정해져 있어서 가능하면 좋은 중학교로 보다 많은 학생들을 진학시키는 것이 초등학교의 큰 목표였다. 우리

학교는 면 소재지에 있는 학교인데도 가끔 공부를 잘 하는 선배들이 읍내에 있는 중학교에 수석으로 입학하기도 하였다. 그런 탓에 학교에서의 입시지도는 대단히 치열했던 것 같다.

그런 중에도 남녀 혼합반이다 보니 남학생들은 너나 할 것 없이 여학생들에 대한 관심이 컸다. 드러내 놓고 내색은 하지 않았지만 저마다 마음에 두고 있는 여학생들이 있었던 것 같다. 나도 4, 5학년을 지내면서 은근히 마음에 두고 있는 여학생이 있었는데, 그 아이가 우리 반이 된 것이다. 워낙 숫기가 없던 나는 그 여학생에게 어떤 내색도 하지 못하고 마음에만 간직하고 있었다. S라는 그 여학생은 늘 단정하고 깔끔한 외모에 공부도 잘했던 것 같다.

6학년이 되면서 매주마다 시험을 봤고, 그 성적을 교실에 내내 게시해 놓았다. 그러니 혹 시험을 잘못 보기라도 하면 선생님에게 혼나는 것은 물론이고, 많은 여학생들 보기가 창피했다. 특히 내가 좋아하는 S가 어떻게 생각할까가 제일 걱정이었다. 가뜩이나 배고프던 시절, 늦도록 공부하는 날에는 학교에서 나누어 준 옥수수빵을 남겨 두었다가 저녁 간식으로 먹곤 했다. 그런데 어느 날 담임선생님께서 나를 부르시더니 '앞으로는 빵을 네가 나눠줘라' 하시는 게 아닌가. 아이들은 조금이라도 큰 빵을 받으려고 아우성이었다. 그런데 나도 모르는 사이에 S에게는 늘 가장 크고 예쁜 빵을 골라 주곤 했다.

그런 고난의 날들이 가고 드디어 졸업이 가까워졌다. 졸업식 예행연습이 있던 날은 눈이 많이 내렸다. 다음 날이 졸업이지만 철부

지들은 눈싸움을 하며 천방지축으로 뛰놀았다. 나도 다른 아이들과 눈싸움을 하다가 어느 교실 모퉁이를 막 돌아서는데 어디선가 갑자기 눈뭉치가 날아와 내 가슴팍을 때렸다. '어떤 놈이야' 하고 막 소리를 지르려다가 고개를 들어 보니 저만치에서 S가 놀란 표정으로 나를 빤히 바라보고 서 있는 게 아닌가. 순간 나는 아무 말도 하지 못하고 뒤돌아서서 오던 길로 내달렸다. 아프기는커녕 나도 모르게 가슴이 쿵쾅거리며 뛰고 있었다.

졸업을 하고 나는 읍내에 있는 남자 중학교로, 그리고 S는 여자 중학교로 진학을 했다. 우리 집에서 학교까지가 8km나 되었지만 동네 아이들은 거의 다 조금이나마 가까운 산길로 걸어 다녔다. 나도 1학년 때는 걸어 다니다가 2학년 중반부터 자전거를 타고 다녔다. 신작로를 따라 자전거를 타고 가다 보면 중간에 S네 집을 지나쳐야 했다. 내가 다닌 초등학교를 사이에 두고 우리 집과 S네 집은 정반대편에 있었다. S네 집은 읍에 가까워서 S는 시냇가 둑을 따라 난 길로 학교까지 걸어서 다니고 있었다. 자전거를 타고 다니는 학생들도 자갈이 깔려 울퉁불퉁한 신작로보다는 그 둑길로 다니곤 했다. 그때부터 학교에 오가면서 은근히 S를 만나기를 기대했고, 오가면서 그를 만난 날이면 하루 종일 기분이 좋았다. 일부러 그를 만날 만한 시간에 맞춰 등하교를 하기도 했다. 정작 만나면 한마디 인사도 건네지 못하고 외면하며 지나쳤지만, 가슴만은 뛰었고 그저 기뻤다.

그렇게 말 한마디도 제대로 건네지 못하고 속앓이만 하다가 중학교를 졸업할 때가 왔다. 당시에는 금산에서 중학교를 다닌 학생들

중 많은 아이들이 대전에 있는 고등학교로 진학했다. 나는 집안형편이 어려워 대전으로 신학하는 것을 포기해야만 했다. 공부를 좀 하는 아이들은 웬만하면 다들 대전으로 가는데 그렇게 하지 못하는 나는 의기소침해 있었다. 그런 와중에서도, 'S는 똑똑하고 집안형편도 좋으니 분명히 대전으로 가겠구나. 이제는 아예 S를 만날 기회도 없을 뿐더러, 혹 나중에 S가 나를 만난다 해도 아는 체도 하지 않겠구나' 하는 걱정까지 하게 되었다.

그런데 나중에 알고 보니 다행히 S도 금산에 있는 여학교로 진학했다는 것이었다. 중 3학년 때부터 언뜻언뜻 들리는 소문에 S가 읍에서 좀 논다는 남학생들과 어울린다는 얘기가 생각이 났다. 얘가 공부는 하지 않고 남학생들과 놀기만 했나, 하는 걱정이 들기도 했다. 어쨌거나 그가 대전으로 가지 않았다는 사실에 당장은 안도했다.

대전으로 나가지 못하고 금산에 남은 나는 대학에 가려면 오직 공부만 해야 한다는 강박에 사로잡혔다. 집안이 어려워 대학 진학 여부는 불투명했지만, 어떤 일이 있어도 대학에 가야 한다고 스스로 굳게 다짐했다. 그것만이 살 길이라고 믿었다. 그렇게 바쁘게 보내던 중에도 방학이나 명절이 돌아오면 우리 동네의 남녀 친구들이 가끔씩 한집에 모여 놀곤 했다. 특히 우리 동기들은 동네에서도 착하다고 인정을 받아서 남녀가 모여서 놀아도 부모들이 뭐라고 책하지 않으셨다. 그런데 고등학교 1학년 겨울방학 때였나. 그날도 남녀 친구들과 모여서 놀고 있는데, 한 여자친구가 '이번에 S가 남자친구 문제로 학교에서 정학을 받았어.' 하는 게 아닌가. 그 말을 듣는 순간

나는 내 귀를 의심하면서, 대뜸 '야, 니가 뭘 잘못 알았겠지, 걔가 그럴 리가 있냐?' 하고 외쳤다. 평소 말수가 적던 내가 그렇게 큰 소리로 반응하자 다른 여학생들이 어이가 없다는 듯이, '야, 니가 뭘 알아, 우리가 더 잘 알지.' 하면서 퉁을 놓는 것이었다. 나는 더 대꾸도 하지 못하고 입을 다물어야만 했다. 그날 이후로 나는 이게 도대체 무슨 일인가 싶었고, 궁금해서 견딜 수가 없었다. 그래서 조심스레 수소문도 해 보았다. 나중에 알고 보니 그 말은 모두 사실이었고, 내 실망은 이루 말할 수가 없었다. 그러면서도 분명히 무슨 피치 못할 사정이 있었겠지, 그가 그럴 애가 아닌데, 하곤 했다.

그러다 나는 대학에 진학하였고, 군대에 다녀오고, 결혼하고, 직장생활에 얽매여 사느라 동네 친구들과 가까이 지냈던 몇몇 동기들 말고는 초등학교 친구들은 만나지 못했다. 우리 동기들은 유별나게 자주 모인다는 얘기는 들었지만, 나는 꼭 필요한 애경사가 아니면 참석하지 않았다. 그렇게 지내왔는데 명퇴를 하고 나니 동기들로부터 모임에 나오라는 연락이 자주 왔다. 같은 동네 살았던 친구들도 같이 가자 하고, 또 나도 내심 동기들이 어떻게 변했을까 하는 마음에 가고 싶기도 하였다. 그리하여 몇 해 전 여름에 초등학교 동기들 모임에 처음으로 참석하였다. 40여 명의 친구들이 왔는데, 얼굴마저 낯선 친구들이 태반이었다. 특히 여자 동기들은 거의 알아볼 수가 없었다. 서로 자기소개를 하며 한 바퀴 돌고나니 그제야 초등학교 동기들 같았다. 술잔이 몇 차례 돌고 이 친구 저 친구와 이야기하다가, 그날 그 자리에 나오지 않은 친구들 얘기를 하게 되었다. 그

러다 문득 S가 궁금했다. 다른 친구들이 이상하게 생각할까 봐 짐짓 부심한 듯, 'S는 이 모임에 한 번도 안 나오나?' 하고 물었다. 친구들 말이, 동기들 애경사에는 가끔 참석하는데 이 모임에는 한 번도 나오지 않았다고 했다. 그러면서도 다들 S에 대해서 뭔가 아는 눈치인데, 자세한 얘기는 하지 않으려 하는 것 같았다.

모임 후 S에 대한 궁금증이 더해졌다. 서울 어디엔가 산다는데 요즘은 어찌 살고 있는지 잘 모르겠다는 말들만 했다. 한참 지나서 용기를 내어 그에게 조심스레 연락을 했다. 다행히 동기들 주소록에 그의 전화번호가 있었다. 'S씨 맞나? 나 전해윤인데….' 했더니, 전화기 저쪽에서 다짜고짜, 'S씨는 무슨 S씨야.' 하며 웃는 게 아닌가. 그러면서 '나는 네 생각 많이 했는데….' 라고 했다.

그 한 달쯤 뒤에 동기 중 하나가 서울에서 딸을 결혼시키는데 그도 거기에 온다며 그때 한번 보자고 했다. 참 오랜 세월 동안 말 한마디도 건네지 못하고 살아왔는데, 이렇게 나이가 한참이나 들어서야 만나 볼 수 있는 기회가 온 것이다. 그 결혼식 날, 예식이 시작됐는데도 그 친구가 보이지 않았다. 다른 남녀 동기들은 이미 많이 와 있었다. 혹 왔어도 내가 그를 알아보지 못하는 건 아닐까 하는 생각도 들었다. 예식이 반도 더 지났을 때 나는 참을 수가 없어서 한 친구에게 물었다. "친구야, S가 온다 했는데 아직 안 왔냐?" 했더니, "아니, 걔 아까 왔는데…, 저기 안경 끼고 등지고 있는 여자애가 걔야.' 했다. 가슴이 쿵 했고, 조용히 일어나 그의 옆자리로 갔다. '니가 S구나?' 했더니, 그는 담담히 '그려' 했다.

그런데 이게 웬일인가. 세월이 많이 흘러서 S도 많이 변했으리라는 짐작은 했지만, 그에게서 옛 모습의 흔적은 하나도 찾을 수가 없었다. '내가 그 오랜 세월 마음에 고이 간직하며 그토록 만났으면 했던 친구가 바로 이 친구란 말인가' 하는 생각이 들면서 허탈했다. 내 생각과는 달리 S는 험난한 삶을 살아왔고, 그렇게 많은 고생을 한 탓인지 다른 여자 동기들보다도 더 많이 변해 있었다. 그날은 같이 간 일행들 때문에 무슨 얘기를 더 하지도 못하고 바로 헤어져 돌아왔다. 그 후 오래토록 허허한 마음을 달랠 길이 없었다. 차라리 그 친구를 만나지 말 걸 그랬나, 싶기도 했다.

그러던 어느 날 그에게서 연락이 왔다. 며칠 뒤에 자기가 백내장 수술을 받으러 가는데 같이 가 줄 사람이 없다는 것이다. 자식들은 다 바쁘고, 남편은 일이 있어서 고향에 내려가 있다는 것이다. 너무 의외였고 좀 어이가 없었다. 수십 년 만에 만난 초등학교 동기에게 한다는 말이 겨우 그런 것이란 말인가. 바로 문자를 보냈다. '너는 오랜만에 만난 동기에게 할 말이 그것밖에 없냐? 자식들도 있다며 내가 꼭 가야 하냐?'고. 어쨌거나 한동안 마음에 두었던 여자 동기에게, 그것도 많이 어렵다는 친구에게 너무 매정한 듯했지만, 그때 기분으로서는 어쩔 수가 없었다. 바로 답장이 왔다. '어려우면 오지 않아도 돼. 그런 부탁을 해서 미안해.' 이건 또 뭔가. 뭐라고 땡땡거렸으면 그냥 접었을 텐데, 이런 식으로 나오니 또 내 마음이 약해졌다. 얼마나 어려우면 나에게까지 연락을 했을까. 그 꽃답던 애가 나이 들어 백내장 수술을 한다는데 한번 가 볼 수도 있는 게 아닌가, 하는

생각이 꼬리를 물었다. 다행히 그의 집은 우리 자식들이 사는 집에서 가까웠다. 마침 애들한테 갈 일도 있고 해서 겸사겸사 가겠노라고 했다.

서울에 가면서 혼자 생각했다. 죽은 사람의 소원도 들어준다 했으니, 오늘 하루는 그가 원하는 대로 다 해 주자고. 그래도 한때는 사랑스런 모습으로 내 마음에 있었던 친구가 아닌가. 약속한 장소에서 그를 만나 병원으로 향했다. 그런데 병원에 가는 도중에 시장을 들러 뭔가를 사고 싶다 했다. 나도 흔쾌히 그러자고 했다. 정작 시장에 가니 그는 과일 몇 개와 떡을 조금 살 뿐이었다. 병원에 도착하니 웬 환자들이 그리도 많은지. 게다가 다들 나이가 많은 분들이었다. 우리 자신을 돌아보니 우리도 그곳에 딱 어울리는 나이였다. 한참을 기다리다 S와 나는 환자와 보호자로서 수술에 대한 의사의 설명을 들은 후 곧바로 수술이 시작되었다. 시간은 그리 오래 걸리지 않았다. 마취까지 깬 뒤 그를 부축하고 병원을 나서는데 실없이 웃음이 나왔다. 젊은 날에는 제대로 말도 못 붙여 본 내가 나이 들어서 그의 보호자가 되어 있다니…. 다른 사람들 눈에는 우리는 그저 평범한 초로의 노인네일 뿐이었으리라.

수술까지 했으니 어디 가서 밥을 사 줘야겠다고 막 생각하고 있는데, 이 친구가 오늘은 보신탕을 먹고 싶다는 것이었다. 가끔 가는 단골 식당까지 있다는 것이다. 갈수록 태산이라더니 이 친구가 또 한번 나를 놀라게 했다. 하지만 입술을 깨물며 올 때의 다짐을 되새겼다. 오늘은 무슨 일이 있어도 그의 요구를 다 들어주자고. 멀리 떨어

진 단골식당까지 찾아가서 보신탕을 맛있게 먹었다. 먹고 나서 내가 "우리 참 많이 늙었다, 그지?" 했더니, 내가 무슨 말을 하는지 눈치를 챈 그가 "너도 늙는데 나라고 안 늙냐?" 했다. 그렇지…. 세월이 한참이나 흘러갔는데 우리라고 별 수 있나. 그런데 아무리 늙었어도 그렇지, 어떻게 옛날의 모습이 하나도 안 남아 있나 싶었다. 모습만 늙은 게 아니라 마음도 참 많이 변했구나, 싶었다. 그를 집에까지 바래다 주고 뉘엿뉘엿 지는 해를 바라보며 집으로 돌아오는데, 뭐라 말할 수 없는 공허한 심정이 되었다. 이 기분을 뭐라고 표현해야 하나. 철부지였을 때였지만 한때 좋아했던 여인을 만났다는 기쁨, 예전의 모습을 찾을 수 없다는 데서 오는 안타까움, 어렵게 살아가는 그에 대한 연민, 우리 자신이 참 많이 늙었음을 확인한 순간의 허탈한 기분….

그러나 나 스스로에게 말했다. 오늘 참 잘 했다고. 엉뚱한 듯했지만 모든 것을 스스럼없이 보여 준 그가 오히려 당당해 보였다. 무엇보다도 나를 믿고 자신의 병원 길에 같이 가자고 불러 준 그가 고마웠다. 젊은 날 많은 남자들로부터 구애를 받으며 잘 나가던 그가 지금은 많이 어렵게 사는 것 같아서 마음에 걸렸다. 손을 보니 내 손보다도 더 거칠었다. 그러면서도 당당하게 살아가는 모습이 그의 또 다른 아름다움이 아닐까, 하는 생각이 들었다.

부모 신고식

결혼을 하고서 나는 아내가 살고 있는 온양에서 신혼살림을 시작했다. 조그만 아파트에 세 들어 살게 되었다. 총각 시절의 방황을 접고 일단은 안정된 생활을 시작하니 마음이 편안했다. 좁은 집이었지만 크게 불편한 줄 모르고 살았고, 결혼한 지 2년째 되던 해에 아들을 낳았다. TV 드라마에서 첫 아이를 낳았을 때의 기쁨과 흥분을 감추지 못하는 젊은 아빠들의 모습을 종종 보았다. 보면서도 설마 그렇게까지 좋을까 했었는데, 막상 내가 아이를 얻으니 그 기분이 이해가 되었다. 분만실에서 갓 낳은 아들을 안고 산모 조리실로 온 간호사에게 덥석 몇 만 원을 쥐어 주었다. 누가 시켜서도 또 어떤 의무감에서도 아니고 그저 그렇게 하고 싶었다.

산모도 큰 탈이 없었고, 아들도 제 엄마 품에서 젖을 먹으며 잘 지내고 있었다. 그런데 약 2주쯤 지난 후부터 아이가 먹은 것을 토하

기 시작했다. 아이를 키워 본 경험이 없어서, 처음이라 서툴러서 그런가보다 하고 매사에 조심을 했다. 젖도 조심스레 먹이고 먹인 후에도 철저히 트림을 시키고, 또 아이의 몸이 흔들리지 않도록 신경을 써서 보살폈다. 아내는 아이를 안고 아예 밤을 새우다시피 했다. 그래도 아무 소용이 없었다. 아이는 먹은 것보다도 더 많이 토하는 것 같았다. 그런 중에도 아내는 머지않아 출산휴가 기간이 끝나서 직장에 나가야만 했다. 그래서 아이를 돌봐줄 아주머니 한 분을 모셨다. 다행히 아주머니는 깔끔하고 점잖은 분이셨다. 아이가 좀 걱정은 되었지만 그러다 말겠지 하고 두어 달을 지냈다. 그런데 아이의 증세는 나아지기는커녕 자꾸만 더 나빠졌다. 그러자 아이를 돌보던 아주머니도 힘들어 했고, 결국 자기 조카의 일을 도와줘야 한다는 둥 이런저런 핑계를 대며 더 이상 아이를 봐줄 수가 없다는 것이었다.

날이 갈수록 아이는 자꾸만 야위어 갔고, 우리도 덜컥 겁이 나기 시작했다. 이러고 있다가는 큰일 나겠다 싶어서 아이를 데리고 천안에 있는 대학병원으로 갔다. 그 병원의 의사가 하는 말이, 첫 아이이고 특히 남자아이일 경우 소화액이 나오는 유문이 막혀서 그런 경우가 가끔 있으니, 다음 날 초음파검사를 해보자 했다. 검사를 위해서 전날 저녁에는 아무 것도 먹이지 말라고 했다. 그렇잖아도 먹은 것을 다 토해서 배고파 어쩔 줄 모르는 아이를 밤새 굶기자 아이는 내내 울어 댔다. 그날 밤을 뜬 눈으로 보내고 아침 일찍 병원으로 갔다. 검사를 위해서 유액을 먹이는데, 배가 고픈 아이는 그게 우유라

도 되는 줄 알고 벌컥벌컥 마셔댔다. 검사를 마친 의사가 하는 말이 소화기관에는 이상이 없다고 했다. 그러면 이게 도대체 어찌 된 일인가.

큰 병원에서도 원인을 찾지 못하고 아이의 증세는 나아지지 않으니 우리는 점점 더 불안해지기 시작했다. 결국 이런 상황을 형제들도 알게 되었고, 대전에 사시는 둘째 형수님이 달려오셨다. 우리 얘기를 다 들으신 형수님이 대전에 용하다는 소아과가 있으니 그리로 한번 가보자는 것이었다. 다급해진 우리는 이제 어디든 가야만 했다. 아이는 피골이 상접해서 차마 바라볼 수조차 없었다. 아이를 데리고 부랴부랴 대전으로 갔다. 그 소아과에서 이런저런 처방을 내렸다. 하지만 그 또한 별 효과가 없었다. 이쯤 되니 행여 아이가 잘못되는 게 아닌가 하는 생각에 우리는 더욱 겁이 났고, 어찌할 바를 몰랐다. 아이는 나아지지 않았고, 아이를 보던 아주머니도 나가고, 아내는 휴가가 끝나서 직장에 나가야 하고…

보다 못해 어느 날 장모님께서 오셨다. 이미 얘기를 들어서 사정을 잘 알고 계시던 장모님께서 나를 조용히 부르셨다. "사위, 내가 어디 가서 알아봤는데, 아이를 보는 아주머니가 소띠여야 한다네." 하고 말씀하셨다. 아이 때문에 다급해서 지푸라기라도 잡고 싶은 심정이었지만 장모님의 말씀에는 선뜻 동의할 수가 없었다. 그렇잖아도 아이를 볼 사람을 구하기가 어려운 판인데, 어디 가서 소띠 아주머니를 구하나. 구하기도 어려울 뿐더러 그런 말을 어찌 믿을 수가 있는가. 참으로 허황된 얘기라는 생각에 "장모님, 지금이 어떤 시

절인데 그런 말씀을 하세요?" 했더니, 장모님께서 "사위, 꼭 그렇게 생각할 것만도 아녀." 하셨다.

가장 시급한 문제는 아이를 봐줄 아주머니를 구하는 것이었다. 경황이 없는 중에 아내와 머리를 맞대고 이런저런 궁리를 했다. 이런 상황에서 우리 아이를 봐준다고 선뜻 와줄 아주머니는 없을 테니, 걱정이 태산이었다. 그때 머리에 떠오른 분이 바로 내 작은어머니였다. 작은아버지는 일찍 돌아가시고 작은어머니 혼자서 살아가고 계셨다. 위로 딸을 셋 낳고 맨 끝으로 아들을 하나 두었는데, 그 아들이 아직 기반을 잡지 못해서 작은어머니가 일을 계속 하고 계셨

다. 그래도 혈육이니 웬만하면 봐주시겠지, 하는 희망을 가지고 작은어머니를 찾아가기로 했다.

수소문을 해 보니, 작은어머니는 계룡산에 있는 동학사 근처의 한 식당에서 일을 하고 계셨다. 조카라야 작은어머니가 어디서 어떻게 살고 계신지조차 정확히 알지 못했던 것이다. 그러다가 제가 필요하니 찾는 것 같아 조금은 죄송했지만, 염치불구하고 찾아갔다. 찾아가니 작은어머니가 반갑게 맞아주셨다. 인사를 나누고 이런저런 사정 얘기를 했다. 우리 얘기를 다 들으시더니 작은어머니께서 "그래. 어쨌거나 내 새끼인데 내가 가서 봐야지." 하며 흔쾌히 허락해 주셨다. 평소에는 아무런 연락도 하지 않다가 오랜만에 불쑥 나타나 어려운 부탁을 하는 조카들에게 싫다 않으시고 선뜻 들어주신 작은어머니가 몹시 고마웠다. 역시 핏줄이 무섭구나, 제 형제밖에 없구나, 했다.

작은어머니는 곧바로 우리 집으로 오셨다. 작은어머니가 오셔서 일단은 마음이 편했다. 많이 배우지도 못하시고 또 연세도 많지만, 자식을 여럿 키워 보신 분이니 마음이 놓였다. 또 핏줄이 닿아서인지 작은어머니는 우리 애를 엄청 예뻐하셨다. 그런데 작은어머니가 우리 집에 오시고 나서부터 아이가 토하는 게 점점 줄어드는 것 같았다. 그러다 작은어머니가 오신 지 채 1주일도 안 돼서 아이는 토하는 것을 거의 멈췄다. 아이의 얼굴에 조금씩 생기가 돌고 살도 붙기 시작했다. 작은어머니께서 2년여 동안 아들을 돌봐주셨다. 그 사이에 아들은 건강해졌고, 다른 아이들보다도 더 튼튼하게 자랐다.

아들이 본래의 보습을 되찾고, 점점 커갈수록 천상 나를 닮아갔다. 한번은 후배들이 우리 집을 찾아오는데, 우리 집의 동, 호수를 모르고 오다가 밖에서 제 할머니 등에 업혀 있는 우리 아들을 보고 찾아오기도 했다.

아들이 건강해지니 집안에 다시 평안이 찾아왔다. 어느 날 우리 집에 다니러 오신 장모님이 툭하니 말씀하셨다.

"사위, 그 작은어머니의 띠가 뭔지 아나?"

당연히 나는 작은어머니의 띠를 몰랐다. 나는 그런 것을 믿지 않았고, 그러다보니 굳이 남의 띠를 알려고 하지도 않았다. 하지만 장모님이 그러시니 호기심이 생겨서 알아보니, 세상에 이게 웬일인가. 내 작은어머니의 띠가 소띠라는 것이었다. 나도 모르게 허허 웃을 수밖에.

그렇게 무탈하게 지내다가 3년 후에 딸을 낳았다. 아들도 좋았지만 딸을 낳으니 또 그렇게 좋을 수가 없었다. 아내도 딸을 낳아 좋다며, 그 바쁜 중에도 딸을 예쁘게 치장해 주느라 여념이 없었다. 나도 어디에 갈 때면 딸을 걸리지 않고 늘 안거나 업고 다녔다. 딸이라 그런지 왜 그리 바지런한지. 아주 어릴 적부터 집 안에서 가만히 있지를 않았다. 소파 등 높은 곳에도 잘 올라가고, 조금 더 크니 심지어 양쪽 발로 문설주를 타고 올라가기도 하였다. 그러던 어느 날 아내는 주방에서 요리를 하고 나와 딸은 거실에서 노는데, 아이가 칭얼거리며 사탕을 달라고 했다. 어린 아이라 목에 걸리면 위험하다고 평소에는 사탕을 주지 않는데, 그날은 내가 옆에서 지켜보고 있으

니 괜찮겠다 싶어 하나를 주었다. 그러고 나서 잠시 후 아이가 목에 뭐가 걸린 듯 '켁켁'하는 것이었다. 놀라서 목을 늘여다 보니 사탕이 목에 걸려 있었다. 그럴 경우 아이를 거꾸로 들고 등을 쳐야 한다고 수도 없이 들었는데, 당황하기도 했고 사탕이 눈에 빤히 보여서 빼내려고 손가락을 넣으니 사탕이 더 깊이 들어갔고 아이는 더 자지러졌다. 너무 놀라 아이를 데리고 병원으로 뛰었다. 그때는 우리 집에 차도 없어서 아이를 들쳐 안고 아파트를 뛰어내려 가자, 큰길을 지나던 자가용 한 대가 섰다. 중년의 아주머니였는데 내가 워낙 다급하게 구니까 차를 세웠던 것이다. 근처의 한 병원에 도착하여 다급한 소리를 하니, 한 직원이 자기 병원에는 거기에 필요한 장비가 없으니 다른 곳으로 가라 했다. 뭐라 대꾸할 새도 없이 아이를 거꾸로 든 채 그 병원을 뛰쳐나와 도로를 건넜다. 근처의 큰 병원으로 가려면 도로 반대편에서 택시를 타야만 했다. 큰 도로라 차들이 많이 오갔지만, 내 눈에는 그 차들이 들어오지 않았다. 아이가 당장 숨이 막혀 어떻게 될지도 모른다는 생각에 물불을 가릴 수가 없었다.

병원 응급실에 도착하자마자 직원들에게 다급한 소리로 우리 애를 봐달라 했으나, 한 직원이 시큰둥하게 '그냥 침대에 눕혀놓으라'고 했다. 나는 속이 타들어가서 다급한 상황을 다시 얘기해도 의사들은 우리 애를 거들떠보지도 않았다. 한참 후 한 의사가 딸을 살펴보더니 "얘는 왜 데려왔어요?" 하는 것이었다. 무슨 소리인가 물었더니, 애가 멀쩡하니 그냥 데려가라는 것이었다. 어이가 없었다. 다행히 아이가 먹은 사탕이 기도를 막지 않고 식도로 내려간 것이었

다. 아이는 언제 그랬냐는 듯이 쌩쌩했다. 나는 깊은 숨을 몰아쉬며 가슴을 쓸어내렸다.

부모가 되는 신고식을 호되게 치른 셈이다. 두 번의 일을 겪으면서 부모 노릇 한다는 게 마냥 쉬운 일만은 아니구나, 부모가 되기 위해서는 혹독한 시련도 따르는구나, 하는 깨달음을 얻었다. 자식 둘을 키우는데도 그렇게 애를 태웠는데, 어려운 여건 속에서 많은 자식들을 키워낸 우리 부모님들은 얼마나 가슴을 태우셨을까. 가끔 우리들은, 예전에는 자식들이 많아서 부모의 보살핌을 제대로 받지 못하고 컸노라고 투덜거리는데, 자기 자식들을 제대로 돌볼 수도 없었던 그 부모들의 심정은 어떠했을까를 생각하면 가슴이 더 먹먹해진다.

오래된 기쁨

    내가 중 · 고등학교를 다니던 1970년대 초는 배움의 열정조차도 부담이 되던 시절이었다. 가진 것이 없어 7~8명이나 되는 자식들의 입에 풀칠하기도 버거운데 그 자식들 중에 어느 하나가 공부라도 잘하면 그 고민이 이만저만이 아니었다. 공부를 못하면 그 핑계로 초등학교나 중학교만 가르치고 제 밥벌이를 하도록 내몰면 그만이었으나, 공부를 잘 하면 상급학교에 보내지 않을 수 없으니 그 부모의 속은 까맣게 탈 수밖에 없었다.

    초등학교에 다니던 시절, 면 소재지에 어머니의 이종사촌이 살고 있었다. 그 시절 면 소재지 마을은 왜 그리 커 보이고 또 거기에 사는 사람들은 어찌 하나같이 번듯하고 부유해 보였던지…. 세월이 한참이나 흐른 지금 가끔 고향의 면 소재지에 들르면 이제는 그 골목길들이 왜 그리 비좁고 또 집들은 왜 하나같이 조그마한지. 그 대

단하던 소재지에 어머니의 이종사촌이 술도가를 운영하고 있었고, 그의 젊은 아들은 우체국장을 하고 있었다. 당시에는 정부가 돈이 없어서 각 지역에 돈이 좀 있는 사람에게 우체국을 짓게 하고 그에게 우체국장의 자리를 내주었던 것 같다. 나는 어머니의 심부름으로 그 술도가에 가끔 들렀다. 나로서는 그 주인을 잘 알지도 못하던 터라 부끄럽고 어려웠으나, 먹을 게 없던 시절 그곳에 가서 술지게미 등을 얻어와 먹었던 것이다.

그 우체국장은 당시로서는 구경하기도 어려운 멋진 오토바이를 타고 다녔는데, 그 모습이 정말 멋졌고 한없이 부러웠다. 어찌하면 저렇게 잘 살 수가 있을까…. 그런데 그 우체국장한테는 아들 둘과 딸이 하나 있었다. 그 딸은 나이가 나보다 한 살인가 아래였던 것 같은데, 내가 고등학교를 졸업한 후 들려오는 소문에 의하면, 그 아이가 서울에 있는 E대 미술과에 들어갔다는 것이었다. 역시 돈 많다는 술도가의 손녀요 우체국장의 외딸이라 다르구나, 했다. 나를 포함하여 대부분의 아이들이 대학은커녕 중·고등학교 마치기도 어려웠던 시절에 서울에 있는 사립대학, 그것도 돈이 많이 들어서 공부를 잘 해도 웬만한 집안의 자식들은 들어갈 엄두도 내지 못한다는 그 E대에 다닌다 하는데 그가 어찌 부럽지 않았겠는가.

천신만고 끝에 학비가 싼 국립 사범대학에 들어간 나는 그 후로도 계속 그 아이가 부러웠다. 사실 나로서는 대학 문턱에 간 것만으로도 감지덕지였고, 가난하였으나 교육을 위해 모든 것을 희생하신 부모와 형제들 덕분임도 잘 알고 있었다. 하지만 그는 전생에 무슨 덕

을 쌓아 그런 유복한 집안에 태어났을까, 그들은 어떻게 해서 그 많은 돈을 벌었을까, 우리 집은 그렇게 되기는 영 그른 것일까, 하는 생각이 꼬리를 물었다.

그 후로는 그 아이의 애기를 거의 듣지 못하였고, 나는 사범대학을 졸업하고 선생으로 사회에 나갔다. 대학을 다닐 때에도 교직보다 나은 일을 해 보겠다고 발버둥을 쳤지만 결국 역부족으로 교단에 설 수밖에 없었다. 교직에 몸담고 있으면서도 늘 불만이었다. 그러다가 같은 학교에 근무하던 후배의 소개로 아내를 만났고, 두 아이의 아버지가 되었다. 부부교사로 맞벌이를 하며 아이들을 기르느라 아내가 많은 고생을 했고, 그 덕분에 아이들이 반듯하게 자랐다. 아내나 내 자신이 큰 욕심을 부린 것도 아닌데 아이들은 큰 속을 썩이지 않았고, 공부도 잘 하였다.

신혼 초부터 전교조에 들어간 나는 가정보다는 밖으로 더 나돌았고, 그럴수록 아내의 수고는 더 커졌다. 지금도 그 일을 생각하면 늘 미안한 마음뿐이다. 참교육을 부르짖던 나로서는 내 자식에게도 입시공부를 강요하지 않았다. 그럼에도 큰 아이인 아들이 고등학교에 들어가서 공부를 어찌나 열심히 하던지, 소위 지역의 명문고라는 학교에서 3학년 때는 학년의 거의 맨 앞에 서기 시작하였다.

학창 시절에 가정 형편이 어려워 내 마음껏 공부도 못하고 원하던 대학에도 못 갔던 나는 내 자식들만큼은 돈 때문에 어려움을 겪게 하고 싶지 않았다. 또한 내 욕심 때문에 아이들의 진로를 가로막고 싶지도 않았다. 공부도 저희들이 알아서 하고, 진학과 진로도 스

스로 정하게 하고 싶었다. 아들이 고3이 되니 부모인 나는 아들이
수시를 통해서 하루라도 빨리 대학에 들어가 지독한 입시 지옥에서
벗어나길 원했으나, 본인과 3학년 선생님들의 권유로 정시를 통해
좋은 대학에 들어갔다. 너무도 기쁜 나머지, 평소에는 학부모가 교
사들에게 무슨 대접을 하는 것을 극구 반대했던 내가 아들이 대학에
합격했을 때는 좋다는 술집에서 아들의 선생님들을 대접했다. 겉
으로 드러내지는 않았으나 그간의 내 맺힌 한을 푼 것 같은 기분이
었다. 만나는 사람마다 아들에 대한 축하 인사를 했고, 처음에는 왜
들 이러나 싶었는데, 남들이 자꾸 그러니 나중에는 내 아들이 대단

한 일을 했구나 하는 생각이 들기도 했다. 그동안 내 뜻대로 된 것이 별로 없다고 생각하며 살아왔는데, 아들이 대신 그 여한을 풀어줬구나, 하면서. 아들이 좋은 대학에 들어간 것을 기념도 할겸 그 해 겨울에는 우리 가족 넷이서 유럽여행을 다녀왔다. 살다 보니 이런 날도 오는구나, 싶었다.

주변 사람들의 권유에도 불구하고 나는 아들에게 고시공부를 하지 말라고 일렀다. 하고픈 공부와 활동을 하면서 정말 대학생답게 생활하라고. 아들이 그렇게 대학 생활을 잘 하고 있을 때, 둘째인 딸이 고등학생이 되었다. 딸도 지역에서 제일 좋다는 여학교에 무난히 들어갔고, 학교생활에도 잘 적응하였다. 어쩌다 보니 금방 딸이 고등학교 3학년이 되었다. 딸도 나름 공부를 잘 해서 웬만큼 좋은 대학에는 가겠다 싶었다. 내 스스로 욕심을 버리자 하면서도, 한편으로는 딸이 조금 더 열심히 공부해서 오빠처럼 좋은 대학에 갔으면 하는 게 솔직한 심정이었다. 어느덧 딸이 대학 입시를 치러야 하는 순간이 다가왔다.

수능을 보는 날, 시험을 치르고 나온 딸이 영 자신이 없는 표정이었다. 후에 수능 성적을 보니 수리와 외국어는 참 잘 봤는데 언어는 평소보다도 훨씬 못 본 것이었다. 혹시나 하고 욕심을 부려 좀 좋은 대학의 사회계열 서너 곳에 원서를 넣었으나 언어 성적 때문이었는지 합격이 되지 않았다. 딸은 기가 죽어 있었고, 우리도 조금은 실망스러워하고 있을 때 딸의 담임 선생님이 E대에 원서를 넣어 보자고 했다. 언어 성적이 반영되지 않는 학과가 있다는 것이었다. 딸이 비

록 언어는 망쳤지만 수리와 외국어의 성적을 생각하면 E대에 보내는 것이 선뜻 마음에 내키지 않았다. 순간 재수를 시킬까 하는 생각이 들기도 했다. 하지만 냉정을 되찾은 후 딸에게, '재수는 하지 마라' 말하고, 곧바로 E대에 원서를 접수시켰다. 언어가 반영되지 않으니 합격은 따 놓은 당상이었다. 조금은 아쉬웠지만 딸은 그렇게 E대 학생이 되었다.

딸의 입학식 날, 이른 봄의 따스한 햇살과 싱그런 젊음이 넘치는 교정을 걸으면서 가슴이 뭉클해졌다. 아. 내 딸이 E대에 다니게 되었구나. 내 딸이 공부를 잘 하고 또 내 가정이 살 만하여 어린 시절 내가 그렇게도 부러워했던 그 학교의 학생이 되었구나. 더 무엇을 바라겠는가. 참으로 오래 전의 부러움이 오늘 내 기쁨이 되어 돌아왔구나, 했다. 잠시나마 아쉬어했던 마음을 접고, 딸이 정말 멋진 E대 학생이 되기를 빌었다. 많이 누리고, 누린 만큼 이웃들에게 베풀줄 아는, 가슴 따뜻한 딸로 자라기를 간절히 빌었다.

두 번의 운명

　이런 저런 핑계로 결혼을 미루다, 미술과 후배의 소개로 한 처자를 만났다. 그 후배 선생의 말이 그 여자를 놓치면 나는 영영 결혼을 못할 거라고 기회 있을 때마다 채근이었다. 그 당시 나는 뾰족하게 하는 일도 없으면서 과거에 사로잡혀 방황하며 세월을 탕진하고 있었다. 날마다 젊은 선생님들과 몰려다니면서 술만 퍼마시던 시절이었다. 그런 내가 안쓰러워 보였던 것 같다. 그 후배는 참으로 조신하고 착한 사람이었다. 그런 친구가 소개하는 사람이라면 괜찮을 수도 있겠다 싶었고, 또 나도 그런 생활을 계속 하다가는 폐인이 될 것만 같았다. 그래서 그가 소개한 사람을 만나겠다고 대답했다. 만의하나 좋은 사람이면 결혼을 해서 새로운 출발을 해야겠다고 스스로 다짐을 했다.

　그런 연유로 여차 저차해서 결혼을 하였다. 처가는 우리와 같이

6남매인데다 부모님도 다 살아 계셨다. 형제지간에도 우애가 좋았고 더불어 집안의 행사도 많았다. 장모님께서는 자식들의 생일도 꼬박꼬박 챙기셨고, 장인어른의 생일이면 온 동네의 잔치를 치렀다. 그 많은 행사에 그 많은 일들을 세 며느리와 자식들이 군소리 하나 없이 잘들 해냈다. 누구 하나 힘들다고 짜증내는 일도 없었다.

결혼한 지 한 3년쯤 된 어느 날, 그날도 큰처남 집에서 무슨 행사가 있어서 갔는데 큰처남의 하나밖에 없는 어린 딸이 어쩌다 무슨 실수를 저질렀다. 그런데 그 아이의 엄마인 큰처남댁은 그다지 야단을 치지 않는데 오히려 서울에서 내려온 둘째 처남댁이 그 아이를 더 호되게 꾸짖는 것이었다. 그리고 그 분위기가 조금은 묘했다. 그래서 행사를 마치고 집으로 돌아오는 차 안에서 아내에게 그 얘기를 꺼냈다. 나로서는 그 장면이 영 이해가 되질 않는다고. 그랬더니 그제야 아내가 사실을 털어놓았다. 그 아이는 본래 큰오빠의 딸이 아니라 서울에 사는 둘째 오빠의 딸이라고. 이게 무슨 소리인가. 사실인즉, 큰처남이 아이를 낳지 못하자 장인, 장모님께서 둘째 아들의 아이를 큰아들의 자식으로 삼은 것이었다. 아주 어릴 때 일어난 일이라 어른들은 다 아는데 정작 그 아이만 모르고 있었다. 이게 무슨 드라마의 한 장면도 아니고… 그때서야 그동안 조금은 이상했던 처가 식구들의 행동이 조금씩 이해가 되었다. 내 아내를 비롯하여 처형들이 유독 그 아이를 챙기던 일, 서울 처남댁이 그 아이에게 엄하게 대하던 일 등등. 그런 사실을 어린 조카가 알아서는 절대 안 되니까 언제나 말조심하라고 아내가 나에게 두 번 세 번 당부했다. 그때

부터 내 머리 속은 복잡했다. 어찌된 일인지는 알겠고 어른들의 얘기노 뭔지는 알겠는데, 과연 그 비밀이 언제까지 지켜질 것인가. 그리고 훗날 그 조카가 그 사실을 알게 되었을 때 받게 될 충격과 상처는 대체 누가, 어떻게 책임을 질 것인가. 어쨌든 그 아이가 너무 어리니 그 사실을 지금 아는 것은 이로울 게 없을 듯싶어서 나도 일단은 입을 다물기로 했다.

그 후부터 나는 그 아이를 볼 때마다 안타까움으로 가슴 한쪽이 아렸다. 다행히 그 아이는 큰처남 내외의 지극한 보살핌 속에서 예쁘게 자랐고, 대학교까지 졸업하였다. 그때까지도 요행히 식구들 중 누구 하나 그 사실을 발설하지 않았고, 큰처남과 처남댁도 친부모 못지않게 그 아이를 살뜰하게 챙겼다. 그렇게 잘 살아오고 있는데, 나라의 형편이 어려워지면서 공무원들까지 정리해고를 시키는 바람이 불었고, 그때 공무원이던 큰처남도 명예퇴직을 하게 되었다. 퇴직 후 몇 년간 잘 생활하다가 어느 날 갑자기 쓰러졌고, 2~3년간 병석에 누워 있다가 안타깝게도 이른 나이에 세상을 뜨고 말았다.

가족들의 애도 속에 큰처남의 장례를 마치고 형제들끼리만 어느 식당에 모여서 뒷정리를 하기로 했다. 어른들과 처남의 딸인 그 조카가 참석했다. 처남이 이른 나이에 세상을 떠서 형제들의 기분도 우울했고, 식당 안의 분위기도 가라앉아 있었다. 그런데 갑자기 저쪽에서 그 조카가 일어서더니, 자기가 이번에 돌아가신 아버지의 딸이 아님을 얼마 전부터 알고 있었노라고 폭탄 발언을 하는 것이었

다. 그러면서 자기를 키워 준 부모가 친부모가 아니라 큰엄마, 큰아
빠라는 사실을 알았지만 그것이 자신에게는 큰 의미는 없노라고, 앞
으로도 계속해서 지금까지와 같이 자신을 키워 준 엄마와 함께 살
아가겠노라고 담담하게 말하는 것이었다. 그런 말이 이어지자 여기
저기서 훌쩍이는 소리가 들렸고, 그 아이의 친엄마인 둘째 처남댁은
아예 밖으로 나갔다. 드디어 올 것이 왔구나, 했다. 이 일을 어찌하
면 좋단 말인가.

　나도 잠시 후 밖으로 나왔다. 그 자리에 있으면 나도 마음을 주체
할 수 없을 것 같았다. 밖으로 나오니 둘째 처남댁이 담담한 모습으

로 뜰 한쪽에 서 있었고, 얼마 지나지 않아 둘째 처남도 밖으로 나왔다. 얼마나 시났을까 그 조카가 밖으로 나왔다. 이 아이가 제 친엄마에게 다가가더니 '엄마' 하고 부르며 안기려 하자, 친엄마인 둘째 처남댁이 모질게 내쳤다. "야, 이년아, 나는 너를 낳은 것 밖에 없어. 옷가지 하나도 사 준 적이 없어. 너를 키워 준 지금의 엄마가 진짜 네 엄마야." 했다. 그러자 그 아이가 주춤했다. 태어나서 처음으로 제 친엄마에게 '엄마' 라고 부른 딸에게 너무하다 싶었다. 참다못해 내가 한 마디 했다. '아니 낳아 준 사람은 엄마가 아니냐. 애를 한 번 안아주시지 그러느냐고. 그 조카는 담담하게 엄마를 떠나 제 친아빠에게로 가서 '아빠' 하고 불렀다. 다행히도 처남이 딸내미를 안아 주었다. 나도 더 이상 눈물을 참을 수가 없었다.

그때 그 조카가 스물 대여섯 살이었던 것 같다. 그 오랜 세월 동안 자기 자식을 자기 자식이라 부르지 못하고 지켜만 보아야 했던 친부모의 심정은 어떠했을까. 뒤늦게 그 사실을 알게 된 그 조카는 또 얼마나 황당하고 혼란스러웠을까. 차라리 아주 모르는 남남이었으면 좋지 않았을까.

그 후로도 그 조카는 자신을 키워 준 엄마와 둘이서 잘 살아가고 있다. 친부모와도 스스럼없이 지내고 있다. 하지만 그 어려운 순간을 이겨내느라 조카는 얼마나 힘들었을까를 생각하면 마음이 저려온다. 내가 그 아이의 입장이라면 과연 그처럼 의연하게 버틸 수 있었을까. 나는 아직도 장담할 수가 없다. 성격 좋은 그 조카는 제 친형제나 사촌들과도 잘 지내고 있다. 조카의 속마음이야 알 수가 없

지만, 의젓하게 견뎌내며 잘 살아가는 모습이 대견스럽고 다행이다 싶다.

예나 지금이나 어른들은 이런저런 욕심들이 많다. 부리지 않아야 할, 부리지 않아도 될 욕심도 자주 부린다. 자식이 없으면 어떻고, 또 필요하면 남의 자식이라도 내 자식으로 삼아 기르면 어떤가. 핏줄을 이으면 무슨 소용이 있고, 또 그게 얼마나 갈 것인가. 우리가 이 세상에 오는 것도 제 의지와는 무관하게 운명처럼 오는데, 태어나서 또 자신의 의지와 상관없이 제 운명이 바뀐다면 너무 모질지 않은가.

그 두 번의 운명을 잘 극복하고 씩씩하게 살아가는 그 조카가 대견하고 자랑스럽다. 앞으로도 어떤 어려움이든 거뜬히 이겨내며 건강하고 행복하게 살아가리라 굳게 믿는다.

내 안의 별이 된 아이들

너무 반듯해서 슬펐던 아이

참으로 오래전의 일이다. 군 복무를 마치고 복직 발령을 받아 공주의 한 시골 중학교에서 근무할 때의 일이니까. 공주에서 부여 방면으로 한참을 가다 보면 탄천면이 나오는데 그 면 소재지에 있는 중학교가 바로 탄천중학교이다. 시골에 있는 중학교였지만 당시에는 그 규모가 자못 커서 한 학년에 일곱 반씩 있었다.

군대까지 다녀와서 다시 교단에 섰지만 여전히 교직에 회의적이었던 나는 생활이 늘 불안정했다. 늘 불만에 싸여 지내면서 같이 근무하던 총각 선생들과 이 핑계 저 핑계로 어울려 하루가 멀다 하고 술을 마시면서 마지못해 살아가고 있었다. 그때 내가 아이들에게 뭘 가르쳤는지, 또 주변 사람들에게 얼마나 많은 걱정을 끼쳤을지를 생각하면 지금도 부끄럽고 미안할 뿐이다. 그런 나에게도 딱 하나 마음에 드는 것이 있었으니, 다름 아닌 착하기 그지없는 시골 학생

들이었다. 남녀공학인 학교였는데, 80년대 초의 시골학생들이라 얼마니 천진하고 착하던지.

그 학교에 2년째 근무하던 때인가, 무력으로 권력을 잡은 전두환 정권이 국민들의 환심을 사려고 어느 날 갑자기 교복 자율화를 발표하였다. 학생들은 환호하며 난리였지만, 학부모들은 자식들 옷 사줄 걱정에 반대하는 사람들이 많았고, 일부 교사들은 이제 생활지도는 물 건너갔다며 땅이 꺼져라 걱정을 했다. 그러던 어느 날 교무실 한쪽 문으로 교복을 정갈하게 입은 한 여학생이 들어왔다. 교복 자율화가 이뤄진 지도 이미 몇 달이 지난 때였는데도 그 학생은 변함없이 교복차림이었다. 그 아이가 용무를 마치고 들어왔던 문으로 막 나가려는데, 출입문 바로 옆에 앉아 있던, 나이 지긋한 체육 선생님이 그 아이를 불러 세웠다. 그 선생님은 다짜고짜 "넌 이놈아, 교복 자율화를 시켜줬더니 일부러 교복을 입고 다녀?"라며 호통을 치셨다. 엉겁결에 꾸중을 들은 그 아이는 희미하게 웃으며 말없이 교무실 밖으로 나갔다. 그날 이후로 나는 그 아이가 궁금해졌다. 다른 아이들은 교복이 자율화됐다고 부모들을 졸라 새 옷을 사느니 마느니 난리인데, 그 아이는 왜 고집스럽게 교복만을 입고 다닐까, 그 아이네 집에 무슨 사연이 있는 것은 아닐까 등등. 그래서 같은 학년들 중에서 그 아이를 잘 알 만한 학생들에게 그 아이에 대해 물어보았다.

알고 보니 그 아이는 대학리라는 동네에 사는 3학년 K라는 학생이었다. 작은 키에 조용하고 다소곳한, 늘 희미하나 밝은 미소를 짓는 아이였다. 사연인즉, 시골에서 농사를 짓던 그의 아버지는 날이

면 날마다 술을 마셨고, 이를 보다 못한 그의 어머니가 2년 전에 마을 앞을 흐르는 금강 물에 몸을 던져 자살을 했다는 것이다. 그런 일이 있은 후 그의 아버지는 아내의 죽음이 자신 때문이라고 자책하며 괴로워하다가 그 다음 해에 자기 아내와 같은 방식으로 이승의 생을 마감했다는 것이다. 하루아침에 어머니와 아버지를 여의고 집에는 여든이 넘은 할머니와 스물서너 살 된 오빠 그리고 이른 나이에 객지로 돈벌이 나간 바로 위의 언니만 덩그러니 남게 되었다.

2학기에 들어서자 자연스럽게 3학년 학생들의 고등학교 진학문제가 나오기 시작했다. 나는 K의 진학문제가 궁금했지만, 담임도 아닌 내가 선뜻 나서기가 그래서 조금 더 기다려 보기로 했다. 그렇게 얼마가 지났을 때 K가 고등학교에 진학하지 않을 것이라는 얘기가 들려왔다. 그 당시만 해도 가정 형편이 어려워 고등학교에 진학하지 못하는 학생들이 제법 있었고, 낮에는 일하고 밤에 공부하는 소위 산업체학교로 진학하는 아이들도 더러 있었다. 비록 담임은 아니었지만, 멀쩡한 아이가 고등학교에도 진학하지 못한다는 얘기를 들으니 마음이 편치 않았다. 많은 고민 끝에 내가 직접 그의 집을 찾아가 할머니와 오빠를 설득해 보기로 했다.

비가 부슬부슬 내리는 어느 날 오후, 수업을 마친 후 자전거를 타고 금강의 둑길을 따라 탈탈거리며 K네 집으로 향했다. 그의 집에 다다르니 K가 연기가 자욱한 부엌에서 눈을 비비며 나왔다. 한 손에는 부지깽이를 든 채. 내가 자기네 집에 간다 하니 학교가 끝나자마자 부랴부랴 집으로 가서 내게 줄 밥을 짓고 있었던 것이다. 얘기를

들고 백발의 할머니께서 방에서 나오시며 반갑게 맞이해 주셨다. 그날 어린 K가 지어 준 밥을 먹긴 했는데 무얼 어떻게 먹었는지 알수가 없다.

할머니가 계셨지만 그의 진학문제는 할머니보다 오빠의 의중에 달려 있는 듯했다. 그래서 오빠를 기다리기로 했는데 날이 어둑해져도 오빠는 돌아오지 않았다. 한참이 더 지나서야 동네 초상집에서 일을 돌봤다는 오빠가 돌아왔다. 나이는 어렸지만 그의 얼굴에는 이미 고된 삶의 흔적이 배어 있었다. 오빠가 술을 내왔고, 우리는 밤이 깊도록 이야기를 나눴다. 기회를 엿보다가 어렵게 K의 진학문제를 꺼냈지만, 하루하루 살아가는 것 자체를 땅이 꺼지도록 걱정하는 오빠에게 무슨 말을 더 할 수가 없었다.

본의 아니게 하룻밤을 그의 집에서 묵은 뒤 다음 날 아침 일찍 오빠와 할머니께 인사를 드리고 타고 갔던 자전거를 끌고 나왔다. K가 아무 말 없이 동구 밖까지 따라나왔다. 교복 때문에 교무실에서 있었던 얘기를 꺼내니, 자기는 아무렇지도 않다고 했다. 대전에 사는 고모가 보내 주시는 얼마 안 되는 돈으로 살아가기로 작정했으니 교복을 두고 새 옷을 살 생각은 아예 하지 않기로 했다는 것이다. 다만 자신의 희망사항은 대전에 있는 상업학교로 진학하는 것이라고 했다. 일단 진학만 하면 자기가 학비를 벌어서 다닐 수 있을 것 같다는 것이었다. 그러면서 기어드는 목소리로, "입학금만 낼 수 있다면….."라고 말했던 것 같다.

K의 그 말을 나는 그냥 흘려보냈다. 한참이 지난 뒤에 그 아이가

결국 고등학교에 진학하지 못했다는 얘기를 전해 들었다. 그때가 나에게도 방황의 시절이긴 했지만, 그토록 어려운 처지의 제자를 외면한 꼴이 되었으니 할 말이 없었다. 어찌 그토록 철딱서니가 없었던지. 그 후로 지금껏 한 번도 그를 만나지 못했다. 동기들을 통해서 어찌어찌 살아가고 있노라는 소식을 더러 듣기는 했고, 얼마 전에 한번 전화를 받기는 했지만…. 지난 교직생활을 돌이켜보면 K에 대한 일이 가장 아픈 기억 중의 하나로 남는다.

지금도 가끔 그를 생각하며 부디 잘 살기를 빌어 보곤 한다. 더도 덜도 말고 그를 아껴 주는 속 깊은 남편과 착한 자녀 두엇 거느리고 알콩달콩 살아가기를. 이제 와서 그날의 내 과오를 씻을 수는 없겠지만, 언젠가는 직접 만나서 굳은살 박인 그의 손이라도 잡아 주고 싶다. 어느덧 그의 나이가 사십이 훌쩍 넘었다. 분명 착하게 그리고 열심히 살아왔을 K는 마음씨 착한 중년의 아줌마가 돼 있을 거다.

어린 나이에 그 모진 시련을 겪으면서도 아프다는 말 한마디 하지 않고, 너무도 의연하고 반듯해서 더욱 슬펐던 아이, K. 삶의 이력이 묻어나는 그와 쓴 소주 한잔 기울일 날을 기다려 본다.

듬직한 가출 소녀

 시골의 한 중학교에서 근무하던 때의 일이다. 젊은 남자 교사였기에 근무부서가 자연스럽게 학생과로 결정이 되었다. 학생과에는 나 말고도 총각 선생들이 여럿 있었고, 나머지도 대부분이 남자교사들이었다.

 새 학기가 시작되면 으레 새로 온 교사들을 위한 환영회가 줄을 잇는다. 학기 중에도 학생과는 이런 저런 이유로 다른 부서보다 회식이 잦았다. 그러던 어느 날 한 회식자리에서 학생 생활지도의 어려움을 토로하던 중에 한 선생님이 날 보고 다짜고짜, "전 선생님이 J와 종씨구만, 한번 잘해 보셔." 하는 것이었다. J가 어떤 학생이냐고 물어도 "차차 알게 될 거야." 하고 빙긋이 웃으며 즉답을 피했다.

 그 일이 있는 후로 나는 J라는 학생이 궁금해서 견딜 수가 없었다. 알고 보니 내가 수업을 들어가는 학급의 2학년 학생이었다. 키는 작

았지만 인상이 확실한, 도저히 문제 학생으로는 보이지 않는 아이였다. 2학년 내내 나는 그 아이를 지켜보았다. 나중에는 그 아이가 서무실—현 행정실— 청소를 맡아서 하는 것을 알고 그 아이의 행동이 어떤지 서무실 직원에게 살그머니 물어보기도 했다. 예상대로 그 직원의 얘기도 그 아이가 청소는 물론 정리정돈도 알아서 척척 해내는 아주 성실한 학생이라는 것이었다.

학교가 면 소재지에 있는데도 아이들이 사는 동네가 너무 멀고 교통도 불편해서 많은 아이들이 소재지에서 자취를 하고 있었다. 그래서 학교에서는 도서관을 밤늦게까지 개방하여 학생들이 공부하도록 해 줬는데, 그 지도는 학교 근처에서 하숙하는 젊은 교사들이 전담하게 되었다. 귀가 지도는 물론이고 학생들이 자취하는 집들을 수시로 돌아보며 아이들이 무사한지를 살피기도 했다. 교사들도 자가용을 가지지 못했던 시절이라 집이 조금만 멀어도 하나같이 학교 근처에서 하숙을 했었다. 특히 총각 선생들은 거의 모두가 하숙생이었다. 그렇게 밤늦도록 지도하면서도 그 대가는 아예 생각지도 않았고, 그저 아이들을 위해 순순하게 봉사하던 시절이었다. 젊을 때라서인지 크게 힘든 줄도 몰랐던 것 같다.

그러다 J는 아무 탈 없이 3학년이 되었고, 나는 1학년을 맡아 가르치게 되어 교실에서 직접 만나는 일은 없었다. 그러던 어느 봄날, 수업이 끝나 대부분의 학생들이 집으로 돌아간 시간, 우연히 3학년 복도를 지나가는데 한 교실에서 학생이 흐느끼는 소리가 들렸다. 순간 무슨 일이 있나 싶어 그 교실로 들어갔더니, 한 여학생이 머리를

책상에 묻은 채 울고 있었다. 얼굴을 드는데 보니 다름 아닌 J가 아닌가. 울음을 그치게 하고 사연을 물으니, 대답은 않고 오히려 "선생님, 2백만 원이라는 돈이 그렇게 큰돈인가요?" 라고 되물으며 "그 돈이 없어서 저는 고등학교에 갈 수 없을 것 같아요." 하며 다시 울기 시작했다. 얘기를 대충 들으니 아버지가 노름을 하다가 2백만 원의 빚을 졌다는 것이다. 그렇잖아도 어려운 가정 형편인데, 그 일로 인해 자신의 고등학교 진학은 어렵다는 것이었다.

마음은 아팠으나 일단 J를 혼냈다. 돈 문제는 어른들이 해결할 거고, 아직 1학기라 시간이 많이 남아 있는데 벌써부터 포기하면 어쩌느냐고. 너는 다른 걱정 말고 공부에나 충실하라고. 지금 생각하니 꼭 선생 같은 말만 골라서 했던 것 같다. 그 후로 나는 J에게 부쩍 관심을 가지게 되었고, 그의 집안 사정까지 알아보게 되었다. 그의 집은 조그만 시골 마을에서 구멍가게를 하고 있었다. 동네 아저씨들

이 와서 막걸리도 마시곤 하는. 당시로서는 시골에서 구멍가게라도 하면 그래도 형편이 나은 편이었는데, 어찌 된 일인지 J네는 생활이 어렵다는 것이었다. 결국 2학기가 되었고 고등학교 진학문제가 본격적으로 오르내릴 때 J는 정규 고등학교에 가지 못한다는 소문이 돌았다. 알아보니 사실이었다. 고민 끝에 총각 선생 서너 명이 J네 집을 찾아가 부모님을 만나 뵙기로 했다.

집에 도착하니 J의 어머니가 우리를 맞아 주었다. 벌써 눈치를 채신 듯 어머니의 얼굴에는 수심이 가득했다. 어렵게 J의 진학문제를 꺼내며 가능하면 정규 고등학교에 보내 주시라는 말씀을 드리자 어머니는 땅이 꺼지게 한숨을 쉬셨다. 딸자식을 정규 고등학교에도 보내지 못하는 어미의 심정이 어떻겠냐며 통곡을 했다. 우리는 더 말도 못하고 물러나왔고, 결국 J는 정규 고등학교에 입학원서를 내지 못했다.

J는 산업체 부설학교에 가는 것으로 결정이 났고, 그토록 씩씩하던 J는 풀이 많이 죽어 지냈다. 마음이 아픈 나는 공주 시내에 나가서 J에게 졸업 선물로 줄 만년필을 하나 샀다. 희망을 버리지 말고 계속 열심히 공부하라는 뜻이었을 것이다. 드디어 졸업하는 날 졸업식이 끝나고 졸업생들이 본관 현관에서 선생님들에게 마지막 인사를 하고 있는데, 갑자기 한 학생이 교정에 있는 소나무 숲으로 달려가더니 엉엉 우는 게 아닌가. 쫓아가 보니 바로 J였다. 정규 고등학교에 진학하지 못하니 실질적으로 마지막 교문을 나서는 제 서러움에 울음이 터져나온 것이다.

결국 J는 대전 유성에 있는 ㅊ산업체학교로 진학을 했다. 어린 것이 낮에는 일하고 밤에는 공부를 한다니 기가 막힌 일이었다. 어찌 생활하는지 걱정만 하다가 J가 있는 곳으로 찾아가 보기로 했다. 면회를 신청했더니 선선히 받아 주었고, 얼마 지나지 않아서 J가 쪼르르 달려 나왔다. 곧바로 유성 시내로 데리고 가서 점심을 사 주고, 지금 힘들어도 꿋꿋하게 살아야 한다는 부탁을 하고 들여보냈던 것 같다.

　그 후로 종종 소식을 전해 듣기는 하였으나 만나지는 못하다가 십수 년이 흐른 어느 날, J에게서 연락이 왔다. 결혼해서 대전에서 잘 살고 있노라고. 소식이 끊겼던 자식한테서 연락을 받은 것처럼 얼마나 반갑던지… 그 후 얼마 지나지 않아서 J가 제 딸을 데리고 내가 사는 천안으로 찾아왔고, 그 다음에는 제 남편과 함께 좋은 승용차를 타고 나타났다. 신랑이 참으로 듬직했다. J도 시댁은 물론이고 친정 동생들까지 돌보며 아주 모범적으로 살고 있었다. 대전에서 큰 슈퍼를 하는데 장사가 아주 잘 된다는 것이었다.

　듬직하면서도 재주 많은 J. 그 이후로 J는 제 동기들을 추동하여 가끔 모임을 갖는다. 40대 중반이 된 중년 아줌마이지만 아직도 'J야' 하고 그의 이름을 부른다. 저희들도 그게 더 좋단다. 한번은 모임에서 2차로 노래방을 갔는데 J가 노래하는 모습을 보고 놀랐다. J의 남편도 J가 노래를 부르면 남자들이 다 넘어간다고, 어디 가서 함부로 노래를 부르지 말라고 신신당부를 했다니, 그 실력을 짐작할 것이다.

세월이 가도 J는 변함이 없다. 반듯하면서도 씩씩하고, 끼가 넘치면서도 절제할 줄 아는. 또 제 은사들에게는 얼마나 깍듯한지. 나 자신도 철이 없던 젊은 날, 내가 그에게 뭘 얼마나 해 줬을까 싶은데도 매번 지극한 대접을 받아서 이제는 염치가 없다. 어쩌다 이런 말을 하면 자기는 평생을 갚아도 다 갚지 못할 신세를 졌다고, 그런 말 하지 말라고 오히려 퉁을 놓는다.

교직에 들어온 것을 후회하며 방황할 때 만났던 J. 중학교 때 벌써 2번이나 가출했었다는 아이. 정규 고등학교도 못 가고 산업체학교를 다닌 아이, 그가 이제는 내 교직생활의 큰 위로가 되고 보람이 되고 있다. 일류대를 나와 높은 자리에 오르지는 못했지만, 가족들을 비롯하여 주변 사람들 살뜰하게 챙기며 반듯하고 즐겁게 살아가는 J를 보면 내 교직생활이 헛되지만은 않았구나 하는 위안을 얻는다. 앞으로는 J와 더 따뜻한 사제의 정을 나누면서 살아갈 것 같은 불길한(?) 예감이 든다. 어느 책에서 보니 사제지간으로 인연을 맺을 확률이 부모자식이 될 확률보다 더 낮다 했던데, 아무튼 이 소중한 인연을 헛되게 하지 않으려 한다. 나에게는 J가 어느 누구보다도 자랑스러운 제자이므로.

제자의 눈물

십여 년 전 어느 날, 내가 30대 중반일 때 가르쳤던 한 제자의 전화가 걸려왔다.

"3학년 때 선생님 반이었던 K인데, 선생님, 저 생각나세요?"

학생들이 전화할 때 늘 하는 말투다. 아이들은 세월이 많이 흘러도 꼭 자기를 기억해 주기를 바란다. 평소 가끔 생각했던 아이라 이름과 얼굴 모습이 생각났다. 우리 반의 2번이었던, 덩치가 조그맣고 까만 얼굴이 동그랬던 아이. 특별히 드러나지 않고 조용했던 아이, 무슨 이유인지 할머니가 학교에 오시곤 했던 아이였다. 벌써 30대 중반이 된 그에게 어디서 무엇을 하며 사는지 물었더니, 온양에서 트럭을 운전하며 산다는 것이었다. 그러면서 머지않아 동기들 모임을 주선할 테니 그때는 꼭 와야 한다는 것이었다.

얼마가 지났을까. 드디어 동기들 모임을 한다고 날짜와 장소를

알려주었다. 모임에 나가니 다른 반 담임 선생님들도 오셨고, 아이들도 30여 명이 모였다. 당시 시골의 조그만 학교라 한 학년에 3개 학급밖에 되지 않았었다. 시골이라 다들 가정 형편이 썩 좋지는 않았지만 아이들은 반듯하고 공부도 잘하는 편이었다. 졸업생 중에는 교사가 된 아이, 기자가 된 아이, 사시에 합격한 아이 등 사회에 나가서 나름대로 제 자리를 찾아가고 있었다. K가 앞장서서 열성적으로 추진하는 바람에 동기들 모임은 1년에 한두 번은 꼭 가졌다.

그렇게 여러 해가 지난 어느 여름에도 모임을 갖는다 하여 온양으로 갔다. 다들 반가운 모습으로 인사를 나눈 후 회장인 K-계속 혼자서 회장을 한다-가 친구들의 근황을 소개하는데, 역시 우리 반이었던 Y가 조금 늦게 온다는 것이었다. 사연인즉, Y가 수박 장사를 하는데 그날따라 장사가 잘 안 돼서 남은 수박을 다 팔고 오려니 좀 늦는다는 것이었다. 아이들과 술잔을 주고받으며 모임이 한창 달아올랐을 때 드디어 Y가 나타났다.

상기된 얼굴로 나타난 Y와 몇 차례 술잔을 주고받으며 이런저런 얘기를 나눴다. Y는 중학교 때부터 성악을 공부하고 싶어 하던 아이였다. 본인의 단순한 희망이 아니라 실제로 소질도 있는 것 같았고, 음악 선생님으로부터도 특별한 관심을 받았다. Y의 집은 학교 근처라서 나도 Y의 아버님과 종종 만나곤 했다. Y의 아버지는 착하고 성실한 분이셨다. 하지만 시골 살림이 다들 그러하듯이 Y네도 넉넉하지 못한 살림이었고 동생들도 있어서 Y의 아버지 입장에서도 선뜻 아들의 소원을 들어줄 수가 없었다. 음악 선생님도 Y에게 음악공부

를 더 하라는 쪽으로 권유하였지만, Y는 결국 자신의 꿈을 접고 일
반계 고등학교로 진학할 수밖에 없었다.

1차 모임이 마무리 되고 2차로 노래방에 가기로 했다. 조금씩 술
이 된 아이들이 앞서거니 뒤서거니 하며 노래방으로 갔다. 나도 노
래방이 있는 곳으로 가서 화장실을 들러 나오는데, 언제 왔는지 Y가
떡하니 내 앞을 가로막고 섰다. 다짜고짜 나를 붙들고 할 얘기가 있
다며 다른 곳으로 자리를 옮기자고 했다. 급하게 마신 탓인지 이미
혀가 꼬부라진 Y가 울부짖듯이 하는 말이, "선생님, 제가 나쁜 놈이
죠? 이러면 안 되는 줄 알면서도 제 솔직한 심정이 그러네요." 했다.

Y의 얘기는 이랬다. 자신은 집이 가난하여 그토록 원하던 성악공부도 하지 못하고, 여기서기 떠돌다가 결국엔 아파트를 전전하며 수박이나 팔러 다니는 신세인데, 어느 동기는 사법고시에 합격한 후 그 젊은 나이에 경찰 간부가 되었고, 가끔 TV에도 나오곤 한다는 것이었다. 나도 이미 알고 있는 이야기라서 아무 말도 하지 않고 듣고만 있었다. 그런데 이어지는 Y의 말이, 그렇게 잘 풀린 친구가 자랑스러우면서도 한편으로는 질투가 나고 밉다는 것이었다. 게다가 마침 그 친구가 그날 모임에 참석했고, 그래서 자신의 처지가 더욱 처량하고 비참하게 느껴진다는 것이었다.

오열하는 Y에게 나는 아무 말도 할 수가 없었다. 예로부터 가난은 죄가 아니다 했지만, 겪어 본 사람은 안다. 가난이 우리를 얼마나 힘들게 하고, 아프게 하고, 비참하게 만드는지를. 오뉴월 더위에 수박을 팔다 온 아이, 어깨를 들썩이며 울먹이는 Y를 가만히 안아 줄 수밖에. 세상은 다 그런 거란다, 용기를 잃지 말고 힘을 내라, 하는 말도 할 수가 없었다. 가난하여 꿈을 포기한 자의 심정을 어찌 다 이해할 수 있을까.

한참을 울고 나더니 Y가 말했다.

"선생님, 열심히 돈 벌어서 꼭 다시 노래를 할래요."

조금은 엉뚱했던 아이

1980년대 중·고등학교에서는 학생들의 수련활동으로 야영이 유행했다. 내가 근무하던 학교에서도 그 해 여름방학을 이용하여 학생들의 야영이 계획되어 있었다. 남녀공학인 중학교라서 남, 여로 나눠 1박 2일씩 2회에 걸쳐 실시하기로 돼 있었다.

드디어 야영 출발일이 다가왔고, 먼저 여학생들이 1박 2일 예정으로 야영장에 들어갔다. 야영장은 중학교에서 3, 4km 떨어져 있는 시골 초등학교였다. 나는 학생과 소속이었고 또한 젊은 나이였으므로 선배 선생님들을 따라 열심히 일을 했다. 모처럼 교실을 떠나는 야영활동이라 비록 힘들긴 해도 좋아하는 것은 아이들이나 선생님들이나 마찬가지였다. 걷기에는 좀 먼 거리였지만 아이들과 함께 신나게 걸어갔다.

다음 날 오후, 여학생들의 1박 2일 야영이 무사히 끝났다. 일부 선

생님들은 집으로 돌아가고, 총각 선생님들을 비롯한 학생과 선생님들만 남아서 그 다음 날에 이어질 남학생들의 야영을 준비해야만 했다. 여학생들이 가져왔던 물품들을 챙겨 주면서 흐트러진 야영지를 정리하고 있는데, 한 여학생이 늦게까지 남아 무거운 짐을 들고 낑낑대고 있는 게 아닌가. 다가가서 자세히 보니 야영장 근처에 사는 B라는 여학생이었다. 집이 가깝다고 자기 조에서 사용할 물건들을 자기가 다 챙겨온 모양이었다. 야영이 끝나자 자기 조원들은 의리도 없이 다 가버리고 혼자 남아서 그 짐들을 옮기려 하고 있었던 것이다. 언뜻 보기에도 짐이 너무 많아 혼자서는 도저히 가져갈 수가 없을 것 같았다. 야영장도 웬만큼 정리된 듯해서 나는 다른 선생님들에게 사정을 얘기하고 자전거로 그 아이의 짐을 싣고서 집까지 데려다 주기로 했다.

그의 집은 야영장에서 건너다보이는 마을에 있었다. 얕은 산비탈에 있는 조그만 마을이었다. 그는 덩치가 큰 아이였으나 평소에도 말 수가 적은 편이었다. 긴 강둑을 따라 나는 앞에서 자전거를 끌고 가고 그는 내 뒤에서 말 없이 따라오고 있었다. 강둑을 한참 걸었을 즈음 갑자기 그가 깊은 한숨을 내쉬었다. 어린 아이가 왜 그토록 깊은 한숨을 쉬나 해서 돌아보며 그에게 말했다.

"어린놈이 왜 그렇게 한숨을 쉬어?"

그는 아무런 대답도 하지 않았다. 강둑길이 다 끝나도록 우리는 아무런 말도 하지 않고 걷기만 했다. 드디어 마을 어귀에 다다르니 그가 아까보다 더 깊은 한숨을 내쉬었다. 그러면서 거기서부터는

자기 혼자서 가겠노라고 우겼다.

그의 말이 막 끝날 즈음, 마을 저편에서 한 아주머니가 우리에게로 달려왔다. 뭐라고 큰 소리로 외치며 오시는데 무슨 말인지 알아들을 수가 없었다. 그 분이 바로 그의 어머니였다. 엉겁결에 인사를 하고 그의 어머니를 따라 비탈길을 조금 올라갔다. 대문에 다다르니 마당 저쪽에서 그의 아버지로 보이는 분이 가마니를 묶고 계셨다. 아마도 하곡수매를 준비하고 계신 듯했다. 그런데 앞장서서 대문을 들어서는 그의 어머니가 뭐라고 외치는데도 아버지는 뒤도 돌아보지 않고 하던 일만 계속 하셨다. 순간 번개처럼 내 머리를 스쳐가는 것이 있었다. 아, 소리를 듣지 못하시는구나. 그의 어머니가 하신 말씀도 정상이 아니었구나.

딸내미인 그가 아버지에게 다가가서 손짓을 하니 그제야 돌아보시며 반갑게 인사를 하셨다. 물론 정상적인 말을 하지 못하고 손짓으로 말이다. 순간 당황한 나는 이 상황을 어떻게 대처해야 하나 생각했다. 그러는 사이 어머니가 벽장에 두었던 소주 한 병을 꺼내 오셔서 나에게 마실 것을 권하셨다. 야영장을 떠나올 때 거기에 남아 있는 선생님들이 내가 돌아오면 같이 저녁을 먹겠다고 한 것이 생각나서 잠시 망설였으나, 순간 그러면 안 된다는 생각이 들었다. 부모가 모두 장애인인 아이, 그런 부모를 보고 당황해서 내가 내빼듯 떠나오면 그는 어떻게 되나 하는 생각이 들었다.

비록 부모님이 모두 제대로 듣지도 말하지도 못했지만, 식구들끼리는 큰 불편 없이 의사소통이 되는 것 같았다. 그의 아버님은 본래

술을 마시지 않는다 하여, 경황이 없는 상태에서 나 혼자 그 술을 다 마셨다. 젊은 혈기라 평소에는 소주 한 병 정도는 별 게 아니었지만 급하게 마신 탓인지 조금 취기가 돌았다. 부모님과 그에게 어떻게 인사를 하고 나왔는지 모르겠다.

혼자서 강둑을 따라 터덜터덜 걸으면서 그와 그의 부모님을 생각했다. 두 분 모두 듣지도 말하지도 못하는 부모님을 둔 B의 심정은 어떨까. 나는 아버지가 앞을 못 보시는 것만으로도 평생을 원망하며 살았는데… 어찌하여 하느님은 그들에게 그토록 모진 시련을 주시는 걸까. 술이 오른 탓인지 강둑을 걷는 내내 눈물이 흘러내렸다.

야영장에 도착하니 선생님들이 한마디씩 했다. 그럴 줄 알았어. 학생네 집에서 얼마나 맛있는 걸 얻어먹고 오길래 이제서 오는 거야, 한잔 했구먼 등등. 그날 저녁 늦도록 술을 마시며 선배 선생님들한테 넋두리를 해댔던 것 같다. 나 한잔 했수다. 그 상황에서 선배들 같으면 안 마시겠느냐, 어찌 이런 일이 있을 수가 있느냐, B가 불쌍해서 어쩌냐, 하느님은 대체 뭐 하시는 거냐, 하느님이 있기나 한 거냐….

그런 일이 있은 후로 겉으로 내색은 하지 않았어도 그와 나는 괜히 어색해졌다. 졸업 후 그가 고등학교에 다닐 때 한번은 학교로 찾아왔다. 마침 내가 일직을 하는 날이었는데 어떻게 알고 찾아온 것이다. 조금은 여유를 찾은 그가 한다는 말이, 자기는 다음에 커서 꼭 나하고 결혼을 할 거라고. 너무 어이가 없어 '이놈이….' 하고 말았지만.

그런 일이 있었던 게 엊그제 같은데 벌써 수십 년이 지났다. 몇 년 전에 교무실로 한 통의 전화가 걸려왔다. 너무 오랜만이라 누군가 했는데, 다름 아닌 B였다. 좋은 남자와 결혼해서 아이를 셋이나 낳고 잘 살고 있다고 했다. 왜 나하고 결혼한다더니 다른 남자에게 갔느냐고 농담을 했더니, 내가 자기를 기다려 주지 않아서 어쩔 수없이 다른 사람에게로 시집을 갔다는 것이다. 기다려 주지 못해 미안하다고 했다.

한번은 그가 설쳐서 자기 동기들 모임을 대전에서 가졌다. 그가 대전에서 식당을 하는데 꼭 자기가 만든 음식으로 대접하고 싶다고 해서. 당시 같이 근무했던 수학 선생님과 같이 가서 융숭한 대접을 받고 왔다. 오랜만에 다른 제자들도 만나고. 넉넉한 품에 앞치마를 두른 그의 모습이 천상 인심 좋은 중년 아줌마였다. 보자마자 덥석 끌어안으며 그의 언니라는 사람에게, "이 선생님이 내가 그토록 좋아하던 분이야." 하는데, 얼마나 무안하던지.

제자들을 만나면 별 욕심 없이 아이들과 즐겁게 어울리던 그 시절로 돌아가서 좋다. 재고 따질 것도 없는 사이, 언제까지나 학생이고 선생인 사이, 남녀도 없이 그저 서로 좋아하던 사이, 오십을 바라보는 제자에게도 '야, 임마' 하고 부를 수 있는 사이, 경찰서장이 된 아이에게도 '이 놈, 저 놈' 할 수 있는 사이라서 좋다. 백발이 성성할 때까지 변함없는 사이, 이런 관계가 세상 어디에 또 있을까.

제자의 한 말씀

총각 시절 시골 중학교에서 1학년 학생을 가르치던 때였다. 내 담임 반에 인근 시내에서 K라는 학생이 전학을 왔다. 키는 껑충하니 크고 늘 실실거리는, 조금은 맥이 없어 보이는 아이였다.

큰 탈 없이 학교에 잘 다니던 K가 언제부턴가 지각이 잦아지고 아예 학교에 빠지기도 하였다. 집에 연락을 하면 '알겠다.' 하시며, 잘 타일러서 학교에 보내겠노라 했고 K는 거짓말처럼 또 학교에 나오곤 하였다. 그렇게 하기를 여러 번, 그는 이제 학교 빠지기를 밥 먹듯이 하고 결국은 장기결석을 하기에 이르렀다. 결국 집으로 연락을 취했고, 어느 날 학생의 보호자라는 한 아주머니가 학교로 찾아왔다. 얘기인즉, 자신은 K의 이모인데, K의 부모가 이혼을 해서 이모인 자신이 그를 돌보고 있다고 했다. 그러면서 K에 대해서 할 말이 있다는 것이었다.

그 이모의 말씀은, 그의 손버릇이 나빠서 제 이모부의 지갑과 집 안의 물건들에 손을 대기 시작했다는 것이다. 자신과 자기 남편이 여러 번 좋은 말로 타일렀으나 그 버릇은 고쳐지지가 않았고, 결국 얼마 전에는 자신의 집에서 큰돈을 훔쳐서 달아났다는 것이다. 자신들도 그가 어디서 무엇을 하고 있는 지도 모르니 어찌하면 좋겠느냐는 것이었다. 사정을 듣고 나니 담임인 나로서도 별 뾰족한 수가 없었다. 부모의 이혼으로 이모님 댁에 얹혀사는 K도, 또 조카라고 데려다가 돌보느라 애쓰시는 이모님 내외도 다 안돼 보였다. 당장 퇴학을 시켜 달라는 이모에게 조금만 더 찾아보자고 달래서 돌려보냈다.

그런 일이 있은 후로도 K는 이모님 집에 돌아오지 않았고 계속해서 결석을 했다. 학교의 규정도 있고, 또 거처도 모르는 아이를 무작정 기다릴 수도 없어서 안타까웠지만 이모님과 상의한 후 그를 자퇴로 처리할 수밖에 없었다. 그 후로 가끔은 그가 어찌 되었을까 문득문득 생각이 났고, 부디 나쁜 길로 들어서지 않기만을 마음속으로 빌곤 했다.

그로부터 2~3년이 흐른 어느 봄날 교무실로 전화 한 통이 걸려왔다. 다른 선생님이 받아서 나를 찾는 전화라고 바꿔 주었다. 전화기 저쪽에서 한 젊은이의 목소리가 들려왔다.

"선생님, 잘 지내셨어요? 저 K인데요, 한번 뵐 수 있을까요?"

학교 근처의 한 다방에 와 있다는 것이었다. 하던 일을 대충 정리하고 나서 반갑고 궁금한 마음에 그 다방으로 달려갔다. 다방 문

을 열고 들어서며 다방 안을 휘 둘러보았지만 K처럼 생긴 사람은 보이지 않았다. 이리저리 두리번거리고 있는데, 저쪽 의자에 앉아 있던 남자가 손을 들어 보였다. 그런데 이게 웬일인가! K는 승복을 입고 회색 모자까지 꾹 눌러쓰고 있었다. 자리에서 일어서며 인사를 하고 나더니 빙그레 웃으며, "선생님, K입니다. 그동안 잘 지내셨어요?" 했다.

차를 마시며 그간 자신이 살아온 일들을 얘기했다. 이모님 내외가 자신을 돌봐 주시는 것에 대해 고맙게 생각했지만 더 이상 신세를 지고 싶지 않아 가출을 했고, 어찌어찌하다가 절에 들어가게 됐노라고. 자신의 지난날에 대해 쭉 얘기하는 그의 모습에 근심이나 두려움 같은 것은 없었다. 학교 다닐 때는 왠지 맥이 없어 보이고 빌빌대던 모습도 보이지 않았다. 오히려 당당하고 자신감이 넘쳐 보

였다.

그의 집안 사정과 그의 처지를 조금은 아는 나로서는 그가 이 속세에 다시 나오지 말고 차라리 절에서 정해진 수련과정을 잘 마쳐서 정식 스님이 되었으면 했다. 어디서 무엇을 하든 잘 지내라는 덕담을 하고, 다음에 또 보자 하면서 일어서려는데 K가 한마디했다.

"선생님, 인생은 모래밭을 걷다가 뒤돌아보았을 때 사라져 버리는 발자국 같은 것이에요."

그 말을 들으며 '이놈이 지가 도를 닦았으면 얼마나 닦았다고 제 선생에게 훈계를 하나.' 하는 생각이 들어 그를 빤히 쳐다보다가 나왔다.

그런 일이 있은 후 K에 대한 생각이 종종 들긴 했지만, 그에 대해서 아무런 얘기도 듣지 못한 채 오랜 세월이 흘렀다. 수십 년 전 한 제자가 엉뚱하게 내뱉은 그 말이, 인생이라는 모래밭을 한참 걸어온 요즘, 자꾸만 떠오른다. 어린 나이였지만 K는 그때 이미 인생에 대해서 뭔가를 조금은 깨달았던 것일까. 그는 지금도 어느 절에서 우리네 존재와 삶의 의미를 터득하기 위해 일로 매진하고 있을까. 아니면 속세에 대한 미련을 버리지 못하고 다시 밖으로 나와 우리네와 같은 삶을 살아가고 있을까. 어디에서 무엇을 하며 어떻게 살아가든 삶의 번뇌에서 벗어나 자유롭게 살아가기만을 빌어 본다.

선생보다 당당했던 아이들

벌써 오래전의 일이다. 온양 시내에 있는 한 여자중학교에서 근무하던 때의 일이니까. 착하고 예쁘기만 하던 그 아이들을 생각하면 지금도 빙긋이 웃음이 나온다. 지금은 어엿한 중년의 여인들이 돼 있을 아이들.

그때나 지금이나 어른들은 왜 말과 실제가 다르게 행동하는지 모르겠다. 그때도 그놈의 공부가 문제였다. 교육부나 교육청에서 내려오는 공문에는 분명히 희망자에 한해서 보충수업을 하라고 돼 있었는데, 실제로는 그렇지 못했다. 그저 공부 시간을 늘리면 학생들이 공부를 더 잘하고, 그런 학교가 좋은 학교라는 인식이 팽배해 있던 시절이니 학교마다 교장이 앞장서서 보충수업을 독려했고, 그 눈치를 살펴야 하는 학년부장들은 담임들에게 강제로라도 학생들로 하여금 보충수업을 하게 시키라고 난리를 피웠다.

그러나 내 생각은 달랐다. 공부는 물론 중요하지만 한창 자라는 아이들이 공부만 해서는 안 된다는 확신을 갖고 있었다. 공부도 해야 하지만, 적절한 휴식을 취하고 또 취미활동도 해야 하고, 자기의 인생과 앞날에 대해 고민도 하고 탐색도 할 수 있는 여백이 필요하다고 보았다. 지금도 그 생각은 추호도 변함이 없다. 당시는 전교조가 정식 노조로 인정받지 못하고 있었지만 몇몇 선생님들이 나와 같은 생각이었고, 서로 보조를 맞췄다. 일부 선생님들은 교장의 압박과 회유로 마음을 바꾸기도 했지만, 나는 끝까지 그 원칙을 고수했다. 그러자 일부 사람들은 선생이 아이들에게 공부를 시키지 않으려 한다고 모함하기까지 했다. 학부모들을 들먹이기도 했고, 교육청의 방침을 말하기도 했다. 당시 그 학교의 교장은 교사들에게도 파쇼를 일삼는, 악명이 높은 사람이었다. 교사들을 학생들 다루듯이 함부로 대하는 몰지각한 사람이었다. 그러니 그의 뜻을 받들어 일을 하는 학년부장들은 죽을 맛이었을 것이다. 많이 좋아졌다고는 하지만 아직도 이 나라의 학교에는 교사는 없고 교장만 있는 것 같은 경우가 많다.

그러던 어느 날 오후 쉬는 시간에 교무실에 있다가 볼 일이 있어서 내 반 교실에 갔는데 웬일인지 교실이 조용했다. 안을 들여다보니 학년부장이 교단에 서서 뭔가를 얘기하고 있었고, 아이들은 잔뜩 주눅이 들어 있었다. 순간 직감했다. 이 사람이 아이들에게 보충수업을 하라고 윽박지르고 있구나. 그 생각이 드니 화가 치밀어 올랐다. 교실 문을 열어젖히고 들어서면서 '담임에게 양해도 구하지 않

고 이게 지금 뭐하는 거냐?'고 소리를 질렀다. 그랬더니 이 학년부장이 오히려 '교육은 남임만 하라는 법이 있느냐?'하는 것이었다. 어이가 없었다. 보충을 강제하는 것이 교육인가. 그 부장은 교감 승진을 앞두고 어떻게든 교장에게 잘 보여서 좋은 점수를 따야 하는 사람이었다. 아이들 앞에서 선생들이 싸우는 모습을 보이는 것이 민망했지만 그때는 그것을 따질 겨를이 없었다. 학년부장과 나는 이런 저런 말을 하며 잠시 다투었다. 그 사이 아이들은 참았던 숨을 돌렸던지, 저희들 담임인 나에게 함부로 말한다고 학년부장에게 항의를 하는 게 아닌가.

'우리 담임 선생님에게 그런 식으로 말하지 말아요!'

나보다도 오히려 더 열을 내는 학년부장에게 앞으로 또 그런 식으로 하면 가만있지 않겠다는 말을 남기고 교무실로 돌아왔다.

그날은 마침 수업 후에 직원들이 배구를 하는 날이었다. 체육복으로 갈아입고 운동장에 나왔는데 잠시 후 한 선생님이 허겁지겁 달려왔다. 학년부장이 내 반 교실에서 쓰러졌다는 것이다. 워낙 성질이 급한 사람이라 제 성질을 이기지 못하고 쓰러진 것이다. 나도 화가 풀리지 않아 그러려니 하고 가 보지 않았다. 그랬더니 잠시 후, 쓰러졌다는 사람이 운동장에 나와 또 한바탕 난리를 피우는 것이었다. 내 집에 가서 드러눕겠다며. 어린애도 아니고 참으로 어이가 없었다.

그런 일이 있은 후 지역 교육청에서 장학사가 나왔다. 웬일로 부장도 아닌 나를 교장실로 오라고 했다. 가서 보니 장학사 둘이 앉아

있었다. 한 장학사가 하는 말이, 내 반은 어째서 보충수업을 하는 학생의 수가 그리 적으냐고 물었다. 나는 '교육청의 공문대로 아이들의 희망을 받아서 실시하고 있다. 학부모의 동의서도 받아 놓았다.'라고 사실대로 말했다. 그랬더니 그 친구가 할 말이 궁색했는지, '전 선생님의 자식이라도 그렇게 하겠느냐?'고 했다. 어안이 벙벙하고 화가 났다. 내 자식이 아니라서 반 아이들에게 공부를 더 시키지 않고 방치한다는 뉘앙스였다. '함부로 말하지 마라. 내 자식이라도 본인이 원하지 않거나 필요치 않으면 보충수업은 안 시킨다. 다시는 나를 부르지 마라.' 하고 나와 버렸다. 이런 인간들이 학교 현장에서 교육이 올바로 이루어지도록 지도하는 장학사가 맞나 싶었다.

며칠 후 내가 모르는 사이에 교장이 직접 우리 반에 들어가 아이들에게 보충수업을 다 하라고 윽박질렀다는 얘기를 들었다. 나중에 들으니 우리 반 아이들이 교사들도 무서워하는 그 교장이 엄포를 놓는데도 조금도 동요하지 않았다는 것이다. 학교장의 말에 이의를 제기하는 학생도 있었다고 한다. 보충수업은 희망자만 하게 돼 있는데 왜 강제로 하라 하느냐고. 여리고 철이 없을 것 같았던 중학교 2학년 여학생. 교장이야 그들이 버르장머리 없다고 노발대발했겠지만, 나는 지금 생각해도 그들의 당당함이 너무나 자랑스럽다.

그리고 더 기막힌 일은 며칠 후에 있었다. 평소에도 씩씩하고 자기가 해야 할 말은 꼭 해야만 직성이 풀리던 B라는 아이가 제 발로 교장실에 찾아가 보충수업과 관련해서 따졌다는 것이다. 왜 학년부장 선생님과 교장 선생님이 학생들에게 보충수업을 '하라, 마라' 하

느냐, 보충은 희망자만 하는 거다… 나는 그런 사실을 까맣게 모르고 있다가 나중에야 다른 선생님에게서 전해 들었다. 한편 생각하면 참 당돌하다는 생각도 들었지만, 교육현장에서 많은 일들이 상식을 크게 벗어나 이루어지던 시절, 교사들도 나서서 얘기하지 못하던 시절에 아이들의 반란은 신선했다.

그때만 해도 요순시절이었다. 교장은 학교 내에서 무소불위의 힘을 가진 사람이었다. 소풍가는 날 학생들 앞에서 교사들을 모아놓고 아이들 나무라듯 함부로 대하던 교장, 수학여행이 있으면 으레 계약할 때만 가서 업자에게서 돈을 받아 챙기고, 강사의 수당을 가로채던 행정실장, 일개 행정실 직원이 교사에게 이래라 저래라 하던 시절, 교장의 비위에 맞지 않으면 직원회의 시간에 얘기할 기회도 주지 않던 기막힌 시절. 그래도 예쁘고 착했던 아이들이 있어서 그 시절을 추억하며 웃을 수 있다.

그 아이들도 이제 중년의 나이가 돼서 세상 곳곳에서 자기 역할을 하며 살아가고 있을 것이다. 어릴 때부터 생각이 확실했던 아이들이니 어른이 된 지금도 세상살이의 어려움을 잘 이겨내며 멋지게 살아가고 있으리라. 중년 아줌마가 돼 있을 그 아이들, 어쩌다 삶의 모퉁이에서 마주칠 날이 있으려나. 그런 날이 오면 넉넉한 손을 마주 잡으며 옛날 얘기라도 나누고 싶다.

졸업여행

천안 시내에 있는 고등학교에서 근무하다가 천안 지역 만기가 되어 당진에 있는 고등학교로 전근을 가게 되었다. 공립학교에 근무하는 교사는 한 지역에서 계속 근무하지 못하고 일정한 기간이 지나면 다른 시·군으로 전근을 가야만 하는 규정이 있었다. 천안에서의 근무 기간이 다 차서 어디로든 다른 지역으로 옮겨가야만 했다. 그때 나는 당진으로 내신을 냈고, 발령이 났다.

내가 간 학교가 예전에는 여학교였었는데 언젠가 남녀공학이 되어 있었고, 학교 이름도 바뀌어 있었다. 그런데 내 나이가 어중간해서 학교의 업무-담임 업무나 일반 사무-중 무엇을 맡아야 하나 살짝 고민이 되었다. 그래서 미리 교감 등에게 말했다. 새로 부임한 사람이지만 내가 3학년 담임을 맡겠노라고. 학교 측에서도 흔쾌히 수락해서 3학년 담임을 하게 되었다. 내가 맡은 반은 남학생 17명과

여학생 13명으로 구성된 혼성반이었다. 그때까지만 해도 나는 여학교에서 근무한 경험이 별로 없는 데다가 내가 맡은 반이 고3 아이들인 혼성반이라니, 조금 신경이 쓰였다.

이 지역의 중학생들 중 공부를 좀 한다는 아이들은 같은 지역에 있는 사립 고등학교로 대부분이 진학하고, 그 학교에 가지 못하는 아이들이 이 학교로 온다는 것이었다. 그러나 그것은 나에게 크게 중요하지 않았다. 공부야 좀 잘 할 수도 있고 또 잘 못할 수도 있는 것 아닌가. 게다가 학생들이 순수하고 심성이 착하다 하니 그러면 됐지, 싶었다.

아이들과 같이 얼마간 생활하다 보니 선생님들의 말이 틀리지 않았다. 당진에서 태어나 그 지역의 중학교를 졸업하고 또 같은 고등학교에 온 아이들이라서 자기들끼리 너무도 잘 알고 있었다. 심지어 어떤 아이들은 같은 동네에서 나서 자라고, 같은 초등학교와 중학교를 다닌 후 또 다시 같은 고등학교에 다니기도 했다. 지금은 모르겠으나, 그 당시만 해도 당진 지역의 분위기 자체가 조금은 시골다웠고, 주민들도 다정다감했던 것 같다. 한 예로, 우리 반 아이들이 체육시간이나 특별실 수업이 있어서 반 아이들이 모두 우리 반 교실에서 나가야 할 때도 출입문을 잠그지 않았다. 그래서 한번은 우리 반 아이를 붙잡고 물었다. '왜 교실 문을 잠그지 않느냐.'고. 그랬더니 그 아이는 오히려 내가 이상하다는 듯이 바라보며 말했다.

"선생님, 그래도 아무 것도 없어지지 않아요."

성적이 좋은 아이들이 아니니 3학년인데도 공부에 크게 연연해

하지 않았다. 천안에서 근무하다 간 나는 처음에는 어리둥절했으나 곧 이해가 되었다. 대부분의 아이들이 내신만 반영하는 대학에 진학하기 때문에 학교 내신만 조금 신경을 쓰면 된다고 했다. 좋아할 일만은 아니었지만, 어쨌거나 지옥 같은 입시공부에서 다소나마 벗어나 있는 것 같아 다행스러웠다. 그 학교생활에 조금은 적응이 돼 간다 싶으니 어느덧 2학기가 되었다. 2학기가 되고 한두 달이 지난 어느 날 우리 반 아이들이 반모임을 하자는 것이었다. 하루 날을 잡아서 간단한 운동을 한 후에 음식을 만들어 먹자는 것이었다. 처음엔 어이가 없었다. 고 3인데다 2학기인데 어찌 그리 태평할 수가 있나, 했다. 내 눈치를 챈 녀석들이 한마디 덧붙였다.

"다른 반들도 다 한대요!"

그래서 알아보니 사실이었다. 다른 반들도 이미 했거나 조만간에 반모임을 실시한다는 것이었다. 그러니 할 수없이 '그러자.'고 했다.

토요일 오후를 택해서 반 아이들끼리 축구와 농구를 하고나서 운동장 그늘에서 조별로 음식을 만들어 먹거나 준비해 온 음식들을 먹기로 하였다. 그날이 되니 내가 뭐라 말하기도 전에 아이들이 준비를 다 했다. 드디어 운동이 끝나고 조별로 음식을 먹는데, 도중에 두 명의 아이가 밖으로 나가는 것이 보였다. 직감으로 술을 사러 나가나 보다, 했다. 모르는 척하고 있으니, 나갔던 녀석들이 두꺼운 봉지를 들고 들어왔다. 술을 사왔지만 선뜻 마시지는 못하고 내 눈치만 살피고 있었다. 그러다가 드디어 능청스런 남학생 하나가 내게 와서 아양을 떨었다.

"선생님, 딱 한 잔씩만 마실게요."

판단이 서지 않았다. 고3 아이들이 대낮에 학교 안에서 술을 마신다? 그것도 담임이라는 사람과 함께. 나는 냉정한 태도로 단호하게 잘랐다.

"술은 안 된다."

그러자 이번에는 여학생들이 와서

"선생님, 우리 평소에도 술 잘 마셔요!"

"안돼, 여기는 학교 안이잖아!"

아이들과 실랑이를 벌이다가 절충안을 냈다.

"딱 한 잔씩만 마시는 거다. 그리고 절대로 술 마신 티를 내면 안 돼!"

아이들은 환호했고 술은 순식간에 바닥이 났다. 여학생들이 중년 아줌마들처럼 소주를 술술 마시는 것을 보고 놀라 넘어갈 뻔했다.

학년 말이 가까워지자 이번에는 졸업여행을 가자는 것이었다. 오래 전에는 졸업여행이 있었지만, 그 당시만 해도 웬만한 고등학교에서는 입시준비 때문에 없어진 지 오래였는데, 이 학교에서는 여전히 시행되고 있었다. 다른 반들도 간다는데 우리 반만 가지 않을 수도 없어서 반장, 부반장 등과 일정과 코스를 상의했다. 여행을 계획하면서 다 좋았는데, 담임인 나는 그 다 큰 남녀 학생들을 어찌 관리해서 무사히 여행을 다녀올 수 있을까, 하는 생각뿐이었다. 특히 지난번 반모임을 할 때 술 마시는 걸 보니 장난이 아닌데, 술 마시고 사고라도 치면 어쩌나. 걱정이 태산이었다. 일단 부담임 선생님에게

부탁해서 같이 가자고 했고, 그로부터 허락을 받았다. 코스는 서천 군에 있는 신성리 갈대밭을 들렀다가 금강하구에 있는 철새도래지 를 구경하고 대천해수욕장에 가기로 했다. 그리고 숙소는 대천해수 욕장에서 한참 떨어져 있는 가족형 펜션으로 정했다. 반장을 포함 하여 많은 아이들이 대천해수욕장 근처에서 묵자고 요구했으나, 아 무래도 불안해서 단호하게 잘랐다.

대천해수욕장에서 조금 놀다가 숙소로 돌아오는 길에 술과 안주 등 여러 가지를 샀다. 술을 사는 것을 보니 내 입이 벌어졌다. 소주 에 맥주 그리고 막걸리까지… 다행히 숙소가 1층과 2층으로 분리돼 있어서 그나마 마음이 조금 놓였다. 2층은 여학생들이, 1층은 남학 생들이 쓰도록 배정하며 단단히 타일렀다. '술을 마신 다음에는 남 학생들은 절대로 2층에 올라가지 말고, 여학생들도 1층 남학생 방에 들어가지 말 것.' 안주를 마련해서 술을 마시는데 웬만한 어른들은 저리가라였다. 나도 분위기를 망칠까 봐 아이들과 어울려 술을 마 시면서도 만일 어느 한 놈이라도 술이 취해서 깽판을 부리면 어찌하 나, 하는 생각에 조마조마했다. 나도 술을 좋아하고 놀기도 좋아하 지만, 그날만은 웬지 신경이 많이 쓰였다. 게다가 중학교 졸업 후 1 년 놀다가 고등학교에 왔다는 학생이 있었다. 반 아이들이 그를 형 이라 부르며 어려워하는 아이였는데 그가 술을 계속 마셔댔고, 이 미 조금 취해 있었다. 분위기는 달아올랐고, 술이 모자라 아이들이 나 모르게 술을 더 사 와서 마시는 것 같았다. 어디서 술이 자꾸 나 왔다. 들뜬 아이들을 달래서 술자리를 마감시키고 숙소로 들여보냈

다. 염려와 달리 아이들은 내 말에 잘 따라 주었다.

1층과 2층으로 아이들이 들어가서 겨우 한숨을 돌리고 있는데, 아까 그 친구가 남녀 아이들을 모두 1층 큰방에 모이게 하는 게 아닌가. 나는 내심 걱정이 되어 지켜보고 있는데, 아이들을 다 모아 놓고 그 아이가 나에게 와서 내 소매를 끄는 게 아닌가. 그에게 이끌려 방으로 들어서니 반 아이들이 모두 앉아 있었다. 그 아이가 나를 보고 앉으라 하더니 큰 소리로 외쳤다.

"얘들아, 선생님이 우리를 위해 애쓰셨으니 우리 모두 큰절을 올리자~!"

그의 말이 끝나자 반 아이들이 모두 자리에서 일어나 내게 큰절을 하는 게 아닌가. 엉겁결에 아이들과 맞절을 하고 나서 잠시 코끝이 찡했다. 그리도 착한 아이들을 나는 왜 믿지 못하고 사서 걱정을 했을까. 부끄럽고 미안했다. 좀 늦게 한 여학생이 배탈이 나서 급히 병원에 다녀온 것 말고는 무사히 졸업여행을 마쳤다.

날고 긴다는 외국어고, 과학고 학생이 아니면 어떤가. 하버드대, 예일대, 서울대에 못 가면 또 어떤가. 공부야 올바로 살아가기 위해 필요한 게 아닌가. 오히려 이 세상에는 똑똑하나 이기적인 사람보다는 평범하지만 가슴이 따뜻한 사람이 더 필요한 게 아닐까. 가슴에 늘 온기가 돌고, 남과 더불어 살아가려는 넉넉한 사람이 필요하지 않을까. 잠시지만 당진에서 함께했던 우리 반 아이들처럼.

이제는 그들도 누군가의 듬직하고 따뜻한 부모가 돼 있을 거다. 이웃과 사이좋게 지내는 후덕한 아저씨, 아주머니로 살아가고 있을

거다. 분명 건강하게 살아가고 있을 그들이 바로 이 사회의 초석礎石
이며 기둥이 아닐까.

갈등의 세월을 넘어

아이들을 사랑했지,
그것만은 진실이었어
─전교조를 위한 변명

군대생활을 마치고 시골의 한 중학교로 발령을 받아 학교를 찾아 갔다. 군에 입대하기 전에 충남 보령의 한 중학교에서 한 달 남짓 근무한 것이 그때까지의 내 교직 경력의 전부였으니, 말이 복직이니 초임교사나 마찬가지였다. 아주 외진 시골이 아닌 공주시 관내로 발령이 난 것이 의외였다. 모든 게 어설프고 낯설었으며 많은 방황은 있었으나 친절한 선후배, 동료교사들의 배려로 그럭저럭 학교생활을 해 나가고 있었다.

그러던 어느 날 학생들과 교실에서 수업을 하고 있는데, 스피커를 통해서 안내방송이 나왔다. 수업을 하는 모든 선생님들은 즉시 수업을 중단하고 학생들과 각자 맡은 구역을 청소하라는 것이었다. 영문도 모른 채 두리번거리다가 교무실에 와서 이유를 물으니 그날 오후에 교육청에서 장학사가 온다는 것이었다. 교감을 비롯해서 주

임 선생님들이 앞장서서 지휘를 했고, 조용하던 학교는 순식간에 북새통이 되었다. 확실한 판단이 서지 않았던 나는 남들이 하는 대로 아이들을 데리고 교문 앞을 쓸었다. 으레 그렇게 하는 건가 보다 했다.

그러다가 또 한 학기가 지났을 무렵 장학사 2~3명이 장학지도를 나왔다. 이유는 몰랐지만 선생님들과 교직원들 모두는 무슨 죄나 지은 사람들처럼 숨 막히는 하루를 보냈다. 마지막으로 전 직원이 모인 교무실에서 그날 장학지도에 대한 강평이 있었다. 교장 선생님이 아주 공손한 태도로 장학관과 장학사들을 소개했고, 이어서 근엄한 표정의 장학관이 인사를 했다. 그리고 장학사들이 각자 이런저런 낯간지러운 공치사를 한 후, 학교 운영에 관한 몇 가지 부탁을 하고 회의가 끝났다. 직원회의가 끝나니 교장을 필두로 주임교사들이 예의를 다해 장학진들을 그 지역에서 가장 좋다는 식당으로 모시고 갔다. 나머지 막교사들은 뒷정리 후 쓸쓸히 집으로 향했다. 평교사들은 그 높은 사람들을 대접하는 회식자리에도 참석할 자격이 없었다. 참으로 아득했던 시절이었다.

복직 후 아슬아슬하게 학교생활을 하던 나는 늦은 결혼을 계기로 아내가 있는 온양으로 전근을 갔다. 온양의 면 소재지에 있는 한 중학교에 배정되었고, 역시 시골학교인지라 정이 많은 선후배 선생님들과 어울리며 무난히 지내고 있었다. 바로 그때 전교협이라는 단체가 생겼고, 그 회원 선생님들―거의가 후배들―과 같이 생활하게 되었다. 그 동안도 잘 풀리지 않는 내 인생에 대한 불만은 많았으나 그것을 세상에 대한 불만으로 전화轉化시킨 적은 없었다. 대학 다닐

때도 운동권과는 거리가 멀었고, 좀 더 나은 내일을 위해 오직 열심히 시험공부를 하던 범생이었으니까. 그런데 전교협에 앞장선 선후배들의 이야기를 들으니 학교 현장의 문제점들이 또렷이 보이기 시작했고, 내 개인에 대한 불만도 사회적인 문제로 전화되기 시작했다. 학교장들의 독단과 행정실의 비리, 교사들이 교육권을 침해당하는 것, 자율성이라고는 찾아볼 수 없는 학교의 운영, 교육을 핑계로 학생들에게 가해지던 인권 침해, 부패하고 비상식적인 사회, 정권의 비도덕성…. 세상의 모든 것들이 부조리해 보였다.

착한 시골 아이들 그리고 정 많은 선생님들과 어울리며 그럭저럭

교직생활을 이어가고 있을 때, 교직사회를 커다란 소용돌이 속으로 몰아넣은 사건이 발생했다. 전교협이 진통 끝에 전국교직원노동조합을 결성하였고, 군사독재정권은 이를 수용하지 못하고 전교조 가입 교사들 1500여 명을 일시에 해직시키는 폭거를 저질렀다. 그때까지 전교조에 가입하지 않았던 나는 해직은 되지 않았지만, 해직된 선후배 교사들을 보고 있노라니 뭔가 단단히 잘못됐다는 생각이 들었다. 숨통이 턱턱 막히던 시절, 그나마 그 선생님들을 만나 이런저런 얘기를 나누면 조금은 숨통이 트이는 것 같았는데…. 그리고 무엇보다 그들의 언행이 크게 잘못된 게 없었고, 오히려 상급자들이나 권력자들이 잘못된 것 같았는데…. 해직된 선후배들과 자주 만나면서 일의 앞뒤를 알게 되었고, 그럴수록 내 자신도 모르게 분노가 쌓여 갔다. 이 사회와 위정자들에 대한 반감도 커져만 갔다.

어느 날 오후, 그날도 형사들의 눈을 피해 온양 시내에 있는 한 교회에서 모임을 갖고 후배 해직교사 3명과 근처 작은 지하 술집에 가서 소주를 한잔하게 되었다. 그 자리에 있던 세 후배들 중 한 후배는 이미 결혼을 했고, 두 후배는 총각이었다. 소주를 서너 잔씩 마셨을 무렵 한 후배가, 전교조가 생각보다 탄력을 받지 못하고 있다는 얘기를 했고, 이어서 또 다른 친구는 해직교사들의 어려움을 토로하였다. 후배들은 해직교사였고 선배인 나는 현직에 있었다. 얘기를 듣고 보니 울분이 치솟았고, 이런저런 이유로 전교조에 가입하지 못하고 망설이던 내 자신이 비굴해 보였다. 그 순간 결혼을 한 친구가 갑자기 눈물을 보였고, 때맞춰 다른 후배가 "형님, 형님이 조합원으로

들어와야겠슈." 했다. 그날 나는 전교조 조합원이 되었고, 그 기념으로 온양 시내 뒷골목에 가서 코가 삐뚤어지도록 술을 마셨다. 그렇게 시작된 조합원으로서의 생활은 내가 퇴직을 하는 날까지 죽 이어졌다.

전교조 조합원으로서 교직생활을 해 오며 겪은 이야기들은 이루 다 말할 수 없을 만큼 많다. 나보다 훨씬 더 큰 어려움을 겪은 선후배 선생님들도 많으니 내 얘기를 장황하게 하는 것은 염치없는 일이긴 하지만, 내 입장에서 몇 마디 하지 않을 수가 없다.

지금은 조합원 수가 수만 명에 달하니 조합원들을 다 알지도 못할뿐더러 일일이 그 성향을 말할 수도 없지만, 적어도 초창기에 전교조를 함께했던 동지들은 정권과 관제 언론들의 매도와는 달리 정말 순수하고 인간적인 따스함을 지닌 사람들이었다. 그들은 빨갱이도 친북좌파도 아니고 부모에게 불효막심한 자식도 아니었으며, 제 잘난 척하는 속없는 사람들도 아니었다. 자신의 많은 것들을 희생해 가면서 아이들과 교육을 사랑했고, 이 사회와 조국의 앞날을 걱정했던 사람들이었다. 정권과 언론 그리고 그 하수인 역할을 하던 교장과 장학사들이 갖은 방법을 동원하여 그들을 모함하고 헐뜯었지만, 잠시라도 그들과 함께 생활해 본 사람이라면 그들의 인간됨을 바로 알아보았다.

전교조 문제로 세상이 한창 시끄럽던 시절, 내 막내 처남이 내가 근무하던 지역 경찰서의 학원 담당 형사였다. 쉽게 말해서 처남은 전교조 담당 형사였고, 나는 전교조 지회의 임원을 맡은 조합원이었

다. 처가 식구들과 모이면 서로 난감해 했다. 처남댁은 나를 보고 자기 남편을 생각해서라도 전교조활동을 그만두었으면 좋겠다 하고, 나는 나 같은 사람이 있어서 처남이 할 일이 있는 거라며 싱겁게 둘러대곤 했다. 남편이 경찰이다 보니 처남댁도 전교조를 고운 눈으로 볼 리가 없었다. 그러다가 처남의 딸이 초등학교에 들어갔는데, 그 아이의 담임이 전교조 조합원이었다. 처음에는 처남댁의 걱정이 태산이었다. 그렇게 한 학기가 다 지나갈 무렵, 어느 날 처가 식구들이 모인 자리에서 그 처남댁이 하는 말이, '전교조 선생님이 담임이라 참 좋다'고 했다. 아이들을 차별하지 않고, 뭘 가져오라 하지도 않고, 경찰관의 딸이라는 것을 알 텐데도 자신의 딸에게도 아주 잘해 준다는 것이었다. 말이 필요 없었다. 겪어 보면 저절로 아니까, 하는 생각이 들었다.

집안의 막내인 나는 전교조 활동을 하면서 형님들과 누나에게도 많은 걱정을 끼쳤다. 형님들도 모두 공무원이었기 때문에 걱정이 더 컸다. 때로는 점잖게 타이르기도 하고, 어떤 때는 혼내기도 했다. 맞벌이를 하는 아내의 고충은 더욱 컸다. 같은 교사이기 때문에 이해를 하면서도 전교조 일에 매달리는 나 때문에 신혼 때부터 마음고생이 심했다. 부모형제와 아내가 걱정하는 것은 잘 알고 있었지만, 나는 그 길을 포기할 수가 없었다. 비록 교직에 큰 미련을 가진 나는 아니었지만, 일단 교사 노릇을 하려면 옳다고 생각하는 일을 외면하고 싶지 않았다. 다른 조합원들처럼 나도 전교조에서 앞에 섬으로써 많은 것을 포기하고 어려움을 감수해야 했다. 그래도 내 소신껏

살아간다는 생각에 마음만은 뿌듯했다.

지금도 나를 전교조에 들게 한 그 후배들을 가끔 만난다. 얼마 전까지만 해도 그들을 만나면 농담 삼아 말하곤 했다. '너희 때문에 내가 교장도 못하고 많은 것을 잃었다.'고. 하지만 이제는 장난으로라도 그런 말을 하지 않는다. 그들은 내게 많은 것을 깨우쳐 준 은인임을 알고 있으니까. 그들이 비록 후배들이었지만, 나보다 앞서 교육과 이 사회의 문제점들을 알아보는 혜안을 가지고 용감하게 대처했으며, 나를 올바른 길로 안내해 줬으니 그보다 더 고마운 일이 어디 있겠는가. 그래서 나는 지금도, 생사를 같이한 전우처럼, 피를 나눈 형제처럼 그들과 잘 지내겠노라고 다짐하곤 한다.

다시 교사가 돼도—그럴 생각은 추호도 없지만— 나는 그 길로 갈 것이다. 어려웠지만 소신껏 살았던 그 시절이 자랑스럽다. 교육의 발전을 위해 좀 더 열심히 노력하지 못한 것이 미안하고 아쉬울 뿐이다. 그리고 전교조를 잘 알지 못해서 오해를 하고 있는 많은 사람들이 안타깝다. 오직 조합원들이 초심으로 돌아가 교육과 아이들을 더 사랑하는 것만이 그들의 오해를 푸는 길이라고 믿는다.

전교조가 조합원들의 수도 많아지고 또 노조로서의 역할 때문에 여러 가지 한계도 있겠지만, 모든 후배 조합원들이 초심으로 돌아가 노조의 조합원으로서 그리고 존경받는 교사로서의 역할을 충실히 해냈으면 한다. 어렵겠지만 자신보다는 학생을, 자신의 영달보다는 교육과 사회를 걱정하는 수고를 해 줬으면 한다. 그것이 전교조의 존재 이유이고 우리가 변함없이 전교조를 사랑하는 이유니까.

교직생활에 대한 회의도 많았고, 전교조 교사로 살아오면서 참 말도 많고 탈도 많았지만, 지금도 당당히 밀힐 수 있다. 그 무엇보다도 아이들을 사랑했고, 그러기 위해서 전교조 활동을 했노라고. 부족함이 많아 미안했지만….

교육감 선거

내가 30여 년 간의 교직생활을 접고 명퇴를 하던 해에 하필이면 교육감 선거가 있었다. 현직에 있을 때도 잘못된 교육을 혁신적으로 바꿔야 한다는 생각으로 마음에 드는 후보를 지지하고 암암리에 조금씩 선거운동을 한 적은 있었지만, 내놓고 선거판에 나서는 것은 내 취향이 아니었다. 이미 교직을 떠난 나에게 교육감 선거는 크게 중요한 일이 아닐 수도 있었다. 더구나 나는 일단 교직을 떠나면 두 번 다시 교직사회와 인연을 맺지 않겠노라고 스스로 다짐했던 사람이었다.

학교를 그만두니 그렇게 좋을 수가 없었다. 불편했던 마음이 사라지고 마음의 평정을 되찾았다. 처음부터 길을 잘못 들어선 내 탓이었지만, 어쨌거나 교직생활을 하는 동안 마음에 드는 것보다 들지 않는 것이 훨씬 더 많았다. 학교생활에서 마음에 드는 것은 딱 두 가

지뿐이었다. 하나는 때때로 내 속을 썩였지만 그래도 근본은 순수하고 착하던 아이들, 그리고 여러 어려움에도 불구하고 뜻을 같이하며 정답게 지냈던 선생님들.

그 해에 교육감 선거가 있다는 사실과 누가 후보로 나섰는지 정도는 진작부터 알고 있었지만, 짐짓 모르는 척하고 집에서 편히 쉬고 있었다. 공식적인 선거운동이 시작되고도 내가 지지하는 후보의 사무실에 나가지 않았다. 분명 함께해야 했지만 선뜻 나서고 싶은 마음이 들지 않았다. 그런데 선거운동이 시작되고 며칠이 지났을 무렵, 내가 지지하는 후보의 선대본에서 사무실에 나와 달라는 연락이 왔다. 연락을 받고 한참을 망설였다. 조금이라도 나은 교육을 원한다면 당연히 나가서 도와야 한다는 생각과, 이번 계제에 아예 교육계와 인연을 끊어야 한다는 생각이 교차했다. 그동안 내가 직접 선거를 치러 본 적은 없었지만, 그간의 이런 저런 선거과정을 보면 한마디로 난장판이라는 생각뿐이었다. 그런 판에는 웬만하면 끼어들고 싶지 않았다.

그러나 결론은 선대본에 나가서 후보를 도와야만 한다는 것이었다. 비록 나는 교직생활이 마음에 들지 않아서 그만뒀지만, 교육만큼은 반드시 제 자리를 찾아야 하지 않겠는가, 생각했다. 그동안 교육을 바꾸겠다고 피터지게 싸워와 놓고 이제 와서 나몰라라 하는 것은 앞뒤가 맞지 않는다는 생각도 들었다. 대통령 선거와 마찬가지로 교육감 선거에서도 누가 당선되느냐에 따라 그 지역의 교육이 좌우되니까. 그간의 충남교육은 다른 문제들도 많았지만, 무엇보다도

지역 교육계의 수장인 교육감들의 비리가 가장 큰 문제였다. 후보들의 자질이 가장 큰 문제였지만, 일단 당선되면 적절한 견제장치가 없으니 한마디로 제 마음대로였다. 일개 학교의 교장들도 그러한데 높으신 교육감이야 오죽하랴. 많은 교육감들이 겉으로는 교육을 말하지만 속으로는 제 개인의 영달과 지연, 학연 등으로 얽힌 제 패거리들의 잇속을 챙기기에만 급급했다. 이런 인간들이 다시 교육감이 되면 충남교육의 앞날은 불을 보듯 뻔했다. 그러니 이번에는 반드시 청렴하고 교육에만 전념할 교육감을 뽑아야만 한다는 생각이 들었다. 여차해서 이번 기회를 놓치면 두고두고 후회할 것만 같았다.

선대본에 나가 보니 이런저런 연유로 후보와 인연을 맺은 사람들이 나와서 일을 하고 있었다. 특정 정당의 당원인 사람, 각 단위의 노동조합원, 전교조 조합원이었던 사람, 각 시민단체의 회원, 그리고 후보의 제자들까지 다양했다. 나도 전에는 지역 단체들과 일을 같이 한 적이 있어서 웬만한 사람들은 대충 아는데, 선대본에는 아는 사람이 별로 없었다. 나중에 보니 내가 나이가 제일 많았던 것이다. 처음에는 좀 어색했으나 워낙 후보를 위해서 헌신적인 사람들이고 생각이 비슷한 사람들이라 바로 친해졌고, 허물없는 사이가 되었다. 시간이 지나면서 상황은 긴박해져 갔고, 따라서 하는 일들도 점차 많아졌다. 후보의 정책을 마련하는 일, 각 언론사의 요구에 응하는 일, 상대 후보의 문제제기에 적절히 대응하는 일, 각 이익단체의 요구에 응답하는 일, 각종 모임에 참여하는 일, 발표 자료를 준비하는 일, 후보의 리허설을 점검하는 일 등등. 선대본의 사람들은 각

자 맡은 일에 따라 때로는 새벽부터 밤 늦게까지 뛰어다녀야 했다. 그렇게 고단한 날들이 계속되는데도 누구 하나 인상을 찌푸리는 사람이 없었다. 비록 피곤하고 지쳐 힘들어하기는 했으나 모두들 맡은 일에 최선을 다하려고 애썼다. 같이 일하는 내가 보기에도 그들이 참 대견했다. 후보에 대한 애정과 교육 혁신에 대한 열망이 없었다면 설사 많은 돈을 준다 해도 그렇게 열심히 할 수는 없었을 것이다. 어느 날 저녁식사를 하는 자리에서 한 젊은 선대본 식구가 말했다. '형님이 교육감에 당선되면 내가 천안에서 제일 높은 건물 옥상에 올라가 춤을 추겠다.'라고. 그만큼 후보를 교육감에 당선시키고픈 마음들이 간절했고, 그만큼 자신들의 모든 열과 성을 다해 노력했다. 내가 후보가 아니라도 그들의 마음과 정성이 고마웠다.

다른 선거들은 더 심할 거라는 생각이 들지만, 교육감 선거도 역시 선거였다. 선거 전부터 진보진영 후보인 우리 후보가 당선될 것이라는 예측이 나오자 소위 보수진영에서는 집권여당이 개입해서 보수 진영에 난립한 후보들을 모두 주저앉히고 우리 후보를 누를 수 있는 새 후보를 내세우려 한다는 소문이 들려왔다. 전국적으로도 진보진영의 후보들이 약진하고 있어서 집권여당이 긴장하고 있으며, 결국 배후에서 교육감 선거를 조정하고 있다는 것이었다. 설마설마했는데 소문은 사실이 되었다. 출사표를 던졌던 보수진영의 후보들은 줄줄이 물러나고, 지역의 국립대 총장 출신이 그 진영의 대표 후보로 나섰다. 교육의 정치적 독립을 위하여 교육감 후보는 어느 정당에도 가입해서는 안 되게 돼 있으나 이는 말뿐 실상은 그렇

지 못했다.

선거운동이 중반에 접어들자 드디어 선거판의 민낯이 드러나기 시작했다. 후보들 간 상호 비방은 물론 후보의 사소한 과실이나 후보 가족들의 문제까지 그 한계를 모르는 폭로전은 참으로 낯 뜨거운 것이었다. 온갖 유언비어가 난무했다. 자신의 득표에 도움이 된다면 못할 짓이 없을 것처럼 보였다. 게다가 평소에 듣지도 보지도 못한 언론사들은 어찌 그리도 많던지. 한 표가 아쉬운 후보와 선대본을 상대로 자신들의 영향력을 내세우며 기사를 가지고 흥정하려는 그들의 모습을 보면서 화가 나기도 하고 한편으로는 안쓰러운 생각도 들었다. 또한 각종 이익단체들도 교육을 걱정하기보다는 오직 자기들의 이익만을 위한 공약을 약속하라고 다그쳤다. 우리가 왜 교육감을 뽑는지 헷갈릴 정도였다. 이런 꼴이 보기 싫어 가능하면 선거판에 끼어들지 않으려 했던 것인데….

우리 후보가 백방으로 뛰고 선대본 식구들도 다들 노력한 덕분에 선거운동 막판에 커다란 악재만 터지지 않으면 이길 수도 있겠다는 생각이 들었다. 그럼에도 불구하고 투표일이 가까워지자 이것저것 다 부족한 것처럼 느껴지면서 한편으로 불안하기도 하였다. 드디어 투표가 끝나고 개표가 시작되자 선대본 사무실은 인산인해를 이루었고, 개표의 진행상황에 따라 시시각각 희비가 엇갈렸다. 1, 2위를 놓고 우리 후보와 보수진영 후보가 계속 엎치락뒤치락하였다. 자정이 다 될 때까지 이런 상황이 지속됐다. 웬만한 상황에서는 태연함을 잃지 않던 후보도 불안감을 감추지 못했다. 입이 바싹바싹 마르

는 모습이었다. 보다 못해 내가 후보에게 말했다. '형님, 형님은 이제 늘어가셔요. 형님이 없어야 이길 것 같으니.' 했다. 나도 내심 걱정이 됐지만 후보가 같이 있는다고 뭐가 달라질 건 없지 않은가. 다행히 개표가 남은 지역이 우리 후보가 강세를 보이는 두 곳이었다. 이 두 지역의 개표가 진행되면서 서서히 우리 진영이 앞서기 시작했고, 많지 않은 표차로 우리의 후보가 승리했다.

늦은 밤, 선대본은 환희에 휩싸였다. 우리 충남지역에서도 진보 진영의 교육감이 탄생될 수도 있구나, 하는 생각에 가슴이 벅찼다. 우리 후보 개인의 영달보다도 너무나 많이 잘못돼 있는 지역 교육을 바로잡기 위하여 참으로 절실한 선거였고, 힘겨운 선거였고, 그만큼 승리는 감격적인 것이었다. 열심히 뛴 후보는 물론이고 자신을 돌보지 않고 맡은 일을 헌신적으로 해 준 선대본 식구들과 모든 지지자들이 그렇게 고마울 수가 없었다.

드디어 우리 후보가 교육감으로 취임하고 업무를 시작했다. 몇 번인가 모여 자축도 했다. 이제는 선거에서 이긴 홍분을 가라앉히고 냉정해질 때가 됐다는 생각이 들었다. 우선 새 교육감은 전임 교육감들이 범했던 과오를 다시는 범하지 않길 간절히 바란다. 사심을 버리고 오직 교육에만 전념하리라 믿는다. 여건이 어려워도 절대로 초심을 잃지 않기를 바라고, 상황이 변하면 잘 적응은 하되 교육의 원칙만은 꼭 지켜갔으면 한다. 건강한 민주시민으로 자라도록 도와주는 교육, 어떤 이유로도 차별하지 않는 교육, 가슴이 따뜻한 사람으로 성장하도록 돌봐 주는 교육을 기대해 본다. 선거는 끝났

지만 교육에 대한 우리의 애정이 식어서는 안 된다고 본다. 교육의 주체들이 다른 걱정 없이 오직 교육에만 매진할 수 있도록 우리 모두의 애정 어린 응원이 필요하다. 또한 과오에 대해서는 날선 비판과 합리적 대안을 제시하는 용기도 필요하다. 교육은 앞으로도 쭉 계속될 것이므로.

'벼룩의 간' 도둑

지금의 행정실을 서무실로 부르던 시절이었다. 아산의 어느 학교에서 근무할 때의 일이다. 그때도 중·고등학교의 2학년 학생들이 수학여행을 가곤 했다. 어느 날 2학년 담임을 맡아서 아이들을 데리고 수학여행을 다녀온 후배 교사가 여행에서 돌아온 이튿날 나를 찾아왔다. 그런데 그 후배 교사의 얼굴을 보니 어째 즐겁게 수학여행을 다녀온 사람의 표정이 아니었다.

화를 새기지 못한 후배 교사가 수학여행에서 있었던 웃지 못할 일들을 열거하기 시작했다. 아이들이 묵는 숙소의 시설들이 너무 낡고 지저분했으며, 심지어 쥐들이 돌아다녀서 그 불편함을 이루 다 말할 수가 없었다는 것이다. 게다가 식사는 맛이 없어서 학생들이 먹을 수가 없다고 난리를 쳤다 했다. 그리고 이튿날 점심은 도시락을 싸 줬는데, 그 도시락의 내용물이 사전에 얘기한 것과 다르게 너

무도 빈약했다는 것이다.

수학여행을 갈 때는 총책임자로 교장이나 교감 중 한 사람이 따라가고, 학년부장과 담임교사들 그리고 회계 책임자로 서무과 직원이 한두 명 따라간다. 그 여행에는 서무과의 차석(행정계장)이 동행했다고 한다. 인솔교사들이 그 친구에게 강력하게 항의하니 그 친구의 말이, 숙소나 식당 등을 계약할 때는 늘 서무과장이 갔었기 때문에 자기는 계약 내용을 잘 모르고 또 책임도 없다고 했다는 것이다. 결국 즐거워야 할 수학여행은 엉망이 되었고, 여행을 다녀온 후에도 학생들은 불만에 싸여 퉁퉁거렸다.

나중에 들으니 당시의 서무과장이 원래 그런 인간이라는 것이었다. 돈이 되는 일에는 부하직원을 보내지 않고 손수 나서고 그 후에는 발을 뺀다는 것이었다. 얼마나 돈을 받아먹었는지 그가 사는 동네 아주머니들도 눈치를 채고 있다고 했다. 동네 미용실에 가면 그 서무과장의 마누라가 자기 남편이 선생들보다 돈을 훨씬 더 많이 번다고 자랑삼아 떠들어 댄다는 것이었다. 그 친구에 그 마누라였다. 그런 얘기들 듣고 보니 당시 서무과장은 얼굴도 도둑놈 인상이었다. 거무튀튀한데다 빤질거리는 얼굴. 초임 여교사가 볼 일이 있어 서무실에 찾아가면 발을 책상 위에 올려 놓은 채로 대한다는 것이었다. 한 마디로 싸가지 없는 놈이었다.

그 다음 해에 내가 2학년 부장이 되었다. 학년 초부터 수학여행 계획을 세웠고, 다시는 전년도의 잘못을 저지르지 않기 위해서 신경을 썼다. 당시는 전교조가 정식 노조는 아니었지만, 우리 학교 내

에는 30명이 넘는 교사들로 이뤄진 전교조 후원회가 있었고, 그 회장을 내가 맡고 있던 터라 서무과장이 신경을 쓰는 눈치였다. 드디어 사전답사와 숙소 등을 계약하러 가는 날이 다가왔다. 내가 서무과에서는 누가 갈 거냐고 물으니 서무과장이 싹 빠지고 업무 보조원(육성회 직원) 한 사람이 간다고 했다. 나는 차라리 잘됐다 싶었다. 둘이 가면서 서무과 직원에게 솔직하게 말했다. 작년 수학여행 후 잡음이 많았던 것 아시지 않느냐, 나는 절대로 그런 식으로 하지 않을 거다, 그러니 아저씨도 협조해 주셨으면 한다, 고. 다행히 그 직원은 평소에도 매사에 깔끔하여 나로서도 좋게 보았던 분이었고 내 말에 흔쾌히 동의했다.

　합천 해인사 근처의 여관에서 1박을 하기로 돼 있어서 그곳에 먼저 들렀다. 당시 수학여행단은 한 여관에서 숙식을 같이 해결하였으므로 신경이 많이 쓰였다. 한 번 잘못 선택하면 잠자리와 먹는 것을 모두 망치게 되니까. 수학여행과 관련해서 계약을 해 본 경험이 없던 나는 마음을 다잡고 원칙대로만 임하기로 했다. 여관 주인과 3자가 앉아서 계약 내용을 협의하는데, 갑자기 주인이 나를 따로 보자고 했다. 따라갔더니 이 사람이 하는 말이, 계약서에는 1인당 11,000원으로 쓰고 실제로는 9,000원씩만 받겠다고 했다. 내가 그게 무슨 소리냐고 했더니, 어디나 다 그렇게 한다는 것이었다. 나머지 2,000원을 리베이트로 주겠다는 것이다. 어이가 없었다. 더 들을 것도 없이 단호하게 잘랐다. 우리는 그렇게 하지 않는다. 필요한 경비를 다 줄 테니 숙소와 식사를 최대한으로 잘 준비해 달라고. 부디 학

생들이 불평을 하는 일이 없도록 해 달라고. 그랬더니 좋아해야 할 주인이 오히려 난감해 했다. 두 번 세 번 괜찮다 하고 돌아왔다. 돌아오는 길에 서무과 직원도 '유혹을 뿌리치고 잘했다.'고 칭찬을 했다. 덕분에 우리 수학여행은 아이들의 불만 없이 무사히 마칠 수 있었다. 그제서야 그 서무과장이 수학여행의 계약만은 자신이 직접 챙겼던 이유를 알 것만 같았다.

그런 일이 있고나서 얼마 지나지 않아 또 요상한 일이 벌어졌다. 쉬는 시간에 보건교사인 차 선생이 나를 찾아왔다. 차 선생은 여교사들 중에서는 고참이었고, 전교조 후원회원이기도 했다. 표정을 보니 뭔가 심상치 않은 일이 생긴 듯했다. 얘기인즉, 또 그 서무과장이라는 자가 장난을 친 것 같다는 것이다. 당시 그 학교에는 기간제 교사가 몇 분 있었는데, 똑같이 기간제 교사이면서 호봉도 같은 국어 선생님과 음악 선생님의 월급이 차이가 난다는 것이었다. 알아보니 특정 수당을 국어과 선생님에게는 주지 않았던 것이다. 그 전해에 교사들 수당 지급 기준이 바뀌어 기간제교사도 정규 교사들과 똑같이 수당을 주게 돼 있었다. 그런데 그 수당을 음악과 선생님에게는 다 주고 국어과 선생님에게는 주지 않았던 것이다. 더 기가막힌 사실은, 음악과 교사는 그 학교 교장의 소개로 왔고 국어과 교사는 다른 사람의 소개로 왔다는 것이다. 순간 이 나쁜 놈이 이번에는 기간제 교사의 월급을 가지고 또 장난을 쳤구나, 하는 생각에 열이 올랐지만, 마음을 진정시키고 해당 선생님을 만나 대책을 논의했다. 다행히 그간의 월급봉투를 다 가지고 있었다. 자세히 살펴보니

수당을 주지 않은 게 한두 번이 아니었다. 그 교사로 하여금 모든 관련 자료를 준비해서 서무과장에게 들이밀고 따지게 했다. 서무과장이 잘못을 부인하면 더 말할 것도 없이 바로 교장에게 가서 사실 확인을 요구하라고 했다. 만일 교장도 성의 없이 나오면 내가 바로 교육청에 감사를 요청할 테니 아무 걱정 말고 용기있게 실행하라고 했다. 그 선생님도 분노하고 있었고, 당장 기간제 교사생활을 그만두는 한이 있어도 그냥 넘어가지 않겠다는 결심을 보였다. 그리고 그 결행의 날짜와 구체적인 행동 요령도 상의해서 정했다.

서무과장을 찾아가기로 한 날 그 선생님은 계획대로 실행했고, 분위기가 심상치 않음을 눈치챈 서무과장은 바로 꼬리를 내리고 사무착오였다고 둘러댔다는 것이다. 그리고 지급하지 않은 100여 만 원의 수당을 곧 지급하겠다고 했다는 것이다. 그 선생님이 감격스런 모습으로 나와 차 선생을 찾아와 몇 번이고 고맙다고 하면서 꼭 술 한잔 사겠노라고 했다. 결국 술은 얻어먹지 못했지만, 참으로 비열한 인간을 일단 혼내 준 것 같아 마음이 후련했다.

하지만 그 후로도 그 서무과장의 행실이 조금도 나아지지 않아서 그 버르장머리를 뜯어고쳐야겠다 싶어서 수학여행과 수당 사건 등의 문제에 대해 도교육청에 감사를 의뢰했다. 도 교육청은 그 사안을 지역 교육청으로 내려 보냈고, 어느 날 지역 교육청 관리과에서 감사를 다녀갔다는 것이다. 그런데 어이가 없는 것이 감사를 나왔다는 사람이 감사를 요청한 나는 만나 보지도 않고 서무과장만 만나고 갔다는 것이다. 초록은 동색이라고 지역 교육청 관리과 직원

은 감사를 하러 온 게 아니라 서무과장과 대책을 협의하고 간 것이
었다.

한참 후에 감사결과라고 통지가 왔다. 내용인즉, 교육청에서 조
사를 해 보니 우리가 제기한 것과는 달리 특별한 비리가 없었다는
것이다. 어이가 없고 화가 치밀었다. 당장 감사를 나왔던 그 인간에
게 전화를 걸어 한바탕해부쳤다. '당신이 감사관이냐. 그걸 감사라
고 했느냐, 지나가던 개가 웃는다. 당신 생각에도 정말 서무과장의
잘못이 없다고 생각하느냐. 양심이 있으면 말을 해봐라….' 그 친구
의 말이 자기는 감사를 충실히 했다는 것이다. 나중에는 말이 심하
다며 퉁퉁거렸다. 그 얼마 후 잘못이 없다던 서무과장은 좌천을 당
해 벽지에 있는 조그만 학교로 발령이 나서 그 학교를 떠났다. 그런
데 그곳에서 잠시 있더니 다시 시내 큰 학교로 오는 게 아닌가. 이해
할 수가 없었고, 그 비리가 단순히 그 친구 혼자서 저지른 짓이 아님
을 짐작케 했다.

원수는 외나무다리에서 만난다 했던가. 그 일을 잊어버릴 즈음
나는 집을 구하는 데 돈이 필요해서 융자를 받아야만 했다. 그런데
교사들은 교육청 관리과에 가서 서류에 도장을 받아다 제출하면 은
행에서 대출받기가 한결 쉬웠었다. 그래서 아무런 생각 없이 교육
청에 가서 서류에 도장을 받으려는데, 그 중간 책임자가 바로 그 감
사를 나왔던 친구였다. 도장은 아래 직원이 받아 주었지만 내 이름
을 기억하고 있던 그 친구가 나를 보자고 했다. 교육청 한편으로 가
서 얘기를 나눴다. 자기로서는 최선을 다했으나 한계를 인정한다는

것이었다. 나도 전화로 말을 심하게 해서 미안하다고 했다. 그랬더니 그 친구 웃으면서 서류 다 준비해 놓았으니 가져가시라 했다.

세상 참 좁았다. 그리고 인간 세상은 내가 생각했던 것보다도 훨씬 더 더럽고 추악하구나, 하는 생각이 들었다. 인간들이 존재하는 한 크게 나아질 것 같지도 않다. 지금도 여기저기서 벼룩의 간을 빼먹으려고 호시탐탐 노리는 자들이 얼마나 많을 것인가. 불우이웃돕기 성금을 슬쩍하는 놈, 아이들의 급식비를 탐내는 학교장, 학생들의 등록금으로 제 배를 채우려는 이사장…. 아마도 벼룩의 간은 그들에게는 별미인가 보다.

대한민국의 방송들

　요즘은 TV를 보려면 가슴이 설렌다. 예전에 달랑 몇 개 방송사만 있던 시절과 비교하면 골라보는 재미가 쏠쏠하다. 다양한 메뉴를 가진 식당에서 자신이 좋아하는 음식을 고를 때의 설렘처럼. 전문 뉴스 방송, 오락, 드라마, 스포츠, 여행, 영화, 게임, 종교, 쇼핑…. 그런데 얼마 전부터 이 많은 방송과 프로그램들이 공해 같다는 생각이 들기 시작했다. 별 의미도 없는, 그저 귀만 따갑게 하고 머리만 아프게 하는 소음. 한 마디로 제대로 된 방송사나 그럴듯한 내용의 프로그램은 별로 없고 이 방송 서 방송에서 비슷한 내용을 하수처럼 쏟아낸다.

　방송사마다 그 입장이나 성격이야 조금씩 다를 수 있다. 방송사나 분야별 프로그램마다 그 특성이 있고 그 역할은 다를 수 있다. 하지만 일단 사회의 공기公器라는 방송이면 그 기본은 지켜야 하지 않

을까. 우선 사실을 정확히 전달하고, 또 그 전달하는 내용에 대해 심도 있는 분석과 그에 따른 판단 그리고 바람직한 대안을 제시해서 국민들의 이해를 돕고 올바른 공론을 형성하는 데 이바지하는 것이 기본이 아닐까. 그래서 이 사회와 국가의 발전에 이바지하고, 궁극에 가서는 국민들의 삶의 질을 향상시키는데 도움이 돼야 하시 않을까.

이런 언론의 기본적인 역할에 비춰볼 때 현재 우리네 방송들의 모습은 어떤가.

먼저 뉴스방송을 보면 답답하다. 사실을 있는 그대로 전달하는 것은 좋다. 그런데 그 다음이 없다. 자기가 전달하고 있는 내용에 대한 심도 있는 분석이나 문제제기가 없다. 자기만의 생각이 없다. 특히 권력을 가진 사람이나 단체 또는 국가기관에서 발표한 것을 전달할 때는 그에 대한 자기 판단이 전혀 없다. 마치 그 기관의 홍보매체 같다. 내용의 전달에 못지않게 중요한 비판기능을 상실했다. 예를 들어 정부가 어떤 정책을 발표했으면 그 정책의 주요 내용을 전달하는 동시에 그 정책이 갖는 문제점과 그 바람직한 대안까지 제시해야 하지 않을까. 대부분의 방송들이 그저 '누가 ~라 하더라.'는 투다. 참으로 맥이 빠지는 일이다. 음식에 간이 맞춰지지 않은 거라고나 할까. 정치권력과 자본권력에 빌빌대는 모습이 보기에도 민망하다. 아무리 생각해도 방송의 본 모습은 아닌 것 같다.

다음으로 사실 전달이나 오락, 스포츠, 게임 같은 프로그램도 중요하지만 사람들로 하여금 뭔가를 생각하게 하고 깨우침을 얻는 데 도움을 주는 프로그램이 별로 없다. 다큐멘터리, 환경, 역사 등 인문

학적 소양을 쌓는 데 도움이 되는 프로그램이 극히 드물다. 한 마디로 인문학적 교양을 쌓는 데 도움을 주는, 제작자가 심혈을 기울여 만든, 깊이가 있는 프로그램은 만나기조차 어렵다.

분야별 보도 방식을 보아도 아쉬움은 많다.

먼저 남북관계에 대한 뉴스를 보도할 때는 마치 우리나라가 지금 전쟁을 하고 있는 것만 같다. 앵커들이 쓰는 용어나 표정을 보면 자못 전투적이다. 남북대결이 가져올 심각한 위험과 피해를 생각해서 남북 당국이 서로 자제하며 상호 화해와 협력을 하라고 촉구하는 식이 아니라, 오히려 남북 간에 갈등을 조장하고 싸움을 부추기는 듯한 태도

를 보인다. 방송인이라면 이 한반도가 지금 얼마나 위험천만한 상황에 처해 있는지 잘 알 것 아닌가. 행여 남북 간에 전쟁이라도 일어나면 우리 민족이 겪을 그 비참함을 모르지는 않을 것 아닌가.

또한 사회적인 뉴스나 현안문제를 보도할 때의 태도도 문제다. 사실을 보도하는 데도 그 방법이 문제다. 방송이라는 것이 어린 아이들부터 어른들까지 모든 계층의 사람들이 볼 수 있으므로 사회의 부정적인 면을 보도할 때는 그 내용이나 방법을 순화시켜서 내보내야 할 것이다. 또한 암암리에 특정 계층을 비하하거나 반대로 추켜세워서 사회갈등을 조장하는 일이 없어야 할 것이다. 한 예로 일일연속극을 보면 대개의 주인공들이 의사, 변호사, 판검사, 재벌회장, 재벌 2세 등이다. 그들은 대궐 같은 집에 살면서 술도 꼭 양주만 마신다. 우리 사회의 대다수는 그런 생활과는 거리가 멀다. 그렇다면 평범한 환경 속에서도 행복하게 살아가는 모습들을 그릴 수는 없는가. 요즘 들어 이 사회의 여러 분야가 비정상적이라 그런지 국민들이 집단히스테리 증상을 보이는 것 같다. 예전 같으면 차마 입에 담기도 어려운 끔찍한 일들이 하루가 멀다 하고 일어나고, 그 내용들이 여러 방송사들에 의해서 시시콜콜 보도되고 있다. 나쁜 일도 사실대로 전달해서 사람들에게 경각심을 주는 것은 좋다. 하지만 그 파렴치하고 끔찍한 내용들을 시도 때도 없이 필요이상으로 상세하게 전달하는 것은 문제가 있다고 본다.

또 방송의 내용에도 문제가 많다. 어느 지상파 방송에서는 저녁이면 매일 음식에 관한 내용만 내보낸다. 오랫동안 지켜봤는데 여

전하다. 이 방송이 정말 공영방송인지 의문이 갈 정도다. 전국의 시청자들은 다양한데, 그들 모두가 그 시간에는 음식에 대한 방송만 보고 싶어 할까. 어이가 없는 일이다. 또 많은 방송에서 연예인이나 유명 인사들의 가족들이 출연하는 방송을 너무 자주 내보낸다. 아예 그 자식들까지 동원해서 계속 내보내는 방송들도 있다. 그 내용 또한 지나치게 사적이고 지엽말단적인 것들이 많다. 그렇게 하면 아무래도 방송을 제작하기야 쉽겠지만, 방송은 한 개인의 사유물이 아니니 계속해서 그런 식으로 내보내는 것은 분명히 문제가 있다고 본다.

또 방송마다 이미 여러 번 나온 내용을 재탕, 삼탕으로 내보내는 일이 너무도 많다. 물론 내용에 따라서, 또 미처 보지 못한 사람들을 위해서 그럴 수도 있겠지만, 대부분의 경우는 돈과 노력을 들이지 않고 방송시간을 때우려는 얕은 술책으로 보인다. 특히 스포츠 방송을 보다 보면 특별한 의미도 없이 수 년, 아니 수십 년 전의 내용을 내보내는 경우도 종종 있다. 여러 가지 사정이 있는 줄은 알지만, 그래도 최소한의 성의는 보여야 하지 않을까.

마지막으로 지나친 광고다. 이 사회가 자본주의 사회이고 모든 일이 돈이 아니면 돌아가지 않는다는 것이야 알지만, 방송의 흐름을 끊으면서까지 광고를 내보내는 것은 문제라고 본다. 광고의 내용도, 시청자들에게 상품에 대한 올바른 정보를 알려 주기보다는 그저 일순간 혹하게 만들어서 물건을 사게 만드는, 사기성이 짙은 내용들이 많다. 건전한 광고라기보다는 역겨운 상술로만 보인다. 그런 광

고를 무차별적으로 내보낸다. 상술에도 예의가 필요하지 않을까.

　한마니로 우리네 방송을 보고 있노라면 덜 구워진 생선을 먹는 것만 같다. 잘 숙성되어 자기만의 맛을 내는 게 아니라 비린내만 풍기는. 우리 국민들이 깊이가 있으면서도 맛깔스런 방송을 들을 수는 없을까. 우리네 방송들이 단순한 밥벌이 수단만이 아닌, 사회에 꼭 필요한 공기로서의 위상을 다시 회복했으면 한다.

아, 나의 조국

　한탄강 근처의 조그만 부대에서 군대생활을 했다. 대학을 마치고 늦게 간 탓에 군대생활은 녹록치 않았다. 우리 부대는 작은 부대였지만 본부와 파견지 2곳을 돌며 주로 경계근무를 섰다. 눈이 유난히 많이 내렸던 어느 날 새벽, 졸리는 눈을 비비며 근무에 나가서 북녘 하늘을 바라보고 서 있노라니 생각이 꼬리를 물었다. '지금 나는 왜 여기에 서 있는가?' '조국은 내게 무엇인가?' '왜 우리는 서로 동포의 가슴에 총을 겨누고 있는가?' '지금 나는 올바른 일을 하고 있는가?'…. 어렵게 군복무를 마치고 나와서 사회생활을 하는 동안에도 조국과 민족의 현실에 대한 애증이 늘 교차했다.

　초등학교와 중학교 시절 국사 시간에 삼국시대의 지도를 보면서 안타까워했던 생각이 난다. 하나의 민족 같은데 왜 통일을 이뤄 사이좋게 지내지 못했는가, 하고. 그때는 사실을 제대로 알지 못해 오

해를 했지만 그 마음만은 기특했다. 그러면서 오늘 분단된 조국에서 살고 있는 우리들은 후손들에게서 어떤 원망과 질책을 받을까 생각해 본다. 아니 훗날 받을 원망도 원망이지만 지금 당장 내 이웃과 내 동포들이 받고 있는 이 고통을 어찌할 것인가를 생각하면 가슴이 미어지고 답답하다. 역마살驛馬煞이 끼었는지 국내외를 막론하고 여행하기를 좋아하는 나는 기회만 있으면 길을 나선다. 세계 이곳저곳을 다니다 보니 그 나라들과 그 나라 사람들이 사는 모습을 보게 되고, 그러면 자연스레 내 조국과 동포들의 삶과 비교하게 된다. 그러다 보면 안타까운 심정이 될 때가 많다.

오래전에 친구들 몇몇이서 중국을 통해 백두산에 다녀온 적이 있다. 일송정, 해란강, 안중근 의사 단지 동맹지, 윤동주 시인의 생가, 두만강, 백두산, 그리고 돌아오는 길에 연변의 진달래공원을 들렀다. 여행하는 동안 내내, 다른 여행지에서와는 달리, 낯선 곳에서 느끼는 설레임과 기쁨보다는 늘 가슴 한쪽이 묵직하고 아려 오는 것은 어쩔 수가 없었다. 안중근의사의 단지 동맹지를 둘러볼 때는 안타까움을 넘어 분노가 일었다. 조국은 이제 배 두드리며 살면서도 조국을 위해 목숨을 바친 그 분의 유적지는 왜 그토록 초라하게 방치하고 있는지…. 두만강을 사이에 두고 중국 쪽에서 지척에 있는 북녘 땅을 바라면서 느꼈던 안타까움. 장백산이란 이름으로 턱밑까지 파헤쳐지고 있는 백두산. 나라 잃고 이역 땅에서 풍찬노숙하며 일제에 항거하던 독립 운동가들의 외롭고 고달팠을 삶을 생각나게 하는 용정. 적국의 심장에서 외마디 비명을 지르며 사라져간 젊은 시

인 윤동주의 삶. 연변의 진달래공원에서 우리 동포들이 밤이 늦도록 부르던 애끓는 망향가… 어느 것 하나 아프지 않은 것이 없었다.

그 후로 전교조 선생님들끼리 블라디보스톡에 갔었다. 낮에 시내를 둘러보고 저녁을 먹으러 식당에 갔다. 이름하여 평양식당. 러시아이다 보니 아무래도 북녘에서 온 동포들이 운영하는 식당이 많았다. 그때만 해도 나는 북녘 출신의 동포를 직접 만나 본 적이 없어서 북녘 동포들이 운영하는 식당에 간다는 것만으로도 마음이 설레었다. 막상 가 보니 여느 식당과 다를 바 없는 분위기였고, 당연한 일이겠지만 직원들은 남녘 사람들과 똑같았다. 직원들은 남녘에서 온 우리들을 반갑고 따뜻하게 맞이해 주었고, 그들이 내놓은 음식은 우리 입맛에 딱 맞았다. 저녁을 먹으며 술이 몇 순배 돌자 우리 일행과 식당 직원들은 어느새 삼삼오오 모여 담소를 나누었고, 결국 여기저기서 노래가 시작되었다. 고향의 봄, 아리랑, 우리의 소원은 통일… 어느덧 우리는 어깨동무를 했고, 함께 어우러져 노래하며 춤을 추고 있었다. 감격에 겨워 눈물을 흘리는 선생님도 있었고, 마감 시간이라는데도 부득부득 더 있다 가겠다는 친구도 생겨났다. 식당 주인이 난처해하는 모습을 보며 우리는 아쉬운 발길을 돌렸다. 그날 밤나는 생각이 많았다. 이리도 서로 똑같은데, 이리도 뜨겁게 핏줄이 땡기는데 그 무엇이 우리들을 갈라 놓고 있나.

다음 일정으로 고려인들의 정착촌을 찾았다. 중앙아시아로의 강제 이주에서 살아남은 고려인들이 천신만고 끝에 정착촌을 마련했다는 얘기를 들으며 가슴이 저려왔다. 다음에는 시내에서 고려인

자녀들로 이뤄진 무용단의 공연을 보았다. 그런데 그 공연장이 보기에도 을씨년스런 폐교된 곳의 강당이었다. 또 공연할 때는 몰랐는데 공연 후 가까이서 인사를 하며 보니 아이들이 입은 옷들이 참으로 남루했다. 마음이 짠하여 그 자리에서 돈을 조금씩 모아서 전달하고 왔다. 어찌하여 가는 곳마다, 만나는 이마다 우리의 가슴을 아프게 하는가.

그 후로 일본을 비롯하여 유럽, 캐나다, 호주 등 소위 좀 산다는 나라들을 돌아다녔다. 나라와 나라 사이에 있는 여러 형태의 국경선들을 보았고, 그 국경선들을 넘어도 보았다. 그 어디에도 우리의 휴전선처럼 살벌한 국경선은 없었다. 하물며 동, 서 유럽에서는 한 장의 열차표로 국경선을 넘나들며 여러 나라를 돌아다닐 수 있지 않은가. 프랑스에서 스위스로, 스위스에서 이탈리아로…. 다른 나라,

다른 민족, 다른 언어를 쓰는 사람들끼리도 그렇게 자연스럽게 오가는데, 우리는 어찌하여 같은 반도, 같은 언어, 같은 핏줄을 가진 동포들끼리 오갈 수도 없단 말인가.

제 조국과 민족이 일제의 압제에 신음할 때 제 일신의 영달을 위하여 일제의 편에 서서 그 주구 노릇을 했던 친일파들, 해방된 조국에서도 그들을 단죄하지 못하고 시작된 대한민국. 세계대전에 버금가는 인명의 손실을 겪어야 했던 동족 간의 전쟁. 부끄러운 줄도 모르는 친일 잔재들과 결탁한 이승만 정권, 그 뒤를 이어 친일파와 군인들이 합작한 군사 독재정권. 그 가혹한 현대사의 흐름 속에서 우리 민중들은 본의 아니게 사리事理와 분별력을 잃었다. 각자도생各自圖生의 길을 가다보니 비굴과 아첨만 늘고 자존과 염치는 온 데 간데 없다. 지금도 마치 자기들이 이 나라를 세우고 살린 양 떠드는 친일과 독재의 세력들이 판을 치고 있으니 통탄스러울 뿐이다. 또한 요즘 남북 당국자들의 행태를 보면 조국의 평화통일이나 민족의 안녕 따위는 안중에도 없고 오로지 제 손아귀에 쥔 정권만 지키려 안달이다. 남북동포 간의 화해와 협력은 고사하고 대결과 적대감만 키워가고 있다. 제 나라와 민족의 운명을 외세에 맡기고도 어쩌면 그리도 태연할 수 있는지 이해할 수가 없다. 속이 좋은 건지 속이 없는 건지, 참으로 한심할 뿐이다.

선배들이 피땀 흘린 덕분에 이제 먹고 사는 데는 크게 어려움이 없다. 다른 나라 사람들이 부러워하고 있다. 하지만 우리 국민들은 진정으로 행복할까. 우리 자신의 모습을 냉정하게 돌아보자. 커

저만 가는 빈부 격차, 끝도 없는 경쟁, 과도한 노동시간, 수많은 비정규식, 복지의 부재, 자살률 1위, 마음이 허허하여 그저 외적인 것들-학벌, 지위, 명품, 외모, 큰 차, 큰 집, 돈……-만 좇는 행태, 자존감의 상실, 염치없는 마음, 배려는 없고 이기만 판을 치는 사회. 남북 동포간의 적대감. 그러니 어느 소설의 제목처럼, 이 나라 국민이 이 나라를 싫어하는 지경에 이른 것이다.

그리하여 나도 젊은 날, 이런 조국의 현실에 절망하여 기회만 되면 과감히 이 나라를 떠나겠노라 굳게 다짐을 한 적도 있었다. 하지만 이 나라에도 모질게 등질 수 없는 것들이 있다. 눈을 감아도 삼삼하게 떠오르는, 내가 태어나서 부모형제들과 살았던 고향, 굳이 말하지 않아도 나를 이해해 주는 죽마고우들, 푸른 산과 맑은 물이 조화를 이루고 있는 정겨운 산하, 따뜻한 가슴을 지닌 이웃들, 조국의 통일과 사회의 민주화를 위해 자신의 모든 것을 바쳐 온 선후배들, 자신의 어려운 생활에도 불구하고 다른 사람을 위하여 가진 것을 선뜻 내놓는 마음이 부자인 사람들… 그리하여 나는 오늘도 이 나라와 동포들의 곁을 떠나지 못하고 어설픈 희망에 매달려 살아가고 있다.

어떻게 해야 이 원망스럽고 안타까운 내 조국의 현실을 조금이나마 나아지게 할 수 있을까. 그 무엇을 해도 여전히 가슴 한편이 답답하다. 이 나라가 진정 자랑스러운 내 조국이라고 말할 수 있을까. 과연 오늘날 이 사회의 구성원들을 사랑스런 내 동포라고 말할 수 있을까. 내 조국과 동포들에 대한 애증이 교차함을 부인할 수가 없다.

아름다운 권력

20대 총선의 결과가 드러나던 2016년 4월 14일 아침, 먼저 일어난 아내가 환성을 지르며 나를 깨웠다.

'이럴 수가….국민들이 살아 있었구나!'

계속되는 박근혜 정권의 불통과 무능과 실정에도 불구하고 대통령과 새누리당에 대한 지지도가 여전히 높다는 언론의 보도에 울화가 치밀고 분통이 터지던 판에 한 줄기 시원한 소식이었다. 그냥 소식이 아니라 캄캄한 어둠 속 한 줄기 빛이었다.

사실 그동안 기본도 돼 먹지 않은 인간들을 대통령으로, 국회의원으로 뽑아 주는 국민들에 대해 실망을 넘어 원망을 하고 있었다. 시대를 착각하는 대통령, 그를 맹목적으로 추종하는 패거리들, 국민들은 안중에도 없고 권력만 바라보는 해바라기 국회의원들도 문제지만, 생각 없이 그런 인간들을 뽑아 주는 이 나라 백성들이 더 문제

라고 불만을 토해 내곤 했었다. 이런 백성들이 있는 한 이 나라가 제대로 서는 것은 아직도 멀었다, 이런 백성들은 더 고생을 해 봐야 한다, 며 저주 섞인 원망도 했었다. 그런데 그날 아침, 그렇게 국민들을 원망하며 조급하게 굴었던 내 자신이 참으로 부끄러웠다. 국민들에게 죄송하다고 마음 깊이 사죄했다. 민중은 속이 깊구나. 겉으로 보기에는 우매해 보이지만 기실은 신중하고 강단지구나. 민중은 오래 참고 견디며 최후의 순간을 기다릴 줄 아는구나. 그들은 지혜롭고 아름다운 선택을 할 줄 아는구나. 미안하고 고마웠다.

정치는 한두 사람이 아니라 많은 사람들이 고루 잘 살 수 있도록 이끌어 주고 보살피는 것이라고 말한다. 또한 정치는 혼자서 하는 게 아니라고 믿는다. 이 사회는 이해관계로 얽혀 있는 수많은 사람들로 구성돼 있고, 그들 간의 합의와 협력을 바탕으로 이루어지는 게 정치니까. 그 과정에 필요한 것이 권력이다. 다시 말해 권력은 제 자신이나 제 패거리들만을 위해서 사용돼서는 안 된다. 그러면 그 권력은 썩게 되고 추해진다. 친박이니 비박이니, 경상도니 전라도니 충청도니 하며 패거리를 짓는 이들의 마지막 모습을 보면 자연스레 알게 된다.

세상에는 권력도 많다. 정치권력이나 경제권력이 아니라도 사회 각 분야에서 제가 가진 힘으로 권력을 휘두르는 자들은 많다. 대단한 권력도 있지만 주먹만 한 권력도 있다. 사회는 특별한 언약이 없었다 해도 그 구성원들 모두의 행복을 위하는 방향으로 굴러가야 한다. 구성원들을 불행하게 하거나 특정한 구성원들만 행복한 곳이라

면 그 사회는 진정한 의미의 공동체가 아니고 그 존재 가치도 없다. 그러면 역사를 통해서 본 우리 사회의 모습은 어떤가.

우리는 이 나라의 근현대사 속에서 심하게 굴절된 권력의 모습들을 본다. 당당하고 아름다운 모습보다는 구차하고 추한 권력의 모습들을 더 많이 보게 된다.

무엇보다도 먼저, 제 조국과 민족은 제국주의의 군홧발에 짓밟히며 신음하고 있을 때 그 제국주의에 빌붙어 쥐꼬리만 한 권력을 쥐고서 침을 질질 흘리던 친일파들. 그 권력으로 잠시 일신의 영달과 가문의 부귀를 누렸을지는 몰라도, 이 나라의 역사가 지속되는 한 그들은 차마 하늘을 올려다볼 수 없을 것이다. 그런 인간들이 부끄러운 줄도 모르고 이제도 뻔뻔스런 변명이나 하고 있는 것을 보면 역시 그 종족답구나 하는 생각이 든다. 그 모습이 애처롭기도 하다.

다음으로, 분단된 조국의 현실을 안타깝게 여기고 어떻게든 민족의 아픔과 상처를 감싸 줘야 할 위정자들이 자신의 정치적 이해에만 매몰되어 남북 간의 관계나 민족 전체의 문제를 제 권력을 지키고 연장하는데 이용한다는 것이다. 민족의 화해와 공존 그리고 평화의 정착을 위하기보다는 대립과 갈등을 조장하여 험악한 분위기를 만들고, 이를 제 정권 안보에 활용하는 치졸한 행태에 화가 난다. 권력을 가진 자가 제 권력을 지키고 나아가 더 강화시키려는 것은 일면 당연하게 생각되지만 그 정도가 지나치다. 20대 총선을 앞두고도 식당 종업원들의 집단 탈북사건을 발표하지 않았는가. 정부 측에서야 정색을 하며 이런저런 변명들을 하지만, 왠지 구린내가 난다. 북한 주민들이 남한으로 넘어오는 거야 이제는 흔한 일이니 그렇다 쳐도, 그들이 남한에 들어오는 과정이나, 다른 때와는 달리 그들이 도착하자마자 그 사실을 공표한 정황 등을 보면, 선거 때마다 되풀이되는 북풍공작이 아닐까 하는 심증이 굳어진다. 참으로 창피한 일이다.

대한민국은 분명 자본주의 사회다. 당연히 돈의 위력은 막강할 수밖에 없다. 하지만 그 권력이 도를 넘고 있다. 돈을 가진 자들의 만행이 부끄럽다. 구성원들의 삶을 규정하는 것은 오직 돈처럼 보인다. 돈이 없으면 일상적인 삶은 물론 우정도 효행도 사랑도 이룰 수 없을 것만 같다. 돈을 결혼의 1차 조건으로 내거는 것이 조금도 부끄러운 일이 아닌 세상이 되었다. 사람의 가치도 실제로는 돈으로 결정되는 것 같다. 우리나라에서 돈을 가진 사람들, 특히 재벌들

이 돈이 없는 사람들이나 근로자들에게 부리는 횡포는 다른 어느 나라에서도 그 예를 찾기 어려울 것이다. 부당한 부의 축적, 권력과의 유착, 부당 노동행위, 갖은 술수를 동원하는 경영권의 대물림, 부의 세습…. 이 지구상에 존재하는 자본주의 사회 중에서도 가장 고약한 사회 중의 하나인 것 같다.

법조권력 또한 그 위세가 대단하다. 독재권력이 백성들의 일상을 조여 오고 생명마저 위협할 때, 그 권력에 맞서 분연히 일어난 참 법조인도 있지만, 대부분의 법조인들은 그 권력에 아부하며 그 흉악한 권력을 비호하는 데 앞장섰다. 덕분에 그들은 모두가 어려운 시절에도 호의호식하면서 잘 살았겠으나, 아무리 시절을 탓하더라도 가슴 한 구석이 시리고 찔리는 것은 어쩔 수가 없을 것이다.

거기에 더하여, 고학아세曲學阿世하며 부당한 권력에 빌붙는 지식인들, 인권이나 생명보다 제 잇속을 먼저 챙기는 변호사와 의사들, 아이들보다 제 체면이나 이권을 먼저 생각하는 자칭 교육자들, 사회적 공의公義나 노동자들의 생존은 외면하고 제 자식들 몫을 챙기느라 한 줌의 염치도 없는 재벌들, 살아있는 권력을 위해서 나팔수 노릇을 자청하는 언론들, 제 자식 같은 아르바이트생들을 혹사시키면서도 그들에게 최저 임금도 주지 않으려는 사장님들… 크든 작든 그들의 권력은 추하다.

하지만 세상의 모든 권력이 추한 것은 아니다. 권력 그 자체에 추와 미가 있을 리는 없지 않은가. 그 목적이 선하고 절차가 바르다면 그 권력이 추할 수가 없다. 그것을 어떻게 행사하느냐에 따라 아름

다운 것이 될 수도 있다고 생각한다. 문제는 그 권력을 운용하는 사람들이다. 이 세상에는 권력을 아름답게 사용하는 사람들도 많다

엄혹하던 독재 정권 시절, 일신의 부귀를 내던지고 오직 가난하고 힘없는 사람들의 편에 서서 헌신적으로 변호하거나 칼날 같은 판결을 내렸던 법조인들, 비록 당시에는 모진 시련을 겪었을지라도 그들의 용감한 행동은 두고두고 후배들의 귀감이 될 것이다. 남북 관계가 얼어붙은 상황에서도 갖은 난관을 뚫고 북녘 동포들을 돕는 활동을 포기하지 않는 여러 단체들, 인종과 피부색이 다른 나라에 가서 병든 이들을 지성껏 돌보는 '국경없는 의사회'의 의사들, 생명 가진 모든 것들을 사랑한다는 신념으로 자본과 권력에 맞서 생명보호활동을 펼치는 'peace boat' 회원들, 언론의 바른 역할과 모습을 지키려고 해직까지 감수하면서 사주들의 만행과 정치권력의 탄압에 맞서 싸웠던 언론인들, 재벌의 탐욕과 노동탄압에 맞서 목숨까지 걸고 싸우는 젊은 노동자들, 일상의 편의와 승진마저 포기하고 일부러 오지를 찾아다니며 오직 제자들의 교육에만 매진하는 교사들, 편안한 자기 나라를 떠나 낯선 땅에서 가난하고 병든 이들을 위해 평생을 바쳐 헌신하는 수녀님들, 추운 날씨에 오토바이로 배달을 하는 아르바이트생에게 말없이 따뜻한 장갑을 선사하는 주인 아저씨, 정든 고향을 등지고 낯선 나라에서 고생하는 이주민에게 따뜻한 말 한마디 건네주는 동네 아줌마⋯. 비록 그들이 가진 힘은 미약해 보이나 그것이 주는 영향력은 어느 권력보다도 막강하다.

진정한 권력은 거창한 것이 아니라 아름다운 것이어야 한다. 아

름다운 권력이 되려면 권력을 사용하는 사람들이 '권력은 무엇을 위해 있는가' 하고 늘 자문해 봐야 한다. 기본적적으로 권력의 행사는 자기 자신만을 위한 것이어서는 안 된다. 아름다운 권력은 자신보다는 다른 사람과 구성원 전체의 이익을 위한 것이어야 한다. 추한 권력은 그 목적을 늘 자신과 자신의 이익 추구에 둔다.

특히 정치권력은 그 힘이 막강하고 그것이 구성원 모두에게 끼치는 영향력이 막대하므로 그것을 사용하는 개인이나 집단을 잘 선택해야 한다. 건전한 상식과 올바른 청사진을 가진 사람을 뽑아야 한다. 그것이 아름다운 권력의 기초이다. 제 사리私利를, 제 패거리들의 이권을 먼저 챙기는 사람이나 집단은 과감하게 퇴출시켜야 한다. 지금 이 나라에서 필요한 건전한 상식은 무엇인가.

먼저 한반도의 평화를 정착시키고 민족 간의 화해와 공존공영을 추구하는 것, 가난하고 힘 없는 사람들에게 좀 더 신경을 쓰고 그들을 먼저 배려하는 것, 모든 국민에게 인간다운 삶을 보장해 주려고 고민하는 것, 자본주의의 단점을 인식하고 그를 보완하려는 의지를 갖는 것, 그리고 더불어 살아가는 따뜻한 사회를 만들어 가려는 노력을 하는 것 등이 아닐까.

권력은 그 속성상 저절로 아름다워질 것 같지는 않다. 권력을 아름답게 가꾸고 유지시키는 것은 우리 국민들의 몫이다. 우리들은 자나 깨나 권력을 감시하고 비판하면서 지켜봐야 한다. 아름다운 권력에게 박수와 환호를 보내면서.

화려한 착각

다른 나라들을 가 보아도 먹는 것에 관한 한 우리처럼 편리하게 되어 있는 곳은 보지 못했다. 도시의 골목마다 즐비한 식당과 술집, 언제 어디서든 살 수 있는 술과 담배, 24시간 영업하는 술집들, 심지어 언제 어디든 무엇이나 다 배달되는 나라. 다른 나라의 어느 도시도 이처럼 편리한 곳은 없었다. 오래 전 교사들끼리 이태리에 갔는데 오후 대여섯 시가 되니 시내의 식당들이 슬금슬금 문을 닫기 시작했다. 자칫 꾸물거리다가는 저녁을 굶기 십상이었다. 또 한번은 술을 좋아하는 친구와 뉴질랜드에 갔는데 어쩌다 보니 준비해 간 술이 바닥이 나서 시내로 술을 사러 나갔다가 한참을 헤맨 적도 있다. 이슬람국가이긴 하지만, 터키에서는 술집을 찾으러 온 동네를 헤매다가 결국은 찾지 못하고 호텔로 돌아와 호텔 바에서 비싼 술을 조금 사 마신 적도 있다.

우리나라의 웬만한 도시에 가면 반드시 먹자골목이 있다. 주말은 물론이고 어쩌다 평일에 가 봐도 사람들이 바글바글하다. 나는 본래 시끄럽고 요란한 분위기를 싫어해서 자주 가지는 않지만, 어쩌다 자식들이나 젊은 친구들하고 들러보면 참 요지경이구나, 하는 생각이 들곤 했다. 얼마 전에는 천안에서 한창 뜨고 있다는, 불당동에 있는 먹자골목을 들른 적이 있다. 마침 저녁시간대라서 퇴근길에 찾아온 사람들로 북새통을 이뤘다. 그 먹자골목을 천천히 걸으며 과연 그 많은 사람들이 무엇을 하고 있나 유심히 살펴보았다. 다들 무엇인가를 먹으며 흥청 대고 있었다. 우선 그 골목의 화려한 간판들이 눈에 띄었다. 삼계탕, 보신탕, 갈비탕, 옻닭, 순대, 족발, 통닭, 통돼지구이, 삼겹살, 조개구이, 해물탕, 해물찜, 낙지탕, 모듬회, 홍어회, 광어, 우럭, 도다리, 문어, 주꾸미, 월남쌈, 보리밥, 맥주, 양주, 막걸리, 생맥주…. 그들은 무엇인가를 먹고 마시며 희희낙락하고 있었다.

그러던 중 갑자기 한 가지가 궁금해졌다. 저 많은 사람들이 먹고 마시는 것들은 무엇인가. 지금 저들의 식탁에 올라 그들의 식욕을 만족시켜 주는 것들은 무엇인가. 그들은 다름아닌 누군가의 육신이지 않은가. 사람들이 입안에서 느끼는 고소한 맛은 누군가의 생명이고 숨결이며 희생이지 않은가. 우리들은 때로 고상하게 또 때로는 거드름을 피우며 식도락을 즐긴다. 하지만 우리들 살자고 그 많은 것들의 목숨을 희생시키는 것이 당연한가, 너무 염치없는 일은 아닐까, 하는 생각이 들었다.

그러면서 가끔 도로에서 만나는 풍경이 떠올랐다. 닭이나 돼지, 소들이 트럭 위에 얼기설기 얽어서 만든 닭장차나 우리에 갇혀서 어디론가 실려가는 모습. 그들이 인간의 말을 하지는 못하지만 그들의 표정과 처절한 몸부림에서 다른 양계장이나 사육장으로 가는 것이 아니라 도살장으로 끌려가는 것임을 쉽게 직감할 수 있다. 그들의 의지와는 전혀 관계없이 그들의 생사여탈生死與奪권은 인간의 손아귀에 있다. 이 지구상에서 인간의 지능이 다른 것들보다 높은 것은 분명하다. 하지만 지능이 낮다고 그들의 목숨까지 값싼 것일까. 그들은 제 목숨 귀한 줄도 모를까. 하루살이 입장에서는 하루살이 자신의 목숨이 세상에서 가장 소중한 게 아닐까. 그러니 그들이 죽음을 당하며 겪는 고통이 어찌 인간의 그것과 다를까. 그들의 생사여탈을 인간들이 좌우한다는 것은 과연 정당한 일일까, 내가 어느 누구에 의해 그 지경에 처하게 된다면 내 심정이 과연 어떨까, 우리네 인생도 자신도 모르는 사이에 어떤 힘에 의해 묶이고 갇혀서 발버둥치는 것은 아닌가, 하는 생각이 들곤 한다.

나도 어릴 적에는 이 세상이 오직 인간만의 세상인 줄 알았다. 모든 것은 인간을 위해 존재하는 것으로만 생각했다. 그러니 인간들이 세상의 모든 것들을 자신의 욕심을 채우기 위해 이용하고 해치고 희생시키는 것 또한 자연스런 일이라고 믿었다. 하지만 살다 보니 그게 아니었다. 이 세상에는 인간 이외에도 수많은 생명들이 존재하고 있다. 그들도 나름대로 존재하는 이유가 있고 그들의 목숨 또한 인간의 그것에 못지않은 가치가 있음을 알게 되었다. 이 세상

은 인간만을 위해 존재하는 것이 아니라는 당연한 깨달음도 얻었다. 인간이 먹이사슬의 최상위에 있다는 것은 인간으로서는 자랑할 일인지 모르지만 크게 떳떳한 일은 아니다. 그것은 인간이 다른 생명체들보다도 그만큼 더 많이 남의 희생에 의존하며 살아간다는 것을 의미할 뿐이다. 그러므로 그것은 자랑스러워해야 할 일이 아니라 오히려 많은 것들에게 감사해야 하고 또 한편으로는 미안하게 생각해야 할 일이라고 본다. 다른 생명들에게 더 많은 신세를 지며 살아간다는 의미일 뿐이니까.

오래전에 충북 단양으로 여행을 갔다가 돌아오는 길에 남한강 강변에 있는 조그만 식당에 들렀다. 크게 배가 고프지 않아 뭔가 간단한 메뉴를 찾고 있는데, 식당 벽면에 큰 글씨로 쓰인 '새싹비빔밥'이라는 메뉴가 눈에 들어왔다. 이제 막 돋아난 새싹들로 만든 음식에 대해서는 금시초문이었다. 하다하다 이제 새싹마저 싹둑 잘라 음식을 만드나. 이제는 숲속의 짐승들뿐 아니라 들판의 풀들도 사람들을 보면 온몸을 떨겠구나, 하는 생각이 들었다.

인간이 육신을 타고 태어난 것이 죄구나, 인간도 제 목숨을 부지하려니 어쩔 수가 없지 않은가, 기독교에서 말하는 원죄가 아니더라도 우리는 살아가면서 죄를 지을 수밖에 없구나, 하는 생각이 들었다. 하지만 그럴수록 머리 좋은 우리는 우리를 위해 희생되는 모든 것들에게 미안해하는 마음과 감사하는 마음을 가져야 할 게 아닐까.

이제 우리 모두는 이 세상에서 인간이 제일 잘났다는 생각, 제 목

숨만이 소중하다는 생각, 이 세상의 모든 것들은 인간만을 위해서
존재한다는 화려한 착각에서 벗어나야 한다. 다른 모든 것들 앞에
머리 숙여 감사하고 사죄하는 자세를 가져야 한다. 살아가기 위해
서 꼭 필요한 최소한의 것만을 취하고, 때로 그들이 우리를 필요로
할 때 우리가 가진 것들도 아낌없이 내어 줄 줄 아는 염치도 있어야
한다. 인간도 별 수 없는 하나의 피조물에 지나지 않음을 깨닫고 늘
겸손해하며, 모두와 더불어 살아가는 공존의 길을 모색해야만 할 것
이다.

염치없는 사회

염치란 '부끄러움을 아는 마음'일 것이다. 그러므로 염치없는 사람은 결국 '제 부끄러움을 모르는 사람'이다. 요즘 우리 사회가 돌아가는 꼴을 보면 어느 한 개인만의 문제가 아니라 사회 전체가 염치를 잃어버린 것 같다. 다시 말하면 우리 사회는 '염치없는 사회'다. 어쩌다 나뭇잎 하나가 병들어 그 한 잎만 누렇게 변한 것이 아니라, 뿌리부터 썩어서 그 나무에 달려 있는 모든 나뭇잎들이 병이 든 형국이다. 지상파와 종편 등을 통해서 하루 종일 쏟아져 나오는 세상의 소식들을 듣노라면 한결같이 염치없는 내용들뿐이다. 인류의 역사와 현시대 우리 사회를 둘러보면 그 내용은 너무도 많아서 일일이 다 열거할 수조차 없다.

먼저, 국가 간의 관계에서도 염치는 있어야 한다. 아무리 자국의 이익이 중요하더라도 타국의 입장과 이익을 무참히 짓밟아서는 안

된다. 특히 고래로 강대국이라는 나라들의 행태를 보면 염치없는 짓들이 많다. 구한말 미국과 일본은 밀약을 통해 필리핀과 한반도를 각각 자기들의 것으로 만들어 버렸다. 피지배 국가 국민들의 의사와 처지는 전혀 고려하지 않고. 그 결과로 한반도는 36년간 일제의 광포한 통치 아래 신음하게 되었고, 덕분에 제대로 된 근대화의 과정을 거치지 못하여 민족의 재도약에 필요한 기운을 축적하지 못했다. 해방 후에도 결국 나라는 분단되었고 참혹한 민족상잔의 전쟁을 치렀으며, 계속되는 독재권력에 휘둘렸다. 그로 인해 이 민족이 겪어야 했던 혹독한 시련은 말로 다할 수 없으며 그 여파는 지금도 이어지고 있다.

또한 일제시기 위안부 문제를 두고 현 일본 정부가 취하는 태도는 추호의 염치도 없는, 참으로 뻔뻔한 모습이다. 아무리 전시戰時 상황이었다 해도 한 여성으로서 뿐 아니라 한 인간으로서의 존엄과 삶을 송두리째 짓밟고도 아무런 책임이 없다니…. 당시 정부의 묵인 아래 군 주도로 이뤄졌다는 사실이 속속 드러나고 있는데도 정부와는 관계없는, 민간인들이 저지른 일이었다고 강변을 하다니. 참으로 후안무치厚顔無恥의 극치가 아닐 수 없다.

또한 천주교 신자로서 예전부터 참으로 부끄럽게 여겨온 사실이 있다. 중동에서 발원하여 유럽에서 성장한 기독교가 북·남미와 아시아 등으로 전파되는 과정에서 기독교인들이 저지른 만행은 많은 사람들로 하여금 치를 떨게 한다. 어떻게 창조주 하느님을 믿고 그분의 가르침을 전한다는 사람들이 그 하느님이 창조했다는 사람들

을 그리 모질게 대할 수가 있는가. 단지 인종과 피부색 그리고 종교가 다르다는 이유로, 결국은 자신들의 하느님을 믿지 않는다는 이유로 그 많은 사람들을 어찌 그토록 학대하고 잔인하게 죽일 수가 있는가. 그러고도 일부 양심적인 성직자 외에는 제대로 된 사과나 참회를 했다는 얘기를 지금껏 들어 보지 못했다. 종교인으로서 참으로 염치없는 일이다.

한국의 일부 대형교회들과 목회자들의 모습을 보면 참으로 부끄럽다. 하느님의 가르침 중에서도 '사랑'이 으뜸이라 했는데, 그들의 행태를 보면 남을 사랑하기커녕 하느님을 믿지 않는 이들보다도 못한 듯하다. 솔직히 말하자면 그들은 하느님의 이름을 팔아 자신들의 세속적인 욕심을 채우기에 급급한 장사치에 다름 아닌 것 같다. 그들이 저지르는 부끄러운 일들이 어려운 여건 속에서도 하느님의 사랑을 실천하며 묵묵히 바른 길을 가는 많은 성직자들마저 욕되게 한다.

다음으로 우리 사회에서 좀 더 가졌다는 사람들일수록 염치가 없는 것 같다.

먼저 권력을 가진 자들의 모습을 보면 가관이다. 본래 그들이 가진 권력은 국민들을 잘 살게 해달라고 국민들이 위임한 것이다. 따라서 그들은 무엇보다 먼저 국민들의 안위와 행복을 위해 애써야 하나, 실제로는 그렇지 못하다. 제 자신의 권력 유지와 제 패거리들을 챙기는 데만 혈안이 돼 있다. 아무리 정치판이 개판이라 하지만 정치는 만인을 위한 것이라는 기본은 알아야 할 것 아닌가. '벼룩에도

낯짝이 있다' 했는데, 아무리 기름 낀 얼굴이라도 부끄러운 줄은 알아야 할 게 아닌가.

또 돈을 가진 자들을 보라. 이 나라에서 유달리 부를 많이 쌓은 자들은 대부분 독재권력에 빌붙어 갖은 편의를 받은 자들이다. 국민의 혈세를 거의 거저 가져다 쓴 자들이다. 근로자들의 피와 땀으로 배를 불린 자들이다. 그런데도 마치 제가 잘나서 혼자 돈을 번 것처럼 행세한다. 제 선친의 유훈이라며 21세기 벌건 대낮에 근로자들의 기본권도 인정하지 않는 한국의 재벌, 회사에서 안전사고라도 나면 책임을 극구 부인하다가 세가 불리하면 사람의 죽음을 돈 몇 푼으로 흥정하려는 그들. 하청업체의 근로자들이 일하는 것을 철저히 감시하여 화장실에 가거나 담배 피우는 시간까지도 다 빼고 실제로 일한 시간을 초 단위로 계산하여 임금을 지불한다는 그들. 그들이 회사와는 아무 관계도 없는, 머리에 피도 마르지 않은 제 자손들에게는 수백, 수천 억 원대의 재산을 안겨 준다 하지 않는가. 조금만 생각하면 이는 가문의 영광이 아니라 대를 이은 가문의 수치임을 그들은 알아야 하지 않을까.

많이 배워 높은 자리, 힘 있는 자리에 있다는 이들을 보라. 공직에 있다는 자들이 기본적인 법마저 어겨가며 갖은 술수를 동원하여 부동산 투기를 하고, 불법전입을 하고, 제 자식들을 불법으로 입학시키고, 끝내는 그 든든한 빽으로 멀쩡한 아들을 병신 만들어 군대까지 면제시켜 준다. 더 배운 자들은 그러면 안 된다. 어쨌거나 그들은 이 사회로부터 남보다 더 많은 혜택을 받지 않았는가. 세상 돌아가

는 이치와 사람 사는 도리를 조금은 더 깨쳤으니 뭐가 정도이고 뭐가 부끄러운 일인 줄은 알 게 아닌가. 부끄러운 일인 줄 알면서도 외면하는 것은 수치羞恥스런 일이다.

그리고 남을 가르치는 일에 종사하는 사람들, 특히 그 분야의 높은 지위에 있는 사람들의 처신도 볼 만하다. 말은 그럴듯하게 육영사업을 한다는 사람들이 '육영育英'은 하지 않고 '사업'만 하는 이들이 많다. 학생들에게 돈을 걷어 제 배를 불리는 이사장들, 심지어 학생들이 낸 코 묻은 급식비를 횡령하는 교장들. 그들이 그쪽에 관심과 흥미가 그토록 많으면 어찌하여 돈벌이도 시원찮은 교육계로 들어왔을까. 그리고도 부끄러운 줄을 모르니 그들의 정신건강을 위해서는 다행이라 해야 하나.

밤낮으로 애쓰는 의료계 종사자들. 그들 중 일부도 자신들의 소명을 망각하고 돈의 노예로 전락하는 경우가 흔하다. 환자들에게 필요도 없는 과잉 진료를 하고, 과잉 처방을 하고, 너무 쉽게 수술을 권하고, 돈이 되지 않는 환자는 건성으로 대한다. 실제로 얼마 전 나도 피부과에 들렀다가 푸대접을 받았다. 피부과 벽에는 온통 미용 시술 광고가 붙어 있었는데, 그 비용이 내 피부병의 그것과는 비교가 안 되었다. 진료실에 들어갔더니 의사가 내 환부도 보지 않고 대충 처방을 했다. 분명 두 가지 약을 준다 했는데, 약국에 가니 약을 한 가지만 줬다. 이유를 물으니 처방전에 약 이름이 하나만 적혀 있다는 것이었다. 다시 피부과로 가서 항의하니 실수로 약 하나를 빠뜨렸다는 것이다. 문제는 돈이었다.

| 쓸쓸했던 기억들이 때로는

일상에서 우리 범부들의 모습도 썩 좋은 것만은 아니다. 물론 대부분의 사람들은 마음을 써서 올바로 행동하고자 노력한다. 하지만 꼴사나운 경우도 많다. 요즘 들어 신경이 많이 쓰이는 것 중 하나가 전철 안에서 자리다툼을 하는 어른들의 모습이다. 나도 머리가 흰 탓에 그런 어른들을 보면 내 얼굴마저 화끈거린다. 정 힘들어서 자리에 꼭 앉아야 한다면 더 얘기할 게 없다. 그런데 아무리 봐도 그 정도는 아닌데도 체면도 염치도 없이 몸을 날려 자리를 잡으려 한다. 그래서 나는 웬만하면 자리에 앉으려고 서둘지 않는다. 내가 힘들지 않을 때는 나보다 더 젊은 것 같은 아주머니들에게 양보하기도 한다. 나이가 더 들더라도 염치는 꼭 간직해야겠다는 생각이 들곤 한다.

식당에서 남이야 먹든 말든 맛있는 반찬은 혼자서 다 먹어치우는 사람, 얄궂게 운전을 하고도 전혀 미안해하지 않고 오히려 인상을 쓰는 사람, 제가 낳은 자식을 내팽개치고 마치 물건 다루 듯하는 부모, 제 부모를 돈으로 저울질하는 자식들, 제 남편은 죽도록 사랑한다 하면서 남편 부모나 형제들은 모른 체하는 여인들, 상대에게 끝없이 요구만 하고 자기는 베풀지 않는 부부, 혼수가 적다고 며느리를 구박하는 시부모들, 부모의 장례를 치르자마자 유산을 놓고 싸우는 자식들, 먹는 음식을 가지고 장난치는 사람들, 이주 근로자들에게 일은 죽게 시키고 임금은 제대로 주지 않는 업주들, 수백 명의 승객들을 죽게 놔두고 저만 살겠다고 팬티바람으로 기어 나오는 선장, 피 같은 세금을 쏟아부어 흐르는 물을 썩게 하고 뭇 생명들의 터

전을 황폐화시키고도 '4대강 살리기'를 했다고 강변하는 전직 대통령…. 다른 곳이 아닌 우리네 일상에서 염치없는 일들은 지금 이 순간에도 여기저기서 일어나고 있다.

정직, 근면, 성실 등 인간됨에 있어서 중요한 덕목들은 수도 없이 많지만, 그 중에서도 염치가 가장 소중하다고 생각한다. 염치는 우리들과 이 사회를 썩지 않게 해 주는 방부제라고 생각한다. 염치마저 잃게 되면 우리들과 이 사회는 끝없이 망가지고 썩어 문드러질 것이다. 염치는 우리로 하여금 인간다움을 잃지 않게 해 주는 최후의 보루가 아닐까. 언제, 어디서 무엇을 하며 살더라도 염치 하나만은 잃지 말아야 할 것이다. 염치는 우리를 꼿꼿하게 세워 주는 버팀목이니까.

우리들의 풍경 : 행복한가?

　많이 먹었는데도 가끔 허전한 경우가 있다. 요즘 우리네 사는 꼴을 보면 딱 그 꼴이다. 거리에는 뭔지 모를 것들이 넘쳐나고 사람들은 너나없이 바쁘다. 1인당 국민소득이 2만 달러가 넘은 것도 오래전 일이다. 도회지의 밤은 휘황찬란하고 가는 곳마다 식당이며 술집이다. 그런데 마음은 허전하다. 밤낮 가리지 않고 일을 해도 먹고살기가 빠듯하다. 하루하루가 고달프다. 행복을 찾아 눈에 핏발을 세우며 뛰는데도 행복은 우리에게서 자꾸만 멀어져 가는 것 같아 불안하다. 다 알다시피 행복지수라는 게 있다. 자신이 얼마나 행복한가를 스스로 측정하는 지수이다. 우리 국민의 행복지수는 세계 전체 나라들 중에서 꼴지에 가깝다 한다. 그럼 우리 각자의 행복 지수는 얼마나 될까?

　우리는 일상에서 '행복'이란 말을 참 많이도 쓴다. '나는 행복해', '

너, 행복해 보인다', '꼭 행복해야 해', '행복을 빈다' … 그럼 과연 '행복'이란 무엇일까? 우리 모두는 일생을 행복하게 살기를 원하고, 그 행복한 생활을 꾸려가기 위해서 평생 바둥거린다. 그런데 우리 주위에서 보면 누가 봐도 불행해 보이는 사람이 '나는 행복하다' 하고, 남들이 부러워할 만큼 유복해 보이는 사람이 '나는 불행하다' 하는 것을 종종 본다. 그런 모습을 보면 행복은 주관적인 것임에 틀림이 없는 듯하다. 결국 행복은 남이 겉으로 보아서는 알 수 없는, 자신만이 느끼는 삶에 대한 내적인 만족감이 아닐까. 외적인 모습이 아니라 마음의 상태가 아닐까.

그런 '행복'은 어디서 오는 것일까. 행복해지기 위한 조건은 과연 무엇일까. 행복이 내적인 만족감이라 해서 우리를 둘러싸고 있는 외적인 여건과는 전혀 관련이 없는 것일까. 먹을 것이 없어 굶주리는데 과연 '나는 행복하다'고 말할 수 있을까. 하루 일과를 마치고 지친 몸을 뉠 곳도 없는데 행복감을 느낄 수 있을까. 부모형제가 불행한데 나만 행복할 수 있을까. 육신을 가진 우리가 물질적인 만족 없이 행복할 수 있을까. 결국은 우리를 둘러싼 내, 외적인 여건이 충족돼야 행복해지는 게 아닐까. 그런데 오늘 한국 사회에서 살아가는 우리는 과연 어디서 행복을 찾고 있는가. 안과 밖에서 두루 찾고 있는가.

어느 자리에서 우리네와 선진국의 국민들이 말하는 중산층의 기준이 확연히 다르다는 얘기를 들었다. 우리 국민들이 제시하는 중산층의 기준은, 월수입이 얼마인가, 아파트는 몇 평인가, 자동차의

배기량은 얼마인가, 예금의 잔고(현금)가 얼마인가, 해외여행은 연 1회 이상 하는가 등이고, 선진국 국민들이 말하는 기준은, 가족들과 얼마나 자주 함께하는가, 악기를 하나 이상 다룰 줄 아는가, 외국어를 하나 이상 할 줄 아는가, 환경등 사회적인 문제에 민감한가, 사회적인 약자를 돕고 불의에 저항하는가, 하는 것들이라고 들었던 것 같다. 물론 우리 스스로를 반성해 보자는 의미도 있고, 남이 하면 더 좋아 보인다는 점도 작용한 것 같다. 그럼에도 불구하고 위에서 언급한 내용들은 우리 사회의 중산층의 기준만이 아니라 행복을 재는 기준이 아닌가 생각된다. 위의 내용을 보면서 우리 사회의 일그러진 모습을 보는 듯하여 씁쓸하다.

가끔 외국여행을 할 때가 있다. 지금까지는 주로 우리보다 잘 산다는 나라에 갔던 것 같다. 일본, 호주, 뉴질랜드, 미국, 프랑스, 영국, 독일, 스위스 등등. 그런데 나가서 보고 매번 느끼는 것은 그 나라 사람들이 겉으로 보기에 우리보다 훨씬 검소하다는 것이다. 집사람과 자유여행으로 파리에 처음으로 갔을 때, 전철 안에서나 시내를 걷다가 만나는 사람들의 옷차림 등 전체적인 모습이 너무도 수수하고 소박했다. 그간에 우리가 들었고 상상했던 파리 시민의 모습과는 판이하게 달랐다. 처음에는 '이게 뭐야' 했다. 하지만 하루 이틀 그곳에서 지내면서 겪어 보니 그런 모습이 오히려 더 자연스럽고 보기에도 좋았다. 소박한 차림에 따뜻한 미소와 친절함이 배어있는 그들이 부러웠다. 다른 나라에서도 비슷한 느낌을 받았다. 그러다 돌아오는 길에 인천공항에서 우리의 전철을 타면 눈이 부신다. 화

려한 옷차림에 짙은 화장, 신발부터 가방까지 고가의 명품으로 치장
한 모습에 눈을 휘둥그레 뜨게 된다. 꾀죄죄한 모습보다야 천 번 낫
지만 꼭 저리 해야만 되나 싶은 생각이 들 때가 많다. '물질은 사람
을 기쁘게 한다'고 했다. 틀린 말이 아니다. 하지만 지나치게 물질이
나 외양에만 신경을 쓰다 보면 정작 진정한 행복을 위한 내실을 기
할 수 없을 것 같아 안타깝다.

　지난 날 우리들은 참으로 어렵게 살아왔고, 이제야 좀 형편이 나
아져서 그동안 하지 못했던 것들을 해 보는 것인 줄도 안다. 하지만
결국 행복은 마음의 문제이고 물질적인 것들은 행복한 삶을 살아가

기 위한 필요조건에 지나지 않는다고 생각한다. 또한 진정한 행복
은 그렇게 '남에게 보여 주는 것'이 아니라 스스로가 마음속에서 느
끼는 것이 아닐까, 한다.

노란 가방을 메고 아장아장 학원차에 오르는 우리 아이들은 과
연 행복할까. 자식의 얼굴도 보지 못하고 새벽부터 밤늦게까지 일
에 매달리는 우리 아버지, 어머니들은 행복하실까. 흥미도 뜻도 없
는데 부모에 의해 등 떠밀려 법대나 의대에 간 학생들은 행복할까.
무리를 해서라도 루이비통 같은 명품을 가진 여인들은 진정 행복할
까. 젊은 날이 어찌 가는 지도 모르고 일에 매달려야 하는, 대기업에
다니는 우리 자식들은 행복할까. 제 이웃들은 먹을 것이 없어 굶주
리는데 잘난 사람들끼리 모여 한 끼 수십만 원짜리 식사를 하는 선
량들은 행복할까. 근로자들은 살기 힘들다고 아우성인데 튀어나온
제 배 두드리는 재벌들은 행복할까, 조국과 민족을 배반한 대가로
호의호식하는 친일파들이 과연 행복할까….

물론 아직도 먹고살기 힘든 이들도 많이 있지만, 우리 사회 전체
적으로 보면 물질적인 것이 턱없이 부족하던 절대빈곤의 시대는 지
나갔다. 가진 것으로 행복한 양 과시하던 시절도 갔다. 이제는 '나
행복해 보이지?'가 아니라 스스로에게 행복한지를 물어야 할 때가
됐다고 본다. 겉으로는 소박하면서도 자신의 내적인 충만이 있으면
행복하다. 내적인 충일을 위해서 무엇인가를 해야 한다. 우리네 몸
을 명품으로 치장하듯이 우리네 마음도 무언가 좋은 것으로 채워야
하지 않을까. 물론 먹고 살기도 힘든 경우야 어쩔 수 없지만, 웬만

하면 이제 돈을 버는 일을 좀 줄이고, 자신의 진정한 행복을 위해 하고픈 일들을 찾아서 해야 하지 않을까. 독서, 음악 감상, 공연 관람을 해도 좋고, 가족들과 함께하는 시간을 많이 갖기도 하고, 지역사회를 위한 봉사활동도 하고, 사회적 공동선을 실현하기 위한 노력도 하고, 공정무역에도 참여하고, 난민 돕기에 후원금도 내고, 북한의 동포들도 생각하고, 남북의 화해와 상생을 위해서도 노력하고, 한－베트남 평화재단 설립에도 힘을 보태면 어떨까.

　TV에서 여행을 안내하는 프로그램을 자주 본다. 여러 나라 사람들의 사는 모습을 보다 보면, 물질적으로는 풍족하지 못하지만 자신이 원하는 일을 하면서 가족들과 더불어 소박하나 잔잔한 행복을 누리면서 살아가는 사람들을 가끔 본다. 그들이 살아가는 모습을 보고 있노라면 내 마음마저 편안하고 따뜻해진다. 거창하지는 않지만 자신이 하는 일을 자랑스럽게 여기며 만족한 삶을 살아가는 모습이 보기에도 참 좋다.

　자신의 행복을 추구하는 것은 이기적인 행동이 아니다. 내가 행복해야 다른 사람도 도와줄 수 있다. 그렇다고 나만 행복해지려 한다면 곤란하다. 인간은 혼자서 행복해질 수 없다. 이 사회에 사는 한 사람 한 사람이 행복해야 사회 전체가 행복해 질 수 있으니까. 이웃이 행복해야 나도 더 행복해지니까. 진정한 행복이 무엇인지, 나는 지금 행복한지 스스로에게 물어야 한다. 자신의 행복 지수는 얼마나 되는지 가끔 살펴볼 일이다.

지구별의 나그네 되어

작은 소망

내 인생의 제2막은 매사에 감사하며 봉사하는 자세로 살아가고 싶다. 물론 내 뜻대로 다 되지는 않겠지만 가능하면 그렇게 살고 싶다. 조용한 가운데 잔잔한 기쁨을 느끼며 살고 싶다. 지금껏 나는 매사에 감사보다는 원망을 더 많이 하며 살아온 것 같다. 원망할 이유도 충분했다. 가난한 집안형편, 앞을 못 보시는 아버지, 형제들의 잇단 죽음…. 그럼에도 불구하고 앞으로는 감사하는 마음으로 밝게 살고 싶다. 그것만이 원망怨望의 삶을 희망의 삶으로 바꾸는 길이므로.

먼저 물질적인 욕심을 버리고 싶다. 이승에 잠시 왔다가는 게 우리네 인생이 아닌가. 우리는 올 때처럼 갈 때도 빈손으로 간다. 알면서도 우리는 남보다 조금 더 가지려고 늘 아귀다툼을 한다. 참으로 부질없다는 생각이 든다. 물론 육신을 가진 우리는 제 목숨을 부지

하려면 물질적인 것이 반드시 필요하다. 더구나 피도 눈물도 없는 자본주의 사회인 우리나라에서 살아가는데 욕심이 없다면 큰 문제다. 살 곳이 있어야 하고, 먹어야 살고 또 입을 것이 필요하다. 나도 마찬가지다. 다만 그런 것들을 필요 이상으로 갖고 싶지 않다. 언젠가 친구에게, '나는 돈 버는 재주가 없는가 보다.' 했더니, 그 친구가 내뱉 하는 말이 '너는 이 자본주의사회에서는 무능력자다.'라고 일갈했다. 맞다. 나는 그런 면에서 많이 부족하다. 그러나 결코 부끄럽지 않다. 이 세상의 모든 것은 내 것이 아님이 분명하고, 욕심을 부린다고 마냥 많이 가질 수 있는 것도 아니다. 세상에 있는 모든 이가 이용하도록 마련된 것이다. 내가 더 많이 가지면 누군가는 덜 가지게 된다. 어쩌다 필요 이상으로 많이 가진 사람은 남는 것들을 이웃에게 돌려 주어야 할 것이다.

어려운 이웃들에게 조금이나마 도움이 되고 싶다. 그동안 나는 전철 안에서 사지가 멀쩡한 사람이 구걸하는 것을 보면 어쩌다 도와주는 경우도 있었지만, 많은 경우 이런 저런 핑계로 외면했다. 저 사람은 다른 일을 할 수도 있을 텐데 왜 저러고 사나. 저렇게 번 돈을 유흥비로도 쓴다던데, 저 돈은 다 제 두목에게 바친다던데…. 그렇다. 그럴 수도 있을 것이다. 그럼에도 불구하고 나는 이제 더 이상 그 어려운 이웃을 외면하지 않으려 한다. 힘이 닿는 대로 도와주고 싶다. 천 원이든 만 원이든 내 능력 안에서. 어떤 상황이든 내 잇속을 먼저 생각하다 보면 남을 돕는 일은 물 건너간다. 남을 돕는 일은 반드시 제 손실을 가져오게 되므로.

절대자─하느님─를 믿고 경외하는 마음으로 살고 싶다. 하느님 얘기가 나오면 으레 교회를 연상하지만, 꼭 교회를 다니지 않아도 좋다. 인간은 부족하다. 이것은 분명한 사실이고, 모두가 다 인정하는 일이다. 하느님이 실제로 있나, 없나 하는 것은 중요하지 않다. 하느님이 전지전능한 존재라면 그 하느님이 실재한다 해도 인간의 좁은 생각에 담을 수가 없다고 본다. 우리는 우리 눈에 보이는 것들만 존재한다고 믿는다. 그것이 우리 인간의 한계이다. 이제 우리의 부족함을 안다면, 부족한 우리는 겸손해야 한다. 그래야 이승의 삶에 충실하게 되고 다음 세계에서도 대접을 받을 게 아닌가. 옛 어른들 말씀에 '착한 끝은 있다.'고 했다. 이승에서 착하게 산 사람을 어찌 저승에서 홀대하겠는가.

음악과 시를 사랑하며 살고 싶다. 음악은 혼탁한 우리의 마음을 정화시켜준다. 순정한 마음이 되게 한다. 우리의 고된 삶에 음악만큼 위로가 되는 게 또 있을까. 더불어 한두 가지 악기를 연주하고 싶다. 늦었지만 작년부터 기타를 열심히 배우고 있다. 특별한 재주는 없지만 너무도 해 보고 싶었던 것이라서 충실히 배우려 노력하고 있다. 남의 시를 읽는 것도 좋지만, 서툴러도 내가 직접 시를 쓰고 있다. 시를 쓰려면 이 세상과 우리네 삶에 대해서 많은 생각을 하게 된다. 그 과정에서 생각이 가지런해지고 세상을 보는 눈이 넓어지고 깊어진다. 같은 일이라도 다시 한 번 살펴보며 생각하게 되고, 남의 입장에서도 생각해 보게 된다. 무엇보다 자신과 자신의 삶에 대해 깊이 성찰하게 되고, 그러다 보니 인생살이에 대해 더 진지해진다.

무엇보다 내가 시를 좋아하는 이유는 시에는 긴 수사가 필요 없다는 것이다. 나는 길게 사설을 늘어놓는 것을 좋아하지 않는다. 생각의 정수를 적확^{的確}한 언어로 표현하는 시는 얼마나 매력적인가.

지구별의 아름다운 방랑자가 되고 싶다. 거침없이 어디로든 떠날 수 있는 진정한 나그네가 되고 싶다. 이 우주와 인간과 나라는 존재 그리고 인생의 의미에 대해 수없이 생각해 봤지만, 짧은 소견 탓인지 아직까지 뾰족한 답을 얻지 못했다. 아마 앞으로도 그럴 것이다. 그저 우리는 끝없는 우주 여행길에 잠시 지구별에 들른 것이라 생각한다. 진정한 나그네는 자신이 머물던 곳에 대해 추억을 가질 뿐 집착이나 미련을 가져서는 안 된다고 생각한다. 살아있는 동안 가능한 한 지구별의 많은 곳에 가서 많은 사람들을 만나고 싶다. 그들의 삶을 느껴보고 싶다. 지구별의 진정한 나그네가 되어 동화 속의 주인공처럼 살아가고 싶다.

마지막으로 나의 가장 절실한 소망이 있다. 다름이 아니라 이승에서 열심히 살고 난 후 미소 지으며 삶을 마감하고 싶다. 이승의 삶에 대한 집착이나 미련은 훌훌 떨쳐 버리고 선선히 떠나고 싶다. 젊은 날에는 내가 죽어야 한다는 사실이 믿기지 않았고, 믿지 않으려 발버둥쳤다. 하지만 이제는 안다. 우리가 태어나고 죽는 것은 자연의 이치이고 신의 섭리라는 것을. 그것은 우리 인간이 어찌할 수 없는, 우리의 권한 밖의 일임을 아프게 깨닫고 있다. 그러니 그 이치와 섭리에 순순히 응하는 것이 아름다운 일이 아닐까.

낭만적으로 산다는 것

교단에 선 지 꽤 많은 세월이 흐른 후, 늦은 나이에 대학원에 진학했다. 동료교사들이 올바른 교육을 위해 앞장서다 해직을 당해 고초를 겪고 있는데 나만 대학원에 다닌다는 것은 너무 호사스런 일처럼 느껴졌었다. 또한 중·고등학교가 너나없이 밤늦게까지 입시교육만 시키고 있는데 대학원에서 고상한 걸 더 배워도 학교에서 가르칠 기회는 없어 보였다. 그러다 천행天幸으로 정권이 바뀌어 해직됐던 선후배 교사들이 교단으로 돌아왔다. 특히 수 년 간 같이 동고동락했던 후배들이 복직을 하니 마음이 한결 가벼워졌다. 그제야 나도 아이들을 가르치는 일에 더 집중해야겠다는 생각이 들면서 대학원에 가기로 하였다.

한 대학원에 입학시험을 치르고 면접을 보던 날, 한 젊은 교수가 물었다. "전 선생은 이 늦은 나이에 무엇 하러 대학원에 오려고 해

요? 점수나 따서 교감이나 교장 하는 게 더 편하고 좋은데…."하는 것이었다. 나는 속에서 치오르는 화를 참으며 공손하게 말했다.

"전공 공부를 좀 더 해보려구요."

"그래요? 전 선생님 참 낭만적이시네." 하는 것이었다. 그래, 승진하는 데 필요한 점수나 따려고 대학원에 오는 사람들이 대부분이고, 대학원에 가시 않고도 교장이 된 사람들도 많다. 하지만 내가 대학원에 간 것은 그것 때문이 아니다. 제때 마음껏 배우지 못해서 아쉬웠고, 왠지 나에게는 부족한 게 많은 것 같아서 대학원에 갔다. 그것도 직장생활을 하면서 다닐 수 있는 곳으로. 그래, 나는 낭만적이다. 그래서 뭐 잘못된 거 있나? 그 후로 낭만적으로 살아간다는 것에 대하여 많은 생각을 하게 됐고, 그러한 삶이 참으로 중요하다는 것을 깨달았다.

'낭만적'이라는 말은 여러 가지 뉘앙스를 풍기는 듯하다. 이 말을 들으면 가장 먼저 떠오르는 의미는 '멋스럽다'는 것이 아닐까. 또한 실속 없이 겉멋만 든 사람의 모습이 떠오르기도 하고, 때로는 현실감이 없이 지나치게 이상적인 것을 추구하는 태도를 비아냥대는 의미로도 읽힌다. 가끔은 이성理性적이지 못하고 감정에 쉽게 휘둘리는 행태를 나무라는 듯한 의미로도 읽히는 것 같다. 하지만 '낭만적'이라는 의미가 위에서 말한 모든 의미를 함축하고 있다고 해도 나는 그 '낭만적'이라는 말이 좋다. 아니 오히려 이런 다양한 의미들을 가져서 더욱 좋은 것 같다.

세상만사가 어디 우리네 이성과 합리만으로 이해가 되는가. 그

알량한 우리네 지식으로 존재와 삶에 대한 근본적인 것들 중 어느 하나라도 제대로 아는 게 있는가. 우리는 우리의 근본적인 것에 대해서는 아는 게 하나도 없다. 이러한 사실만으로도 우리는 인생을 낭만적으로 살아갈 수밖에 없지 않은가. 더구나 나는 '낭만적으로 살아간다는 것'을 위 내용과는 조금 다르게 생각한다. 낭만적인 삶은 자신의 생각에 충실하고 자신의 감정에 솔직하게 반응하며 살아가는 삶이 아닐까. 자신이 옳다고 생각하는 바를 실천하고 자신의 마음이 움직이는 대로 행동하는 것이 아닐까. 다만 '낭만적인 삶'이 진정으로 멋진 삶이 되기 위해서는 한 가지가 더 보태져야 한다고 생각한다. 자신을 포함한 주변의 모든 것들—사람과 사물—에게 관심을 가지고 배려하며 사랑하는 삶이어야 한다고 본다. 특히 자신보다 남들을 위해 희생적인 삶을 살아가는 이들이야말로 진정으로 낭만적인 사람들이 아닐까.

그렇다면 낭만적인 삶이란 구체적으로 어떤 삶일까? 우리 선대와 동시대를 살아가는 이웃들에게서 그런 모습을 쉽게 찾아볼 수 있다.

먼저 내 어머니와 형제들의 삶에서 그런 일면을 본다. 보다 안락한 삶을 향한 갖은 유혹을 물리치고 앞 못 보는 남편과 자식들을 위하여 한 평생 고난의 삶을 살다 가신 내 어머니의 삶을 누가 쉽게 흉내 낼 수나 있을까. 돈이 없어서 자신은 중학교를 중퇴하고 젊은 나이에 시골에서 지게질을 하면서도 동생들을 끝내 대학까지 보내 주신 내 둘째 형님, 초등학교를 중퇴하고 어린 동생들을 데리고 가사를 책임졌던 내 누님, 가난한 집의 장남으로 밤낮 부모형제 걱정에

마음 편할 날이 없으셨을 큰형님, 나를 위해 자신들의 학업을 포기한 셋째 형님과 내 누이동생, 그들의 희생과 사랑의 마음을 어찌 다 헤아릴 수 있으랴. 낭만은 어설픈 마음에서 거저 나오는 게 아니라 오랜 세월 아프게 단련된 희생과 사랑의 삶에서 우러나오는 게 아닐까.

우리들이 존경하는 성인이나 위인들을 보라. 오랜 세월이 흘렀음에도 그들이 만인의 추앙을 받는 것은 그들이 자신의 모든 것을 바쳐 남들을 위해 헌신하고 희생한 까닭이 아니겠는가. 그들이 당대에는 비록 고통과 시련의 삶을 살았지만, 그 고통과 시련이 사랑으로 승화되면서 그들의 삶이 낭만적으로 보이지 않는가. 가끔 당대에 위력을 떨치며 다대多大한 업적을 남겼다고 위대한 인물로 추앙받는 사람들도 있지만, 그들은 진정한 의미에서 성인이나 위인의 반열에 오를 사람들이 못 된다. 그들은 그저 제 자신과 제 패거리들을 위해서 살았기 때문이다.

전능하신 하느님으로서 인간의 모습으로 태어나 갖은 고초를 겪고 자신의 목숨까지 내어주면서 인류의 구원을 위해 희생한 예수님, 자신의 목숨이 위태로운 지경에 이르렀는데도 자신에 대한 치료를 단호하게 거부하고 그 대신 다른 병자들을 돌봐 주라고 말했다는 데레사 수녀님, 자신의 아이들은 추위와 배고픔에 떨고 있는 데도 자기의 제자들을 먼저 챙겼다는 페스탈로치, 제 고국에서의 안락한 삶을 뿌리치고 가난한 아프리카 사람들과 더불어 살면서 자신의 모든 것을 바친, 음악가이고 시인이며 의사였던 슈바이처, 자신이 암에 걸린 줄 알면서도 다시 아프리카로 향했던 이태석 신부님… 그

들의 불타는 의지와 사랑 앞에 우리는 그저 고개를 숙일 수밖에 없다. 우리는 그들을 존경하지만 그들이 간 길을 선뜻 따라나서지 못한다. 그들의 삶이야말로 사랑이 바탕이 된 낭만적인 삶이 아니었을까.

자신이 낳은 멀쩡한 자식도 내다 버리는 이 세상에서 피부색도 모양도 다른 불구의 아이를 입양하여 제 자식처럼 밝게 키우는 벽안碧眼의 외국인. 폐지 수집, 김밥 장사 등으로 번 돈 수억 원을 어려운 학생들을 위한 장학금으로 쓰라고 내놓았다는 할머니. 한겨울 밤 늦은 귀가 길에 추위에 떨고 있는 걸인을 보고서 주머니에 있는 모든 것을 꺼내 주고 왔다는, 대학시절에 만난 어느 노老교수. 머리 좋아 사리에 밝은 사람들은 결코 흉내 내기 어려울 것이다. 그들이 보면 이들은 모두 제 정신이 아닌 사람들일 것이다. 참으로 어리석은 인간들일 것이다. 오직 낭만적인 사람들만이 할 수 있는 일이므로.

그러면 21세기 분단된 이 반도에 살고 있는 우리가 낭만적으로 살아가는 길은 무엇일까.

무엇보다 먼저 우리 민족 간의 화해와 안녕을 구하는 일이 아닐까. 남북 간에는 구원舊怨이 깊어 서로를 인정하고 상대를 존중하는 일이 쉽지는 않을 것이라는 것쯤은 잘 안다. 하지만 인류애적 발상이 아니라 우리 민족만을 생각하더라도, 오직 그 길만이 서로 상생하는 유일한 길이라고 믿는다. 그럼에도 불구하고 민족 간의 불화와 갈등을 조장하고 심지어 전쟁까지 운운하는 사람들이나 그 세력들은 그 이유가 무엇이든 또 그들이 누구이든 민족 앞에 대죄를 짓

는 것이며, 언젠가는 그에 상응하는 벌을 받게 되리라고 생각한다.

다음으로는 자본주의의 그늘을 해소해야 한다고 본다. 자본주의도 인간이 만든 하나의 제도에 불과하고 그러다 보니 당연히 허점이 많다. 그로 인해 수많은 사람들이 고통과 시련의 삶을 살아가고 있다. 모든 인간은 그 능력과 상관없이 인간으로서의 기본적인 대접을 받아야 한다고 본다. 물론 목숨이 붙어 있는 다른 모든 것들도 마찬가지이지만. 그러자면 많이 가진 사람들이 자신이 가진 것들을 사회에 돌려줘서 가난하고 약한 사람들을 도와야 한다. 그런 제도를 만들어야 한다. 자유주의, 시장의 자율성, 사유재산제도 등을 들먹이면서 이러한 노력을 거부하는 무리들은 대오각성해야 한다. 그들은 그 돈을 어디서 벌었고 누구 덕분에 벌었는지 곰곰 생각해 봐야 한다.

마지막으로 세상의 모든 소외되고 고통 받는 이들에게 관심과 애정을 가져야 한다. 약자에 속하는 사람들은 물론 생명을 가진 모든 것들 그리고 우리들이 생명이 없다고 치부하는 모든 사물들도 나름대로 그들에게 맞는 대우를 해야 한다. 사람들에게 해를 좀 끼친다고 멧돼지나 고라니 같은 동물들을 가차 없이 살해하는 TV의 화면을 보고 있노라면 인간들의 잔인함과 이기심에 섬뜩한 느낌을 지울 수가 없다. 또 차를 몰다 보면 야생동물들이 차에 치여 죽어 있는 장면들을 자주 본다. 최선의 주의를 기울였는데도 일어난 일이라면 어쩔 수가 없다. 하지만 우리는 최선을 다했다고 장담할 수 있나. 요즘 우리 주위를 둘러보면 땅을 넓힌다고 뭇 생명들이 사는 갯벌과

습지를 콘크리트로 메우고, 우리가 보기에 꼭 그럴 필요까지는 없어 보이는데도 산허리를 마구 잘라 내고, 자연스레 흐르는 냇물을 틀어 막는다. 우리가 무생물이라고 하는 것들도 그들이 존재하는 나름의 방식과 그 존재 이유가 있다. 그 순리에 따라야 생명력을 발휘하는 게 아닐까. 그 생명력 덕분에 우리 인간들이 살아가는 거고.

인생을 조금은 살아온 내가 남은 인생을 낭만적으로 살아가는 방법은 무엇일까. 내 나름의 낭만적인 삶의 계획을 밝혀 본다. 앞서 말한 이 시기, 분단된 자본주의 사회 남한에서 살아가고 있는 한 국민이자 시민이라는 전제 아래서 내 개인적인 생각을 말해 보고자 한다.

무엇보다도 먼저 나이를 먹어 몸은 비록 늙어가고 있으나 젊은 날의 생각, 꿈, 태도를 잃지 않으려 한다. 일부러 나이 먹은 티를 내고 싶지 않다. 육신의 한계야 어쩔 수가 없지만 젊은 날의 마음과 꿈만은 유지하려 늘 애쓰고 있다. 그러자면 늘 새로운 것을 찾아나서고 가능한 모든 것을 용감하게 실행에 옮겨야 한다. 실제로 나는 젊은 날에 하고 싶었으나 여러 가지 이유로 실행하지 못한 것들을 하나 둘 차례대로 실행에 옮기는 중이다. 얼마 전에 인제 내린천에 가서 번지점프도 해 봤고, 정선에 가서 짚와이어zip-wire도 타 보았다. 또한 어느 모임에 가든지 나이 먹었다고 '에헴' 하고 앉아 있지 않는다. 설혹 나보다 나이가 어린 친구들과 모인 자리라도 무슨 일이든 함께한다. 마음에 드는 공연이나 연주회에도 자주 가려 애쓴다. 다양한 장르의 음악도 들으려 한다. 또래 친구들 대부분이 힘 든다고 회피하는, 높은 산도 오르고, 장거리 트레킹과 오지奧地여행도

해 보려 한다.

다음은 세상에 존재하는 모든 것들과 조화를 이루며 살아가고 싶다. 인간뿐 아니라 우리가 목숨이 없다고 말하는 모든 것들도 존중하고 배려하며 살고자 한다. 길을 가면서 쓸데없이 돌들을 걷어차거나 벌레를 짓밟는 일을 하지 않으려 한다. 들풀이나 들꽃 하나도 이유 없이 뜯거나 꺾지 않으려 한다. 우리 인간도 자연의 한 부분에 불과하므로 자연에 있는 모든 것들과 어울리면서 서로 공생하는 것이 섭리요 도리가 아닐까. 그들의 희생으로 내 목숨이 유지되고, 우리도 모르는 사이에 그들로부터 많은 사랑을 듬뿍 받고 있다. 어느 하나라도 소홀히 대할 수 없으며 동시에 감사하는 마음을 가져야 하는 이유이다.

또한 이승의 삶과 죽음에 대해 긍정적인 태도를 갖고자 한다. 이승의 삶은 무궁한 우주의 여정 속에서 잠시 머무는 것이라고 믿는다. 그러면 이승에 대한 지나친 미련과 애착이 조금은 사라진다. 더불어, 죽음을 두려운 것으로만 여기던 생각에서 벗어나려고 애쓰고 있다. 죽음은 이승의 삶이 끝나서 떠나가는 하나의 과정이 아닐까. 목숨이 붙어 있는 그 어떠한 것도 영원히 살 수는 없으므로, 한 생이 다하면 다음 세상으로 옮겨가는 것은 당연하지 않은가. 물론 한 번도 가보지 않은 죽음의 길에 대한 두려움이야 어찌 없을 수 있겠는가. 인간으로서의 삶이 끝나는데 어찌 안타깝지 않겠는가. 하지만 우리의 오감으로는 알 수는 없으나 이치적으로 보면 분명 또 다른 세계가 있을 것이고, 우리는 반드시 떠나가야만 하니 울고불고할 일

만은 아니지 않은가.

　우리네 존재와 삶에는 정해진 틀도 없고—혹 있다 해도 우리는 알 수 없고— 이성적으로 이해되지 않는 것들이 태반太半이다. 근본도 모르는 우리네 존재와 인생 앞에 맨 정신으로만 설 수는 없지 않은가. 낭만적인 삶은 결코 고상하고 거창한 것만은 아니라고 믿는다. 자신과 남의 가슴을 따뜻하게 해 주는 삶, 삭막한 세상에 온기를, 창백한 삶에 생기를 불어 넣은 삶이라고 믿는다.

　알 수 없는 삶이라고, 한 번도 가 본 적이 없는 죽음의 길이라고 그 앞에서 통곡만 할 수는 없지 않은가. 낭만적이지 않으면 이 난감한 상황을 어찌 버틸 수 있겠는가. 그리하여 나는 쭉 '낭만적'으로 살고 싶다. 이승의 삶이 끝나는 날 나는 설레는 마음으로 다음 여행지를 향하여 떠나고 싶다. 내가 너무 낭만적인가?

요셉으로 살아가기

동서고금을 막론하고 종교문제처럼 세상을 시끄럽게 하는 것도 드물 것이다. 모든 사물에 신이 깃들어 있다고 믿는 범신론부터 오직 신은 하나라고 믿는 유일신까지 참 다양하기도 하다.

시골에서 자란 나는 어머니가 가끔 장독대에 정화수를 떠놓고 뭔가를 간절히 기원하시는 모습과 특별한 날이면 동네에서 가까운 곳에 있는 정갈한 샘터에 가서 치성을 드리고 오시는 것을 보면서 자랐다. 한마디로 우리 가족은 요즘에 말하는 종교를 갖지 않았다. 당시 시골에 살던 사람들은 다 엇비슷했다. 초등학교 근처에 원불교 건물이 하나 있긴 했지만 그 외의 교회나 절을 본 적이 별로 없었다.

그러다 중·고등학교를 다니느라 읍으로 나오니 개신교 교회도 보이고 성당도 볼 수 있었다. 나는 처음부터 성당이 맘에 들었다. 성당에서 이루어지는 일들은 잘 몰랐지만, 무엇보다도 웅장한 건물과

높은 첨탑, 그리고 아침저녁으로 은은하게 울려 퍼지던 성당의 종소리가 매력적이었다. 또한 그 속에서 일하시는 신부님과 수녀님들을 얼핏얼핏 보면서 뭔지 모를 신비감과 경외심이 생겼다. 그리하여 고등학교 2학년 초에 성당에 다니는 같은 반 친구를 따라 처음으로 성당에 가 보았다. 그 당시에는 읍에도 성당이 하나뿐이었다. 넓은 대지에 웅장한 건물 그리고 무엇보다도 그 엄숙한 분위기가 마음에 들었다. 신앙심을 갖게 하려면 그 정도는 돼야 한다고 생각했다. 그때부터 그 친구를 따라 가끔 성당에 나갔다. 지금 생각하니 제대로 교리교육을 받거나 한 것 같지는 않다. 덜렁덜렁 친구 따라 몇 번을 갔었던 것 같다. 그러다보니 학생부 모임 등 성당에 나가야 하는 횟수가 자꾸 늘어만 갔고 주말에도 행사가 많았다. 공부에 매진해야 한다는 강박 때문에 성당에 나가는 일이 부담스러웠다. 그래서 고민하다가 친구에게 '미안하다'고 말하고 성당에 다니는 것은 다음 기회로 미루기로 했다.

대학에 다닐 때는 개신교의 독실한 신자인 친구들을 따라 이 교회 저 교회를 기웃거리기도 하였지만, 어느 교회도 내 마음에 들지 않았다. 그 후로 결혼을 할 때까지 나는 성당에 나간다는 생각을 못했다. 대학 시절 몇몇 종교단체에서 손짓도 했지만, 크게 관심도 없고 그럴 여유도 없었다. 그러다 결혼을 하고 보니 결혼 전에 가졌던 환상은 그리 오래 가지 못했다. 다들 아는 것처럼 결혼은 문제의 해결이 아니라 문제의 시작이었다. 아내와도 사사건건 부딪쳤다. 나이도 있어 짧은 연애 기간을 거치고 서둘러 결혼을 하다 보니 서로를

잘 알 수 있는 기회도 없었던 것 같다. 같은 교사이고 또 심성이 착한 듯하여 결혼을 하게 된 것이다. 결혼 전에 보기에는 성격이 시원시원하고 이해심도 많은 것 같은 아내가 마음에 들었었다. 그러나 결혼 후의 모습은 많이 달랐다. 그렇게 고민과 갈등은 깊어갔고, 나는 결혼 전과는 또 다른 방황을 하게 되었다. 그러던 어느 날, 그날도 시내에서 술을 한잔 걸치고 집에 돌아가는 길에 갑자기 성당의 첨탑이 내 눈에 들어왔다. 순간 '이거다!' 하는 생각이 스쳤다. 지금 내가 이 방황에서 벗어날 수 있는 유일한 길은 성당에 다니는 것이다,라는 결정을 내렸다.

그 얼마 후 나는 내 발로 성당에 찾아갔고, 수녀님 등의 안내로 교리교육을 받은 후 정식으로 영세를 받았다. 얼마 지나지 않아서 아내도 성당에 나가겠다고 했다. 온양 온천동 성당과 용화동 성당을 거쳐 천안으로 왔다. 천안에 와서는 봉명동 성당을 거쳐 성정동 성당에 자리를 잡았다. 성정동 성당은 봉명동 성당에서 분당되어 나왔는데, 나는 성정동 성당의 초창기부터 다녔으니 지금까지 20여 년을 한 성당에 다니고 있는 셈이다. 성당에 다닌다는 것이 때로는 힘들기도 했지만, 이제는 많은 교우들과 정이 많이 들었고, 또 성당에 다니는 것이 아예 내 생활의 일부가 되었다.

인간이 자신의 부족함을 절실히 느낄 때 절대자를 찾고 신앙을 가진다고 했다. 나 또한 살아가는 데 인간의 힘으로는 해결할 수 없는 수많은 난관에 부딪치면서 하느님을 찾고 성당을 찾았던 것이다. 참으로 보잘것없는 인간, 한없이 나약한 인간, 근본적인 문제들—어

디서 와서 어디로 가는 지, 왜 사는지, 나의 존재는 뭔지… ―에 대해서 전혀 아는 게 없는 인간….이런 생각에 이르면 참으로 답답하고 절망스러웠다. 이것이 인간의 한계구나 싶었다. 인간 세상에는 절대적인 것이 없다고 생각했으므로 바깥에서 절대자를 찾고 싶었다. 그래서 성당 일에도 열심히 참여하고 교회의 가르침대로 살아 보려고 노력도 했다. 지금 돌이켜보면, 영세를 받은 때부터 성정동 성당 초창기까지는 참으로 열심이었다. 현실생활의 어려움과 인생의 허무함으로 인한 절망에 신앙생활이 유일한 위로와 희망이 되었다.

성당에 다닌 지 이제 30년이 가까워진다. 그러면서 내 자신을 돌아본다. 나는 진정한 신앙인의 모습으로 살아가고 있는가. 진정한 신앙인은 어떠해야 하는가. 날마다 성당에서 기막히게 좋은 말들을 듣지만 얼마나 실천하며 살아 왔는가. 과연 오늘날의 우리 교회의 모습은 어떤가. 예수님을 믿는다는 많은 교인들의 삶은 어떤가. 십자가는 세상의 곳곳에 널려 있는데 이 사회는 왜 갈수록 각박해지고 험악해지는가.

요즘 들어서 진정한 신앙인의 모습을 다시 생각하게 된다. 인도의 성자 간디는 '자기희생이 없는 종교는 망한다'고 했다. 개신교와 천주교를 막론하고, 우리 교인들과 우리네 교회는 '자기희생'이라는 그 초심을 제대로 견지하고 있는가. 요즘의 교회 모습들을 보면 너나 할 것 없이 하느님의 이름을 팔아 자기들의 세속적 욕심을 채우기에 급급한 것 같다. 특히 한국의 기독교에 만연된 교회의 대형화, 교회 권력의 확대와 그에 따른 다툼, 신자 수 늘리기와 물적 자산 확

충 등의 물량주의, 교회 권력의 세습화, 배타성, 목회자들의 권위주의, 교회 조직의 관료화와 절차적 복잡성…. 기독교계에서 좋은 일도 많이 하지만, 신자의 한 사람으로서 다른 사람들 앞에 그리고 하느님 앞에 솔직히 창피하고 부끄러울 때가 많다.

인간으로서 그리고 절대자이신 하느님을 믿는 사람으로서 내가 어찌 살아가는 것이 옳은지 다시 한 번 심각하게 고민해 본다. 어느 종교가 어떻고, 예수가 신이니 아니니 하며 요란을 떨지만, 사실 그 것은 어느 누구도 단정할 수 없는 일이다. 인간은, 신자이든 비신자이든, 아무도 세상의 근본적인 문제들에 대해서 아는 게 없다. 솔직히 말해 교회에 다니는 사람들도 신의 존재를 증명할 수는 없지 않은가. 그러므로 신앙은 그것을 믿는 사람의 몫이지 누가 이렇다 저렇다 할 문제는 아니라고 본다. 중요한 것은 절대자가 있다고 상정하고 그를 경외하며 인간으로서 최대한 겸손하고 착하게 사는 것이라고 본다.

나의 본명─교회 이름─은 요셉이다. 이름에 걸맞게 살아가려면 어찌해야 하나. 이 세상을 구원할 수 있는 유일한 길은 '사랑'이라고들 한다. 내 생각에도 그 이외의 뾰족한 방법이 없는 것 같다. 그런데 나는 그동안 입으로만 하는 사랑, 겉으로만 하는 사랑, 자기만을 위한 사랑을 해 온 것은 아닌가 반성해 본다. 번드르한 기도문을 외우고, 이웃돕기 방송에 나와 자선을 선전하고, 명품으로 온몸을 치장하면서도 정작 어려운 이웃들을 위해서는 한 푼도 낼 줄 모르는 사람, 그런 사람으로 살고 있지는 않는지 우리 모두 돌아봐야 하지

않을까. 겸손한 마음으로 성모님과 함께 예수님이 하시는 일을 도왔던 요셉, 그처럼 말없이 사랑을 실천하는 사람이 되고 싶다.

어차피 인간은 부족한 존재이므로 이 세상을 살아가면서 잘못이 없을 수는 없겠지만, 그래도 이승의 여정을 잘 마쳐야 다른 세상으로 들어갈 때 조금은 마음이 가볍지 않을까. 그러자면 죽는 날까지 온 마음을 다해서 이 세상의 모든 것을 사랑해야 하지 않을까. 그러자면 무엇보다도 세상의 모든 것들을 보듬을 수 있는 넓고 따뜻한 가슴이 필요하지 않을까.

라파엘의 집

교회에 다니는 사람들은 교회에 나갈 때마다 신부님이나 목사님들로부터 금쪽같은 말을 듣는다. 하나같이 다 옳은 말이고 기가 막히게 좋은 말들이지만 대개는 들을 때뿐이다. 듣는 순간에는 나도 그렇게 하겠노라 하는 다짐을 해 보지만 돌아서서 교회를 나서면 그뿐인 경우가 대부분이다. 하기야 그 좋은 말들을 신자들 모두가 실행에 옮긴다면 우리 사회는 벌써 천상의 낙원이 돼 있을 것이다. 내 자신도 그 좋은 말들을 실천하지 못하여 늘 부끄럽게 생각해 왔다. 그러던 중 그러한 일들을 여러 사람들과 함께 하면 조금은 낫지 않을까 하여 가까운 교우 몇 명에게 내 뜻을 밝혔지만, 선뜻 동조하는 사람이 없었다. 이러다가는 아무 일도 못하겠다 싶어서 어렵겠지만 혼자서라도 복지시설에 가서 봉사활동을 해보자고 마음을 다졌다.

천주교와 관련된 여러 단체들을 살펴보다가 경기도 여주에 있는

'라파엘의 집'에 가기로 했다. 그곳은 중증 시각장애인들이 생활하는 곳이다. 사실은 내 아버지도 말년에 앞을 못보셔서 아버지 본인은 물론 온 가족들이 많은 고통을 겪었었다. 그런데도 막내아들인 나는 아버지를 이해하려 노력하기는커녕 늘 원망만 했었다. 늦게나마 아버지의 심정을 이해해 보고 싶었고 돌아가신 아버지께 사죄하고픈 마음으로 여러 복지단체들 중 특별히 이 단체를 택했다. 그 전부터 나는 이 단체에 후원금을 조금씩 보내고 있었는데, 그때까지 한 번도 그곳에 가 본 적은 없었다.

사전에 그곳 직원에게 전화를 해서 내 봉사활동 계획을 말하고 허락을 받았다. 워낙 시설이 크고 수용인원이 많은 곳이라 여기저기서 봉사활동을 하러 오기 때문에 사전 조율이 필요하다고 했다. 경우에 따라서는 그곳에서 1~2박을 하면서 봉사활동을 하는 사람들도 있었지만, 나는 당일 아침 일찍 가서 하루 동안만 봉사활동을 하고 저녁에 돌아오기로 했다. 그동안 후원하던 곳이라 빈손으로 갈수가 없어서 수용자들에게 필요한 생필품을 전날 조금 샀다. 아침 일찍 출발했는데, 차를 몰고 가는 동안 내내 내 머리 속이 복잡했다. 전에도 몇 번 다른 복지시설에 가서 봉사활동을 한 적은 있지만 이번에는 좀 달랐다. '라파엘의 집'에는 앞을 보지 못할 뿐만 아니라 정신면에서도 여러 가지 어려움이 있는 사람들이 생활하고 있다는데, 그 사람들을 어떻게 대해야 할까, 내가 과연 잘 해낼 수 있을까, 여럿이면 좀 나을 텐데 괜히 나 혼자서 간다고 했나, 혹 당황하여 제대로 봉사활동도 못하고 폐만 끼치는 것은 아닐까···. 그러다가, 아무

리 어려워도 오늘 하루만큼은 그 분들을 위해서 최선을 다하겠다, 어떤 어려운 일이 있더라도 잘 이겨 내겠다고 스스로에게 여러 번 다짐을 했다.

여주에서도 한참 떨어진 아주 깊은 산속에 있어서 가는 데 시간이 많이 걸렸다. 안내창구 직원과 인사를 나누고 나서 내가 그날 하루 돌보아야 할 방을 배정받았다. 12세부터 30세까지의 남자들만 7~8명이 생활하는 방이었다. 내가 처음이라 그래도 수용자들의 상태가 좀 나은 곳으로 배정해 줬다는 것이다. 그런데, 이제야 내가 어려운 이들을 위해서 제대로 봉사활동을 하는구나, 하는 기대와 기쁨보다는 솔직히 그들이 어떤 사람들일까 하는 두려움이 앞섰다. 직원의 안내를 받으며 들어선 방에는 초등학생처럼 보이는 아이부터 덩치가 나보다도 훨씬 큰 청년까지 모여 있었다. 안내한 직원이 그들만의 방식으로 나를 소개했고 또 자기들만의 방식으로 나를 기쁘게 맞이해 줬다. 하루 동안 그들과 같이 놀아 주면서 무슨 일이 생기면 간단한 것은 내가 처리하고, 어려운 일이 생기면 직원들에게 알려 달라고 했다.

조금 지나니 초등학생 같이 조그만 체구의 시몬이 눈에 들어왔다. 얼굴을 보니 참 귀엽고 영특하게 생겼는데 스스로는 용변도 보지 못하는 아이였다. 그 시몬이 반갑다고 나를 만지고 제 곁에 있으라고 끌어당기곤 했다. 시몬은 질투심이 많다고 했다. 그러다 얼마 지나지 않으니 덩치가 고등학생쯤 돼 보이는 한 친구가 내가 알아들을 수 없는 소리와 몸짓을 했다. 나는 그 친구가 무엇을 원하는지 도

무지 알 수가 없어서 쩔쩔매고 있는데 마침 그 방 옆을 지나가던 직원이 들어와서 알려줬다. 덩치가 커다란 그 친구는 시도 때도 없이 제 볼에 뽀뽀를 해달라 한다고 했다. 그 아이가 원한다니 어쩔 수 없이 뽀뽀를 해 주니 씩 웃으며 좋아했다. 그리고 돌아서는데 또 다른 녀석이 내 등에 올라타는 것이 아닌가. 돌아보니 덩치가 산만한 친구였다. 나이가 스물아홉인데 자기를 업어 달라는 눈치였다. 그를 등에 매단 채 다른 쪽을 보니 고등학생쯤 돼 보이는 민석이라는 친구가 괴성을 지르며 계속해서 제 주먹을 물어뜯고 있었다. 그 친구는 다른 때도 늘 그런다는 것이었다. 그때 또 다른 친구가 거북한 표정으로 끙끙대는데 도대체 무슨 일인지 몰라서 직원에게 얘기했더니 용변을 보려 하는 것이라고 했다. 순간 저 친구가 대변이라도 보면 내가 어찌 처리하나 하고 덜컥 겁이 났다. 내 마음을 알아챘을까, 직원이 오더니 조금도 당황하는 기색이 없이 그 친구를 아이 눕히듯 눕히고 기저귀를 들춰 보더니 대변을 본 것이 아니라 소변을 봤다는 것이다. 그 직원은 그 친구의 옷을 벗기더니 방 옆에 있는 욕실로 데리고 가서 깨끗하게 씻기고 돌아오는 것이었다. 어려운 친구들을 돕겠다고 온 내가 한없이 부끄러웠고, 그 직원이 마냥 존경스러웠다. 나는 도대체 얼마나 마음의 수련을 쌓아야 그 직원처럼 될 수 있을까.

특별히 한 일도 없는데 어느덧 하루해가 지고 있었다. 이런 저런 얘기를 해 달라는 시몬과 걸핏하면 뽀뽀를 해 달라는 재욱이와 그저 같이 있어준 기억밖에 없었다. 도대체 내가 무엇을 하며 어떻게 보

냈는지 정신이 없었다. 이런 마음가짐으로 이곳에 왜 왔나 싶었다. 그들과 하루를 보내면서 그들의 인생을 생각해 보았다.

특별한 일이 없는 한 그들은 그곳에서 그렇게 평생 살다가 삶을 마감할 것이라고 생각하니 가슴이 먹먹했다. 왜 하느님은 그들에게 그토록 가혹한 벌을 내리신 걸까. 어쩌자고 그들을 이 세상에 보내 셨을까. 정말 하느님은 계시기나 한 걸까. 그들의 이런 삶마저도 축복이라고 강변해야 하나. 성당에 다니는 사람이지만 그날은 하느님이 정말 원망스러웠다. 그들에게서 빛과 희망을 앗아가신 하느님이 야속했다. 그런데 그나마 그곳에 있는 친구들은 행복한 거라 했다. 천주교재단에서 운영하고 있고 또 전국에서 많은 후원자들의 도움의 손길이 있어서 다른 복지시설과 비교하여 상대적으로 재정상태가 좋다는 것이다. 실제로도 내가 생각했던 것보다 시설도 좋았고, 직원들도 많았다. 한 직원이 수용된 사람 두 명을 돌보는 셈이었으니까.

단 하루 같이 지냈는데 무슨 정이 들었다고 그 친구들이 다음에 또 오라는 표시를 했다. 그곳에서의 하루 생활을 마치고 집을 향해 오는데 비가 추적추적 내렸다. 그날 하루를 돌이켜보면서 그곳에 있는 친구들을 생각하니 갑자기 울컥하면서 하염없는 눈물이 흘렀다. 멀쩡한 사지를 가진 우리는 크나큰 축복을 받은 것임을 절감했다. 건강한 몸을 가졌다는 사실이 얼마나 고마운 일인지 처음 알았다. 앞으로 살아가면서 무엇을 더 바라지도, 욕심을 부리지도 말아야겠다는 생각이 들었다. 또한 내 자식들에게도 필요 이상의 것들

을 요구하지 말아야겠고고 다짐했다.

　우리들 대부분은 말로만 하느님의 사랑을 외친다. 외진 곳에서 드러나지 않게 어려운 이들을 돌보는 수많은 사람들이 있다는 사실을 까맣게 잊고 지낸다. 하지만 교회나 길거리에서 하느님의 사랑을 외치는 사람들보다 라파엘의 집 등에서 묵묵히 일하는 사람들이 진정한 사랑의 화신化身이 아닐까. 한 번쯤은 라파엘의 집과 같은 곳에서 정말 힘들게 살아가고 있는, 또 그들을 돌보고 있는 모든 이들을 생각해 보아야 하지 않을까. 그들의 신산辛酸한 삶을 생각해 보아야 하지 않을까. 사랑의 마음으로.

* 라파엘의 집

주소 : 경기도 여주시 북내면 당전로 552

홈페이지 : www.raphael1004.co.kr

연도 憐悼

요즘 들어 부쩍 자주 찾아가게 되는 곳이 있다. 어느덧 친구나 선후배의 자식들이 훌쩍 자라서 결혼을 하게 되니 결혼식장을 자주 찾게 된다. 훌륭하게 자란 아들이나 딸을 결혼시키는 친구들을 보면 내심 부럽기도 하고, 결혼생활이 어려우니 어쩌니 해도 결혼식장에선 두 청춘남녀는 보기만 해도 싱그럽고 보는 사람의 기분마저 좋아지게 한다. 우리도 그런 시절이 있었나 싶다. 다른 한편으로 자주 가는 곳이 장례식장이다. 그동안에는 친구나 선후배의 부모님들이 돌아가셔서 찾는 경우가 대부분이었다. 그런데 얼마 전부터는 친구나 선후배들이 유명을 달리해 찾아가는 경우가 종종 있다. 선배는 그렇다치고 후배들이 먼저 세상을 떠났다는 소식을 듣고 찾아가 그들 영정 앞에 서면 기분이 참으로 묘하다. 어려웠던 시절 제 몸을 사리지 않고 교육과 사회를 위해 일했던 후배들 중에 먼저 떠난 이들이

여럿이다.

　사람은 죽지 않는 줄 알았던 시절이 있었다. 우리네 인간 세상이 전부이고 사람이 제일 잘난 존재이며 영원히 사는 줄 알았다. 당연히 내가 사랑하는 부모형제도 죽지 않고 늘 나와 함께 있을 줄 알았다. 그런 생각은 의외로 오랫동안 지속되었다. 지금 생각하면 어이가 없지만 그래도 그때가 가장 행복했던 시절이었던 것 같다. 어느 날 갑자기 내 아버지와 어머니가 돌아가시고, 때도 아닌데 형제들이 하나 둘 내 곁을 떠나 어디론가 사라져갈 때, 나는 혼돈에 빠졌고, 나도 모르게 커다란 두려움을 느끼곤 했다. 혼자서 우두커니 있을 때면 죽음의 공포가 엄습했고 그럴 때면 치를 떨었다. 나도 머지않아 저렇게 죽어가겠지, 죽어서 이 세상을 떠나면 모든 게 끝장이겠지, 억겁의 세월이 흘러도 나는 다시 인간으로 태어날 수 없겠지, 그리고는 영영 나라는 존재는 어디에서도 찾을 수 없겠지…. 심각한

생각들이 꼬리에 꼬리를 물고 이어졌다.

그러던 어느 날 알게 되었다. 모든 인간은 죽음에서 자유로울 수가 없다는 것을. 그리고 인간은 그 누구도 이 문제를 해결할 수 없다는 것을. 죽음이 슬프고 두려워도 언젠가는 맞이할 수밖에 없음을. 인간은 한없이 미약하고 불완전한 존재라는 것을. 인간 세상에는 절대적인 것은 없다는 것을… 그리하여 나는 자연스레 인간 세상에는 없는 절대적인 것을 찾아 나서게 되었고, 결국 하느님을 찾아 성당에 나가게 되었다.

성당을 다녀도 사람은 죽는다. 하지만 죽음 뒤에 다른 세상이 있고, 또 다른 형태의 그 무엇인가가 존재한다고 믿기에 다소나마 위안을 얻는다. 어느 독일의 철학자는 '죽음은 존재양식의 변화일 뿐'이라고 했지 않은가. 이제는 나도 죽음은 그저 또 다른 세상─물론 인간이 사는 세상은 아니지만─으로 나아가는 관문일 뿐이라고 믿는다. 혹자는 우스갯소리로 '사후 세계는 참 좋은 곳인가 보다. 그러니 죽었다가 그곳이 싫다고 돌아오는 사람이 하나도 없잖아.'라고 말하기도 한다.

가톨릭교회에서는 교우가 죽으면 신자들이 연도를 한다. 연도는 죽은 자의 영혼이 하느님의 나라로 온전히 들어갈 수 있도록, 살아 있는 자들이 망자를 위해서 바치는 기도이다. 망자를 대신하여 죄를 빌고, 용서를 구하고, 구원을 청하는 기도이다. 처음에 연도를 다닐 때는 사실 귀찮기도 했다. 그래서 교우이지만 생전에 가깝게 지낸 사람이 아니면 이런저런 핑계로 연도에 빠진 적도 많았다. 그러

다가 성당에서 레지오─성모님을 공경하며 따르는 심신단체─를 하면서 연도를 자주 가게 되었고, 얼마 전부터는 레지오의 단장을 맡아서 특별한 일이 없으면 연도에 꼭 가곤 한다.

연도를 하러 상가에 가 보면 망자의 나이도, 망자가 세상을 떠난 이유도 가지가지이다. 나이가 웬만큼 들어서 자연스레 선종한 경우가 많지만, 때로는 젊은 나이에 불치의 병에 걸려 고생 고생하다가 삶을 마감한 경우도 있고, 남부럽지 않은 집안에 태어나 번듯한 직장까지 가졌던 사람이 불의의 사고로 하루아침에 유명을 달리하는 경우도 종종 있다.

처음에 연도를 다닐 때는 망자가 어떤 사람이건 그들의 영정 앞에만 서면 그저 안타까움과 슬픔에 어떤 기도를 어떻게 올려야 할지 막막했다. 죽음은 그 자체로 두렵고 슬픈 일이라고만 생각했으므로. 다행히 망자가 나이가 좀 들었으면 문상하고 연도하는 마음이 가볍다. 그러나 나이 어린 교우가 병이나 사고로 세상을 떠난 경우에는 그저 가슴만 먹먹할 뿐 무슨 말을 어떻게 해야 할지도 몰랐고, 심지어 연도하러 간 사람이 하느님을 원망하기도 했다. 그렇게 오랜 세월 연도를 다니다 보니 이제는 죽음에 대한 생각과 망자를 대하는 태도가 바뀌었다. 사람이 나고 죽는 것은 인간이 어찌할 수 없는 것이며, 오히려 그것은 자연스런 일이라는 사실을 깨달았기 때문이다. 목숨 붙어 있는 것들이 천명을 다하여 본래의 위치로 돌아가는데 뭐가 그리 슬프단 말인가. 누구나 투병 중에 있는 환자들을 본 적이 있을 것이다. 온몸을 뒤틀리게 하는, 말로 표현할 수 없는 고통

으로 몸부림치는 환우들을 자주 본다. 그러다 일단 목숨이 끊기면 언제 그랬느냐는 듯이 육신의 고통은 말끔히 사라지고 얼굴에는 평온이 깃든다. 그 모습을 보면서, 죽음은 우리 생각처럼 그렇게 나쁜 것만은 아니구나, 하는 생각이 들기 시작했다.

그리하여 이제는 상가에 가면 지나친 안타까움이나 슬픔을 갖지 않게 되었다. 오히려 생전에 너무나 힘들게 살았던 망자를 보면 오히려 잘됐다 싶은 마음이 들기도 한다. 그래서 이제는 문상이나 연도를 할 때 망자의 나이나 사인을 불문하고 똑같이 대한다. 살아생전에 열심히 사셨음에 진심어린 경의를 표하고, 이제는 그의 영혼이 하늘나라에서 영원한 안식을 누리기를 빌 뿐이다. '이승에서 열심히 사셨으니 이제 이승의 무거운 짐은 다 내려놓으시고 하느님 나라에서 편히 쉬세요. 주님, 망자가 생전에 착하게 살았으니 그에게 영원한 안식을 주소서.'라고 기도하며 연도를 바친다.

그래도 여전히 슬프지만….

버킷 리스트 bucket list

　앞으로 살아갈 시간이 그리 많지 않다는 생각에 나도 모르게 조바심이 일고, 그 짧은 여생을 어찌하면 값지게 살아갈 수 있을까, 살짝 걱정이 될 때가 있다. 앞서간 선배들은 내 나이에 어떻게 살았을까, 잘 살았다는 얘기를 듣는 이들은 어떻게 살았나, 그럼 나는 앞으로 무엇을 하며 어떻게 살아가야 하나, 의문이 꼬리를 문다.

　그러다가 어느 자리에서 귀에 솔깃한 얘기를 들었다. 요즘 적지 않은 사람들이 생전에 자기가 하고 싶은 일들의 목록을 만든다는 것이었다. 소위 버킷 리스트bucket list. 목록을 만들어 하나씩 실행에 옮긴다는 것이다. 들고 보니 버킷 리스트는 우리처럼 나이가 든 사람들에게 더욱 필요할 것 같았다. 젊은 날에는 나도 거창한 인생의 목표를 내걸고, 그에 따른 장단기 실천계획을 세우곤 했었다. 하지만 버킷 리스트는 젊은 날의 호기어린 야망의 표현이 아니라, 날이

갈수록 무기력해지기 쉬운 중년들에게 삶의 방향과 의욕을 북돋워 주는 장치가 아닐까 한다. 중년 이후의 삶을 능동적으로 살아가려는 의지의 표현이 아닐까 하는 생각이 들었다.

그리하여 나도 평소에 하고 싶었던 일들을 정리해서 나만의 버킷리스트를 만들어 보기로 하였다. 이것은 그저 학창시절의 생활계획서가 아니라, 죽기 선에 반드시 해야 할 일들을 결정하는 것이므로 누구의 눈치를 보거나 혹은 실천할 수 없는 허황된 내용으로 채울수는 없다. 며칠을 두고 곰곰 생각해서 일단 25가지를 정했다. 정하고 보니, 어떤 것들은 당장 실천에 옮길 수 있는 것들도 있고, 조금은 거창하여 실행에 옮기는 데 많은 준비와 용기가 필요한 것들도 있다. 어떤 일을 어느 정도까지 실천할 수 있을지는 모르지만, 일단 목표를 세우고 나니 다시 삶에 대한 의욕이 생기고, 생활이 더욱 활기차게 되는 것 같았다.

일단 버킷 리스트를 작성한 다음에는 그 내용을 아내와 자식들에게 공개하였다. 아빠는 앞으로 이런 일들을 하면서 살겠노라고. 나의 계획을 밝히고 가족들의 이해와 협조를 구하면 그것을 실천하는데 도움이 될 것 같고, 또 가족들 앞에 일단 공언을 했으니 그것을 실천하는 데 소홀히 할 수도 없을 것 같아서다. 내용을 다 살펴본 후 아들이 한 마디 했다. '그거 다 하려면 인생을 몇 번은 사셔야겠다.' 고. 어쨌거나 내가 작성한 버킷 리스트의 내용을 아래에 적어 본다. 물론 사람마다 자신의 인생관과 처지가 다르므로 어느 누구의 본보기가 될 수는 없다고 생각한다.

나의 버킷 리스트

1. 어려운 이웃 돕기
   - 앞을 못 보는 이의 눈 뜨게 하기(1명 이상)
   - 어려운 곳(복지시설 등)에 후원 및 봉사하기(3곳 이상)
   - 어려운 아이와 결연하여 후원하기(1명 이상)
2. 북한, 고려인, 조선족 등 어려운 동포 돕기
3. 북한 여행하기
4. 외국 여행하기(50개국 이상)
5. 각 국의 축제 참여하기(30개 이상)
6. 대륙별 트레킹 코스trekking course 걷기(10곳 이상)
7. 크루즈여행하기(3곳 이상 : 지중해, 카리브해, 북해…)
8. Santiago 순례하기
9. 성모님 발현지 순례하기
10. 국내 성지 순례하기
11. 휴전선(민통선) 따라 걷기
12. 자전거로 전국 일주하기
13. 국내 산 100곳 이상 오르기
14. 1년에 책 50권씩 읽기
15. 시집 5권 내기

16. 외국어 10개 이상 배우기

   (스페인어, 일본어, 중국어, 아랍어, 이태리어, 그리스어,

   러시아 어 등)

17. 악기 3개 이상 배우기

18. 춤 2개 이상 배우기

19. 건강을 위한 운동을 계속하기(1 가지 이상)

20. 공연 예술 관람하기(연 2회 이상)

21. 샹송chanson, 칸소네canzone, 팝송, 한국 가곡 배우기

22. 전국 애국지사, 민주열사 등 묘소 참배하기

23. 사회의 민주화와 통일운동에 참여하기(선언, 행사 참

   여, 후원하기 등)

24. 죽은 이를 위한 연도에 적극 참여하기

25. 웃는 모습으로 생을 마감하기

다시 보아도 리스트의 내용들 중에는 실행하기에 조금은 어려운
것들도 있는 것 같다. 남들이 보면 우리 나이가 된 사람이 실천하기
에는 벅차다고 할 수도 있을 것이다. 하지만 이번 기회가 아니면 영
영 시도할 수조차 없으니 나는 위의 일들을 과감하게 실행에 옮기
려 노력하고 있다. 이미 상당 부분 실행에 옮기고 있는 것들도 있고,
아예 시작도 못하고 있는 것들도 있다. 이미 20여 개 나라를 여행했
고, 기타도 2년째 배우고 있으며, 4년 전에 시집도 한 권 냈는데 올
해는 수필집을 낼 계획이다. 몇몇 복지시설에 후원금을 내고, 천주

교 민족화해위원회 후원회원으로서 북한 돕기에 참여하며 탈북자 도우미로도 활동하고 있다. 북해 크루즈 여행도 했고, 공연도 연 2회 이상 관람하고 있으며, 내년에는 산티아고Santiago 순례길을 떠날 계획이다. 외국여행을 할 때마다 인터넷 강좌를 통해서라도 그 나라의 말을 조금씩 공부하고 출발한다. 틈을 내서 국내의 천주교 성지와 애국지사의 묘소들을 찾아다니고, 광화문에서 열린 촛불집회에도 여러 번 참가했다. 건강을 위해 피트니스 클럽 Fitness club에도 3년째 다니고, 국내에 있는 이름난 산들은 거의 가봤고, 조만간 알프스나 뉴질랜드의 유명한 트레킹코스에 가서 걸어 볼 생각이다. 성당에서는 레지오라는 단체의 회원으로서 교우들이 선종하면 행하는 연도에 열심히 참여코자 노력하고 있다.

뜻 모를 기대와 설렘으로 출발하여, 때로는 기쁘고 즐거웠고, 또 때로는 한없이 슬프고 고달팠으나, 쉬지 않고 달려온 내 인생의 열차는 이제 잠시 간이역에 멈춰서서 지나온 여정을 돌아본다. 앞으로 가야 할 길들에 대해서도 생각하는 시간을 갖는다. 우리나라 사람들의 평균수명을 기준으로 할 때 내 인생열차는 이미 7부 능선을 넘어섰다. 이 세상 누구도 제 인생열차의 종착역을 모르고 또 매 순간순간이 종점일 수도 있으니 바로 지금 이 순간 열심히 달리는 수밖에.

살아가면서 버킷 리스트의 내용을 수정하거나 보완할 수도 있다고 본다. 다만, 해도 그만 하지 않아도 그만인 내용이어서는 곤란하다고 본다. 이승에 대한 지나친 집착이나 욕심만을 부리는 내용도

담고 싶지 않다. 나의 버킷 리스트가 매 순간 흔들릴 수도 있는 삶의 여정에 든든하고 깔끔한 이정표가 되었으면 좋겠다. 오직 한 번뿐인 이승의 삶을 멋지게 장식하기 위해서 나는 오늘도 내일도 버킷 리스트의 내용을 용감하게 실천하며 살아갈 것이다. 그리 하다 보면 머지않아 25번째 항목인 '웃는 모습으로 생을 마감하기'까지 다 이룰 수 있지 않을까.

지구별 나그네

언젠가 인공위성이 찍었다는, 지구 밖에서 본 지구의 모습을 본 적이 있다. 푸른빛이 감도는 참으로 아름다운 별이었다. 천문학자들의 말에 따르면, 이 우주에는 우리가 속한 은하계에만 별들이 수천 억 개가 있는데, 그러한 은하계가 또 수천 억 개가 있다 한다. 얼마나 신빙성이 있는 말인지는 모르겠으나, 좌우간 이 세상에는 인간이 헤아릴 수 없을 만큼 많은 별들이 있는 것만은 틀림없어 보인다. 그 많은 별들 중에서 이토록 아름다운 지구별에 태어난 것에 감사할 뿐이다.

고등학교를 졸업하고 첫 대학 입학시험에 떨어졌을 때 누나가 용하다는 점집에 가서 내 운세를 보았단다. 보고 와서 누나가 하는 말이, '너는 초년고생은 심해도 말년에는 돈 걱정은 하지 않는다 하더라.'이었다. 시험에 떨어진 동생을 위로하려고 하는 말이려니 했다.

그 후 많은 일들이 내 뜻대로 되지 않을 때마다 아직 내 인생이 초년이라 그린가 보나 했다. 그러다 결국 교사가 되었을 때 또 누나의 그 말이 생각났다. 그러면서 혼잣말로 '월급쟁이로 사는 처지인데 어떻게 말년에 돈 걱정을 안 해?' 했다. 더구나 내 꿈은 지구상의 여러 곳을 돌아다니는 건데 선생 노릇해서 그 돈을 어찌 충당하나, 하는 생각이 들며 피식 웃고 말았다.

그런데 사람 일은 한 치 앞을 모른다 했던가. 아들이 어찌어찌하다 어느 항공사에 취직을 했고, 그 회사는 자기 직원과 그 부모와 자식들에게는 비행기 요금을 아주 싸게 해 주는 것이었다. 그동안 살아오면서 하는 일마다 안 되는 게 많아서 내가 전생에 무슨 큰 죄를 지었나 하고 투덜거렸는데, 지금은 이게 웬 횡재橫財인가 싶다. 아들 덕분에 그렇게 원하던 꿈을 조금은 쉽게 이룰 것만 같아 내심 얼마나 기쁜지 모른다. 더구나 아내와 함께 명퇴를 한 상태라 언제든 마음만 먹으면 여행을 떠날 수 있다. 요즘은 나라별 여행 안내서를 잔뜩 사서 보고 또 인터넷의 여행 안내 사이트를 들락거리면서 언제 어디부터 갈까, 가서 무엇을 할까, 하는 행복한 고민을 하며 지낸다.

얼마 전부터 용감하게 떠난 덕분에 지금까지 20여 개 나라를 다녀왔다. 물론 최근 몇 번을 제외하고는 패키지로 따라다녀서 제대로 된 여행을 한 것은 아니지만. 앞으로는 준비하는 과정과 여행길에서 조금 힘들더라도 가능하면 자유여행으로 가려 한다. 그저 휙 지나가며 풍경이나 구경하는 여행이 아닌, 잠시라도 한 곳에 머물면서 그곳에 사는 사람들의 삶과 그 정을 느껴보고 싶다.

지금도 다녀왔던 곳들에 대한 생각을 하면 그날의 감동이 되살아나며 가슴이 띈다. 캐나다 로기산맥의 웅장한 아름다움, 밴쿠버 만灣 언덕 위의 그림 같은 집들, 언덕에서 내려다보면 선계仙界가 따로 없던 하와이의 하나우마 만Hanauma Bay, 다이아몬드 헤드Diamond Head에서 바라본 와이키키Waikiki 해변의 장쾌한 모습, 뉴질랜드 남심 크라이스트 처치christ Church에서 밀포드 사운드Milford Sound까지 가는 길가의 드넓은 들판과 호수들, 알프스를 배경으로 한 폭의 수채화 같던 스위스의 레만Leman호, 몽블랑의 에귀디미디Aiguille Du Midi에서 바라본, 푸른빛마저 감돌던 설산雪山들, 도나우Donau 강변에서 올려다본 세체니 다리와 부다 왕궁의 환상적인 모습, 내려야 할 역을 지나쳐 늦은 밤에 어렵게 찾아간 오스트리아의 할슈타트Hallstatt, 그리고 그 이튿날 아침 우리들의 눈앞에 펼쳐진 눈 덮인 예쁜 집들과 맑은 호수, 모네Monet가 살았던 지베르니Giverny 마을까지 이어진 아름다운 시골길과 정겨운 마을, 나오는 버스를 놓쳐서 애를 먹었던 프랑스의 몽생미셸Mont St. Michel 수도원 여행, 정갈하고 여유로움이 부러웠던 파리 뤽상부르Luxenbourg 공원, 철도 파업으로 돌고돌아서 가야만 했던 프랑스 루아르Loire 고성古城과 그 아래서 사 먹었던 꿀맛의 훈제 닭고기, 스트라스부르Strasbourg의 쁘띠 프랑스Petit France에서 온통 꽃으로 뒤덮인 식당에서 보냈던 저녁 시간, 러시아 상트 페테르부르크St. petersburg와 모스크바 여행에서 만났던 순박하고 친절한 사람들, 발리Bali에서 처음 배운 파도타기, 그리고 순박하고 친절했던 네 아이의 아버지라는 가이드…. 여행을 다

녀온 후로도 가끔 어느 여행길에서 만났던 아름다운 풍경, 정겨웠던 사람들, 기뻤던 일들, 힘들었던 기억들을 떠올리며 미소를 짓곤 한다.

지금까지 갔던 곳보다 가야 할 곳이 더 많으니 나는 참으로 행복하다. 베네룩스 3국, 스페인과 포루투칼, 모로코, 그리스와 크로아티아 등 발칸반도의 나라들, 쿠바, 아이슬랜드, 북남미의 여러 나라들, 알래스카, 이스터 섬, 갈라파고스 제도, 몰디브, 남극대륙⋯ 그리고 킬리만자로 등반, 산티아고Santiago 순례길, 바이칼 호수 둘레길 트레킹, 알프스와 희말라야 트레킹, Miford Sound 트레킹, 지중해, 카리브해 등의 크루즈 여행⋯ 가능한 모든 곳에 가고 싶다. 거기에 있는 모든 것들과 함께하며 그들의 삶과 체온을 느껴 보고 싶다.

여행을 많이 한 사람들이 공통적으로 하는 얘기가 있다. 여행지에서 많은 사람들을 만나면 만날수록 우리와 다르다는 느낌보다는 서로가 많이 닮았다는 사실을 절감하게 된다고. 생긴 모습과 생활하는 방식은 달라도 인간으로서의 기본은 같다는 사실을. 서로를 배려하고 존중하는 마음은 누구나 가지고 있다는 사실을. 그래서 나는 내 스스로에게 말한다. 아무 걱정 말고 세계 어느 곳으로든 편한 마음으로 떠나라고.

앞으로도 나의 지구별 방랑은 쭉 계속될 것이다. 우리 모두는 어차피 지구별의 나그네이니까.

아름다운 마무리

　인생은 분명 희극은 아니라고 했다. 사람뿐 아니라 살아 있는 모든 것은 언젠가는 죽어야 하므로 태생적으로 슬프다.

　아주 어린 시절에는 죽음을 의식하지 못했다. 막연히 사람은 죽지 않고 영원히 사는 줄로만 알았다. 그런 면에서는 그때가 가장 행복했을 거라는 생각이 든다. 그런데 살다보니 친하게 지내던 고향 친구나 함께 일하던 선후배 동료들이 하나 둘 내 곁을 떠나갔다. 도저히 믿기지 않았지만, 그것은 바로 내 눈 앞에서 벌어지는 현실이었다. 그러자 나에게 죽음에 대한 두려움이 엄습했다. 그 공포가 최고조에 달한 것은 중고등학교 시절이었던 것 같다. 어쩌다 아무도 없는 집에 혼자 남아 있게 되면 삶과 죽음에 대한 생각들이 꼬리를 물었다. 생각이 깊어질수록 죽음의 공포는 커져만 갔다. 반드시 죽어야만 한다는 사실에 절망하였고, 일단 죽으면 다시는 인간으로서

환생하지 못한다는 사실에 전율하곤 했다. 한 번의 죽음으로 내 모든 것이 끝장난다는 사실에 인생의 허무가 밀려왔다. 그러한 생각과 공포는 오랫동안 지속됐다.

이런 죽음의 공포를 이겨보려고 나이가 들면서 성당에 다니며 절대자를 믿으려 노력했고 지금도 노력하고 있다. 예나 지금이나 신의 존재 여부에 대해서는 말들이 많다. 하느님의 모습을 실제로 보았다는 사람부터, 무슨 신이 있느냐고 단칼에 부정하는 사람들도 있다. 그러나 한 가지 분명한 것은, 그 누구도 신의 존재나 부존재를 다른 사람들 앞에 증명해 보일 수는 없다는 것이다. 그것은 인간 능

력 밖의 일이라고 생각한다. 교회에 나가는 사람들이나 어떤 신앙을 가진 이들은 자기들 나름의 이유로 절대자가 있다고 믿는 것이다. 그래야만 이 유한한 인생살이가 조금이나마 위로를 받고, 막막한 미래에 대한 희망을 가질 수 있지 않겠는가. 신의 존재를 믿는 것이 때로는 위안이 되고, 대로는 회의가 들기도 한다. 하지만 문제는 믿는 것 외에 다른 방법이 없다는 것이다.

그러다 50살이 넘은 어느 날 죽음에 대한 생각이 조금씩 바뀌기 시작했다. 그것은 나라는 존재가 유한한 생명을 가진 한 인간에 불과하다는 사실을 절실하게 인식하면서부터다. 내 자신의 한계, 인간의 한계를 깨닫고 인정하는 순간 이승의 삶과 그 끝에 오는 죽음에 대한 생각이 크게 바뀌었다. 이승의 삶은 어차피 끝없이 계속되는 존재의 한 순간에 불과하다는 것, 목숨을 띤 모든 것은 그 시작과 끝이 있을 수밖에 없다는 것, 우리 인간도 목숨을 띠고 태어났으므로 그 끝-죽음-도 반드시 있을 수밖에 없다는 사실을 인정하게 된 것이다. 그러자 죽음은 거절할 수 없는 것으로 다가왔고, 또한 긍정적으로 수용해야만 하는 것으로 인식하게 된 것이다. 여전히 죽음이 두려우면서도 생각은 바뀌어 가고 있었다.

죽음을 인정하고 나니 죽기 전에 올바로 사는 것이 중요하다는 결론이 나왔다. 그래야만 죽음도 당당하게, 떳떳하게 맞이할 수 있을 것 같았다. 능동적이고 긍정적으로 받아들여야 한다는 생각이 들었다. 그리하여 유한한 우리네 인생을 제대로 살아가는 방법을 찾기 시작했고, 마침내 몇 가지 결론에 이르렀다.

먼저, 지나간 날들이야 어쩔 수 없지만 이제부터라도 인생을 살아가면서 쓸데없는 욕심을 버리자는 것이다. 대부분의 사람들은 내일 죽을지도 모르는 인생을 살면서도 이승에서 영원히 살 것처럼 사나운 욕심을 부린다. 권력을 가진 자는 그 권력을 영원토록 가지려고 안달이고, 높은 자리에 있는 사람은 더 높이 올라가고 싶어 난리를 피우고, 아흔아홉을 가진 사람은 백을 가지려 눈이 벌겋다. 핍박받는 이, 낮은 자리에 있는 이, 먹을 것도 없는 이들은 아예 안중에도 없다. 죽을 때 가져가기라도 할 것처럼 그저 두 손아귀에 틀어쥐기만 한다. 성경 말씀에, '마음이 가난한 자에게 복이 있나니, 하늘나라가 그들의 것이니라.'라는 구절이 있다. 성당에 오래 다니면서도 오랫동안 이 말의 뜻을 정확히 알지 못했다. '마음이 가난하다'는 말이 대체 무슨 뜻인지 알 수가 없었다. 그 뜻을 명쾌하게 설명해 주는 사람도 없었다. 그러다 얼마 전에야 알았다. 이승의 것들에 대해서 욕심을 부리지 않는 것이라는 사실을. 지금 내 손 안에 있는 것도 잠시 스쳐가는 것일 뿐, 본래부터 그리고 영원히 내 것은 아니라는 사실을 인정하는 자세, 이 세상의 것은 이 세상을 살아가는 모든 이들—인간이 아닌 것들도 포함하여—의 것이라는 사실을 아는 것이다. 순간에 지나가는 이승의 부질없는 것들에 눈이 멀어서 더 소중한 것들을 잃지 말라는 경고이기도 하다. 그래서 나부터 필요한 최소한의 욕심만 부리자고 다짐했다.

다음으로, 욕심을 부리지 않는 데 머물지 말고 내가 가진 것들을 남들과 나누자는 것이다. 꼭 물질적인 것이 아니더라도 적극적으로

이웃에게 베풀며 살아야겠다는 것이다. 굶주리는 이들에게 적은 양이라도 먹을 것을 주고, 병든 이들에게는 몇 푼이라도 치료비를 대 주고, 마음이 아픈 이들에게는 따뜻한 위로의 말이라도 건네자는 것이다. 말이 아니라 실천을 하자는 것이다. 미사 중 강론에서 어느 신부님 말씀이, '머리에서 가슴까지의 거리는 참 멀다. 내려가는데 평생이 걸리기도 한다.' 하셨다. 나를 비롯하여 대부분의 사람들이 머릿속으로는 좋은 생각을 많이 하면서도 평생 실천하지 못하는 경우가 많다는 것이다. 옳은 말씀이다. 남을 돕는 데는 용기가 필요하다. 내 나름으로는 용기를 내서 장기기증을 서약하고, 좋은 일을 하는 단체들에 후원금도 조금씩 보내고 있지만, 아직은 많이 부족하다는 생각이 든다.

  마지막으로, 죽음에 임하는 자세를 생각해 봤다. 아무리 마음을 다잡아도 여전히 죽음은 두렵다. 그리하여 몸에 좋다는 음식도 찾아다니고, 돈을 들여가며 운동도 하고, 조금만 몸이 아파도 바로 병원으로 달려간다. 하지만 일단 죽을 지경에 이르면 마음을 비우려한다. 미리 의료의향서를 작성해 두려 한다. 의료적 치료를 받아도 정상적인 상태로 회복되기 어려운 경우에는, 인위적으로 연명시키지 말고 편안한 상태로 삶을 마감할 수 있게 해 주길 부탁하려 한다. 더 살겠다고 앙탈을 부리고 싶지도 않다. 살아서 사람 노릇 하지 못하고 여러 사람 힘들게 하고 싶지 않다. 가능하면 호스피스hospice 병동에서 삶을 마감하고 싶다. 호스피스hospice 병동에서는 통증 등 환자를 힘들게 하는 신체적 증상을 적극적으로 조절하고, 환자와 가

족의 심리·사회적, 영적 어려움을 돕는다고 한다. 이를 위해 의사, 간호사, 사회복지사 등으로 이루어진 완화의료 전문가가 팀을 이루어 환자와 가족의 고통을 경감시켜 삶의 질을 향상시키고 편안하게 죽음을 맞이하도록 도와준다니, 죽음을 앞둔 이에게 이보다 더 좋은 곳이 있을까. 거기서 조용한 가운데 품위 있게 죽음을 맞이하고 싶다. 무엇보다도 죽음은 발버둥을 친다고 피할 수 있는 게 아니므로.

  이승의 삶에 대한 아름다운 마무리. 내 나름으로 생각한 것을 써 봤지만, 사람마다 인생에 대한 생각과 태도가 다르고, 그에 따라 살아가는 방식도 다르므로 인생을 정리하는 방식도 다 다를 것이다. 하지만 분명한 것은 인간은 언젠가는 반드시 죽는다는 사실이다. 거부할 수 없는 엄연한 현실이다. 따라서 누구나 죽음에 대한 준비가 필요하다. 죽음은 인생의 끝이자 새로운 존재 방식의 시작이라고 생각한다. 그러니 무턱대고 인상 쓰며 거부할 것만도 아니다. 나의 가장 큰 소망은 고통 속에도 잔잔한 미소로 죽음을 맞이하는 것이다.

담대한 낙관주의자
LG전자 사람들

2024년 6월 28일 초판 발행
2024년 7월 12일 3쇄 발행

기획·진행   LG전자 브랜드북 제작소
편집·디자인   안그라픽스
제작   한영문화사

LG전자 브랜드북 제작소
서울시 영등포구 여의대로 128
www.LG.com/global

안그라픽스
경기도 파주시 회동길 125-15
www.ag.co.kr

ISBN 979-11-6823-074-3 (03800)
16,000원

* 해당 도서 판매 인세 전액은
  LG전자 사회봉사 기금으로 기부됩니다.

도움 주신 모든 LG전자 임직원 여러분께
깊이 감사 드립니다.

Special thanks to
LG전자 전 BS 본부장 권순황, LG전자 전 한국영업본부장 최상규,
LG전자 전 인도법인장 김기완, LG전자 전 터키지사장 김창후,
그리고 신순규 애널리스트

say 'Life's Good'
make it so.

"
So we dive in smile f
with brave optimism.
Because the ones w
should be the ones
"

한번 해보기로 담대하게 마음먹고
웃으며 뛰어드는 순간
삶은 좋아지기 시작합니다.

ke yourself
at's possible

tuff starts.

"
When you choose to
to the very edge of
and dive in smile firs
that's when the goo
"